吉林大学哲学社会科学普及读物

浮生次第

SERENDIPITY OF LIFE

寻迹『唐宋八大家』

A Quest of the Eight Great Prose
Masters of the Tang and Song

由兴波 刘晓旭 著

社会科学文献出版社
SOCIAL SCIENCES ACADEMIC PRESS (CHINA)

用思想和文字点亮人生

　　"唐宋八大家"是中国文坛上一个璀璨的星座，每个人都星光熠熠，合起来则闪耀天际。

　　"唐宋八大家"指的是唐宋时期以散文闻名的八位作家：唐代两位——韩愈、柳宗元，宋代六位——欧阳修、王安石、苏洵、苏轼、苏辙、曾巩。这八位作家的文章首先由明初朱右选编汇总，名为《八先生文集》，编者的初衷是将好的文章编辑到一起，便于学习。到了明代中期，另一个散文家唐顺之编了一本《文编》，也只收录了这八个人的作品。再之后，茅坤依据前面两人的成果，选了这八家的部分文章编为《唐宋八大家文钞》，这部书流行最广。此后，"唐宋八大家"作为一个整体，渐渐为人所接受。茅坤也是第一个明确提出"唐宋八大家"概念的人，这个名称就一直流传了下来。

　　"唐宋八大家"的很多文章读者都耳熟能详，如韩愈的《师说》、柳宗元的《黔之驴》、欧阳修的《醉翁亭记》、苏洵的《六国》、苏轼的《赤壁赋》、苏辙的《黄州快哉亭记》、王安石的

《伤仲永》、曾巩的《墨池记》等，都是古文的经典名篇，也是散文写作的范本。对这些传世的名篇进行细致赏析，可更准确、深刻地理解"唐宋八大家"的作品，体会到文字之粹美，体悟到思想之深邃。千百年来，无数读者从中汲取知识营养，学习文章写作，陶冶情操。

言为心声。

"唐宋八大家"不单在文学上垂范后世，在政治活动、个人生活、思想境界、艺术创作等方面，亦足以彪炳史册，光耀千古。如韩愈、柳宗元、苏轼等在唐宋的思想变革中影响巨大，欧阳修、王安石、苏轼等在北宋的政治改革中起到了重要作用，欧阳修、苏轼等对书法艺术的发展做出了杰出贡献……尤其是八位作家在个人生活方面都经历了诸多波折与磨难，却都能勇于面对挫折，体现出了坚韧不拔、积极乐观的人生态度，成为后人学习的典范。从他们留给读者的文字中，透露出他们的丰富生活经历与精神财富。"唐宋八大家"丰富的人生，更值得每一位读者去仔细体悟，即全面而深刻地体悟他们的思想意蕴。

生活是最好的书，每个人都是生活的读者。

"唐宋八大家"的文章深刻地表现了生活。跳跃着的文字，跨越了千年的历史，浸润了读者的心灵。

Han Yu

Liu Zongyuan

欧阳修
Ou Yangxiu

Su Xun

Su Shi

Su Zhe

王安石

Wang Anshi

Zeng Gong

雄子力挽八代衰

一　力挽狂澜的思想勇士

（一）王朝中落，文道改革

北宋哲宗元祐七年（1092 年），潮州知州王涤邀请苏东坡撰写一篇碑文，东坡欣然应允，不久完成。碑文中有这样一句话：“文起八代之衰，而道济天下之溺。”[1]“八代”是指东汉、魏、晋、宋、齐、梁、陈、隋这八个朝代，在这期间，文人写文章越来越注重外部技巧，同时忽略了内在实际的内容，浮华不实。而文学样式的衰落，反映着内在道统的衰落。这段时期内，有人过于沉溺佛老学说，陷入迷信，甚至抛妻弃子不事生产。到了中唐，终于有一个人起衰济溺，他推行了古文运动，恢复了传统师道，有志文人纷纷相从，新的创作蔚然成风。他希望借文学恢复道统，其文章于盛唐一代高峰独树，他自己更是毕生都在为王朝统一、儒道复兴而战斗。

这个人就是韩愈。

苏轼的文章撰写于韩愈庙重修之际，名为《潮州韩文公庙碑》。不仅苏轼给予韩公高度评价，自当时直到后世，都无人能够否认他在思想史、文学史上的地位。

唐承隋后，国家统一，社会安定，军事力量强大。百姓在

---

[1]《苏轼文集》第 2 册，孔凡礼点校，中华书局，1986，第 509 页。本书所引苏轼文均出自该本，以下不再一一标注。

很长一段时间免受战乱流离之苦，生活富足。政府底气足，放松了对于思想言论的控制。唐代儒、道、释三教并存，从没有哪一个占据了绝对的统治地位。宽松的思想环境下，人们对于外族、外邦的风俗与事物也更容易接受，大唐吸纳外族文化的同时，也向外输送文化，辐射形成"汉文化圈"，其范围包括东亚、东南亚，甚至西亚，大唐与欧洲的交流也十分广泛。

上述的种种条件，如一片深厚肥沃的土壤，使唐代文学得以兴盛发展。大唐社会安定，经济繁荣，交通便利，文人有条件离开家乡，到各地漫游。漫游的路线中，去长安或者吴越（今江浙一带）最为有名，留下了种种美谈。他们或去长安求取功名，或去吴越，感受祖国山水的秀丽与壮美，激发了胸中的创作豪情。中国诗歌在唐代达到了一个高峰，唐代因此有"诗唐"的称谓。散文创作也随着人们的思想产生了变化，逐渐脱离六朝浮华之风。

然而，经过"开元盛世"的繁荣，唐玄宗改元"天宝"后，开始享乐，过上了不思进取的生活，一些积累下来的社会问题也渐渐显露，直至沉疴难起。到了中晚唐，藩镇割据日益严重，中央已经完全失去了对地方的有效控制。"安史之乱"之后国力久久得不到恢复，百姓生活困苦，传统的儒家思想随之衰落，想要恢复先前辉煌灿烂的文化，并不是一件容易的事。韩愈就生活在这样的时期，他才华横溢，矢志不渝，努力为唐王朝寻找一条复兴之路。他开创了新的散文风尚，被列为"唐宋八大家"之首，名垂千古。

（二）身世离奇，生活艰难

韩愈（768—824 年），字退之，祖籍河南河阳（今河南省孟州市），唐代宗大历三年（768年）生于长安，因自称郡望在"昌黎"（今河北省昌黎县），后世往往称他为"韩昌黎"。昌黎韩氏，曾经名人辈出，唐人风气如此，喜欢称颂先祖，提一提自己的郡望，韩愈也不能免俗。后世不断有人对这件事提出怀疑并加以考证，认为昌黎一支与韩愈家其实最远，但世人亦习惯称之为"韩昌黎"。韩愈命运多舛，他从幼年开始，就不断因为生计艰难而发愁。

韩愈的祖辈都曾经在朝，或者在地方做过一些官职。但如果就此把韩愈称为官宦子弟，就与他太过寒酸的实际生活相去甚远了。韩愈的父亲叫韩仲卿，韩愈三岁的时候他的父亲就去世了，其二哥、三哥也去世得早，韩愈只剩下一个大哥韩会。到了韩愈这一辈，人丁衰减，家中的积蓄也不多，境况跟普通的农民家庭相似。

韩愈三岁而孤，身世已经很可怜了，这还不算什么，他的生母身份之谜一直未解。直到成年成名后，韩愈都对自己的母亲讳莫如深，于是后世形成了两种说法。一说韩愈的生母应该是韩仲卿的一个小妾，不是正妻，所以韩愈是庶出；韩愈之母在丈夫去世后早早改嫁了，这不是什么光彩的事情，所以韩愈从来不提。一说韩愈的母亲在家里地位低微，一家之主死后，她只能以乳母的身份在韩家生活。这个说法也就能解释，为什么韩愈和自己的乳母感情特别深，还将自己的儿子称为乳母的孙子。总之，韩愈的身世有些离奇。

贫穷很常见，人穷志不短的例子也比比皆是，但是不曾在其中挣扎的人，不会明白某些时刻的绝望足以压倒一个雄心勃勃的铁汉。遇到这种情况，民间传说里的哥哥和嫂子就要随意欺凌幼弟了，那也就没有韩愈后来成为一代大家的故事了。长兄如父，长嫂如母，实际上兄嫂抚养韩愈长大，对他极好，可以说是恩重如山。后来韩愈不但为兄长守孝，也打破了常制，为嫂子守孝。

韩会很有出息，受人举荐后，入京担任起居舍人的职务，相当于皇帝身边的生活秘书，主要负责记载皇帝的日常生活，以备将来修史所用。皇帝的一言一行、一举一动都要实录无误。因此，起居舍人官职不高，但是职务重要，借此而飞黄腾达也很容易。韩愈的一个叔叔韩云卿，当时也在京城，任礼部郎中，官职只是六品而已。韩云卿与韩会二人的文学才能很突出，韩云卿与李白还是好朋友，在京城中风头很盛，也给韩愈留下了深刻印象。

然而好景不长，韩会没能飞黄腾达，就遭受牵连，被贬到韶州，于是举家迁出京城。韩会愤懑悲伤，不久就去世了。这一年，韩会的大儿子七岁，韩愈只有十二岁。韩家生活更加窘迫，照顾弟弟和儿子的责任就由韩会的妻子郑氏承担起来。

（三）珠玉蒙尘，思想渐成

韩愈早早意识到没有父母可以依靠，自立自强是唯一的出路，所以发奋用功，到了十九岁这一年，已经小有所成，开始求取功名。对他来说，读书不只为报效国家，更重要的是改善家里的经济状况。他到京城投奔自己的叔伯兄弟韩弇，韩弇在当时一个有名的节度使浑瑊手下当幕僚。韩愈本来想请韩弇把自己推荐给浑瑊，由浑瑊再向上举荐一下，却不知为何没能得到赏识。

有唐一代，名人的举荐非常重要。很多考试并不真正按照考卷来定名次，名次是可以通过各种手段获得的，连状元都可以早早内定，这在唐代非但不违法，甚至可以公开炫耀。政治开明时期，名流举荐的多是真正的饱学之士，而世道衰落时期，也有千奇百怪的情况。到中唐时，很多文人为求功名已经不择手段，失去了自己的风骨。韩愈不屑如此，即便是后来参加博学宏词科的考试，请人举荐，也是托物喻人，将自己比作潜龙在渊，不仅抬举了对方，自己也不失傲气，至于旁门左道，他无心也无力为之。这样一来，韩愈始终没能得到有力的支持，只好先回去通过地方考试，再来长安，期待凭着自己的才华博得功名。

唐代科举录取的人始终很少，即使玄宗时期进士录取人数增多，每榜也只能录取一百多人。进士科录取的人数最少，难度最大，但考中这一科的人普遍仕途更顺达些，因此大家格外重视，有"三十老明经，五十少进士"之说。韩愈一共参加了四次礼部的考试，在二十五岁这年终于进士及第。虽然无人举荐，但这次考上也是有原因的。韩愈学的是古文，练习的也是先秦两汉的文风写法，与追求形式感的时文格格不入，文章风格不对之前几位主考官的胃口，自然就考不上。而这一年，正赶上古文学家陆贽主持考试，韩愈立刻脱颖而出，被录取了。同榜录取的还有李观、李绛、崔群、王涯、欧阳詹等二十三个人，这些人当时名气都很大，时人将这一榜称作"龙虎榜"，英才俊杰，一时荟萃。

得中进士，韩愈娶了妻子卢氏，红袖添香，准备再温一温书，参加吏部的考试。因为仅仅进士及第，所获得的官职太小，即便状元也只能得一个八品左右的官职，所以韩愈希望再参加一个更高层级考试，来谋求更高官位一展宏图。但韩愈参加吏部考试铩羽而归，他又连续报考了两次，却始终榜上无名。没有高的官位，就不能施展自己的抱负，家中老小的生存问题也不好解决。他这一辈人丁凋零，子侄辈多孤儿，贫穷的问题牵扯了韩愈大半生。种种原因，令韩愈内心颇为着急。

韩愈开始上书当朝宰相，当时的宰相有三位，我们不清楚韩愈的自荐信写给了谁，但他前后一共上书三次。他太着急了，甚至有一点谄媚，将出人头地的愿望表达得特别迫切。但书信中仍有慷慨气势，有卓然之志。他不但为自己得不到重用鸣发不平，更为天下得不到机会的贫寒士子呼喊发声。

这三封书信，饱含着韩愈的期望投出去，却终究石沉大海。

珠玉蒙尘。韩愈失望极了，他想回家。嫂子在前一年去世了，当时韩愈忙于考试，只写了一篇祭文。他想起大哥临终时叮嘱自己，大嫂是亲近的人，对韩愈百般照顾，将来她去世时，韩愈也应该为她守孝。于是韩愈决定返回老家河阳，为嫂子服丧五个月。

十年"京漂"，其中的沧桑辛苦难以言说。但正是在困苦生活中，韩愈的文学、经学思想渐渐成熟，此时回乡与妻子清贫相守，正好能安心做一做学问，整理思路，这都为他奠定了后来文学与思想方面的事业基础。更重要的是，他在京城结识了几位至交好友，如裴度、柳宗元、刘禹锡等。柳宗元、刘禹锡后来始终是韩愈文学上的同道，而裴度仕途平坦，一直做到了宰相。

（四）开明师者，铁面监察

796年，韩愈得到了节度使董晋的赏识，进入董晋幕府，担任秘书省校书郎，接下来又出任观察推官。这一时期他开始积极宣传自己的文学主张，并创作了《原道》《原性》《原毁》《原人》《原鬼》，这是被称为"五原"的一组文章，文章中描述了他在儒学上的基本观点。而大家熟知的《师说》《答李翊书》等名篇，使韩愈文名愈盛，被认可为名副其实的古文大家。但无论在汴州还是在徐州，他依然只是小官小吏，朝九晚五，忙于一些琐碎的工作。韩愈深感名马蜷局不得施展，郁郁寡欢，他决定再次入京。

科举这件事同打仗一样，一鼓作气，再而衰，或身居高位，或沉居下僚，各种偶然因素很多。这是韩愈第四次参加吏部考试了，但他没有气竭力衰，他不愧对自己的名字，愈挫愈勇，终于顺利通过考试获得官职，担任国子监四门博士。韩愈本就颇有名望，这时在京城担任学官，各地的学生喜出望外，纷纷写信、拜访，以他为师，学习古文的创作，韩愈也写了著名的《师说》，意欲改善当时的师生关系。虚心求教本来是一种优良品质，但在当时，为人师就是狂妄，拜师求学则是耻辱。而韩愈对自己认为对的事情，从来都坚持不渝，他从不缺乏勇气。尽管被称为狂人，被世人嘲笑，但韩愈所提倡的"师道"无疑是一股清流，激荡在怪石嶙峋的浅滩间，依然迸发出生机和力量。他说："是故弟子不必不如师，师不必贤于弟子，闻道有先后，术业有专攻，如是而已。"他说得很有道理，让那些叫嚣着耻笑他的人无言以对。

韩愈还有一套完整的教育理念体系，他在做四门博士时创作了《师说》，确定了老师的社会地位，明确了师者的社会责任。"师者，所以传道授业解惑也。""道之所存，师之所存也。"师生身份不由其他的东西决定，而只取决于对儒家学说、仁义思想的掌握程度和见解水平。老师应倾囊相授，对学生毫无保留，而在传授的过程中教学相长，老师也能受益。落实到具体措施，韩愈主张扩大教育范围，让有天赋肯用功的寒门子弟也能接受良好的教育，并且根据每个人不同的特长因材施教。这样做的目的则是以教传道，发扬教育也就是发扬儒学，最终的目的还是复兴儒教，恢复王道。

不久，韩愈升任监察御史。这个官职不算高，但执掌刑狱、朝仪方面，大约相当于现在的监察部副部长，有权力监察其他官员，一旦发现他们有不公正不守法的行为，即可上书弹劾。韩愈已经不再如青年时那样莽撞，但依然直言敢谏，令一些贪官闻之丧胆。

当时正值关中大旱，韩愈受朝廷委派去察访灾情。举目望去，田地干涸，庄稼伏倒，百姓流离失所，饿殍满地。而京兆尹李实却谎报这里没什么灾情，在他的奏折中，长安一带依然是一幅粮食丰收，百姓安居乐业的太平景象。于是韩愈就写了一篇奏折《御史台上论天旱人饥状》，向皇帝说明情况。他的文辞尚算委婉，给大家都留了面子和余地，也做好了会因此遭受打击报复的心理准备。然而处罚之重却是他始料未及的。不出十日，韩愈就被贬出京城，到岭南的阳山县当一个县令，甚至还牵扯出了朋友间的一场误会。

韩愈脾气倔强，有些古怪，有的时候这是好事，能让他在逆境中不服输不绝望，坚守自己的操守品质；而有的时候让他锋芒毕露，不通人情。韩愈曾在徐州张建封手下为官，先是因为被要求每天早晨上岗，晚上回家，而觉得白白耗费功夫，就写诗讽刺上司。之后又因为张建封组织了一次并不过分的聚会就批评人家。张建封没听韩愈的，但是也不怪罪他，后来还派他做代表到京师汇报工作。当然，也有可能是受不了韩愈的牢骚和唠叨而派他出去，自己图个清静。

这一次韩愈被李实等人打击，与王叔文集团的改革也脱不了关系，他心中更加气愤难平。偏偏文学同道柳宗元、刘禹锡都是王叔文政治上的伙伴，韩愈于是也怀疑到了自己这两位好朋友的头上。某次宴席上相见时，韩愈还毫不留情地写诗责问刘禹锡，让对方很是难堪。不过后来误会解开，三人尽释前嫌。

（五）建功立业，排佛被贬

韩愈回京之后，各地的形势越发紧张，时有藩镇叛乱。战乱离都城并不遥远，纷争也蔓延到了朝堂之上，朝中分为主和派与主战派，日日争论不休。韩愈和他的朋友裴度都坚定地主张武力平叛，叛军也不甘示弱，竟然在天子脚下刺杀了武元衡，刺伤了裴度，还扬言在被惩治之前，就会先杀害主战派的官员。整个京师人心惶惶，大臣们天不亮都不敢出家门。

是可忍，孰不可忍！宪宗震怒，朝官奋起。816 年，裴度为相，韩愈出任中书舍人。中书舍人的官职比他哥哥的起居舍人要高，负责一些政令的起草工作。地位高，权势重，并且跟皇帝接触得更加密切。韩愈与裴度互相呼应，守望相助，更加坚定了宪宗平乱的决心。

817 年，裴度出任淮西宣慰处置使，亲自到淮西督战，韩愈自然要加入。大军东行，韩愈骑着马追随在裴度身后。城墙之上乌云翻涌，狂风所到之处，遍地野草纷纷折腰。前路固然凶险，但一来报效国家不计生死，二来好男儿都想建功立业，如此难得的机会又怎能不牢牢把握！韩愈从来都不是只会纸上谈兵的迂腐书生，胆量见识更是过人百倍。这一去，他协助裴度料理军务，献上了务实有效的策略，三个月之后，大军凯旋。

韩愈平叛有功，回朝后升任了刑部侍郎，奉命撰写《平淮西碑》。韩愈跟裴度的私人关系好，事业上又志同道合，所以主要叙述了裴度的事迹。盛赞裴度功绩，难免忽略了其他人，其中就有李愬，这个人功劳也非常大，韩愈却没怎么写他。李愬其人还是很讲道理的，没有怀恨在心，但他妻子魏国夫人则受不了这个委屈。魏国夫人身为唐宪宗的外孙女，出入宫禁，向宪宗诉苦。皇帝只好下令把韩愈所写碑文都磨掉了，又换人重写了碑文。

韩愈的心血得不到认同，碑文已经刻写好了，却以这种方式被取代，沮丧的心情难以言喻。他一生以文章为世人所颂扬，却也因文章不断招来祸患。接下来的《论佛骨表》给他带来的灾祸，又甚于被贬岭南，让韩愈遭受了沉重的打击。

唐宪宗好佛，淮西战事之后，不免存了高枕无忧的心思，于是819年，他派人到陕西凤翔迎取佛骨舍利，这枚舍利是佛祖的一个小手指骨。皇帝越来越沉迷佛教令韩愈忧心忡忡，他反佛的态度相当坚决，冲动之下，写下一篇《论佛骨表》，极力劝阻宪宗。韩愈在文章中说，如果皇上将佛教当成国教，是会带来灾祸的，把儒教作为国教才是正途。皇帝正在兴头上，这盆冷水浇得太不是时候了。皇帝立刻下旨，将他贬为潮州刺史，韩愈还在家里等回音，圣旨一下，只好仓皇收拾行囊，赶往荒凉的边陲。

他为此事留下了一首著名的诗——《左迁至蓝关示侄孙湘》，"左迁"就是贬官的意思。韩愈走到蓝关这里，侄孙韩湘来送他，他就写了这首诗。韩愈在诗中不无沮丧地说："一封朝奏九重天，夕贬潮州路八千。""八千"是虚指。说早晨给皇帝上了一篇奏章，晚上就被贬到潮州去了，路途遥远，贬官之快，令人难以应对。"欲为圣明除弊事，肯将衰朽惜残年。"要为圣明的皇帝革除掉一些不好的事情，他愿意把自己的残年奉献给国家。"云横秦岭家何在，雪拥蓝关马不前。"走到蓝关这个地方，已经不知道家在哪里了，连马都不愿意往前走。"知汝远来应有意，好收吾骨瘴江边。"[①] 最后这句更是凄凉，已经在安排后事了。

---

① 屈守元、常思春主编《韩愈全集校注》，四川大学出版社，1996。本书所引韩愈诗词均出自该本，以下不再一一标注。

虽然也提到"圣明"，但韩愈态度还是非常坚决的。苏轼被下狱，还知道写诗说："圣主如天万物春，小臣愚暗自亡身。"①表达对自寻死路的愧悔。但韩愈就不一样，他还说迎佛骨这事儿是"弊事"，不对的就要指出来。如果说后悔，那多半是后悔太过冲动没有为家人考虑。这一次贬谪，使一家人流离奔波，韩愈失去了爱女，侄孙韩滂也因路途遥远、条件艰苦过早死去了。亲人的离去使韩愈久久不能释怀。

（六）平鳄鱼患，思佛法理

在潮州的日子还得过。百姓眼巴巴地看着这个不知道能待多久的贬官，没指望他能为这方土地谋什么福祉。而韩愈却兢兢业业，不过半年时间，就为潮州开辟了一番新气象。他在潮州兴办教育，以微薄之力筹钱办学，竟然办得有声有色，并且用有效手段解决了潮州的奴隶问题，让百姓得到公平公正的待遇。

潮州历来有鳄鱼之灾。韩愈实地勘察了一番之后，组织民众用毒箭射杀驱赶鳄鱼，并且想办法将居住地和鳄鱼的地盘隔离开来。这里的老百姓天生就要面对各种各样的天气状况和自然灾害，养成了祭祀的习惯，韩愈入乡随俗，也写了一篇《祭鳄鱼文》。他站在江头，整理衣冠，神情严肃，手拿写好的文章，朗声诵读，限鳄鱼三日之内，向南迁徙到大海。三日走不完的话，最多七日。如果七日之后还不走，如此冥顽不灵，他就要斩尽杀绝了。《旧唐书》记载这件事时说，韩愈把《祭鳄鱼

---

① 《狱中寄子由二首》（其一），（清）王文诰辑注《苏轼诗集》第 3 册，孔凡礼点校，中华书局，1982，第 999 页。本书所引苏轼诗均出自该本，以下不再一一标注。

文》念完，效果就像灵验的咒语一样，不过几日，鳄鱼就远走六十余里，以后再也没给当地造成困扰。韩愈这篇文章写得的确很好，老百姓又摆脱了鳄鱼之患，一时津津乐道，纷纷传颂。朝中的士大夫看不起又怎么样，后人指摘故弄玄虚又如何，反正韩愈把这件事办得漂漂亮亮。

夜深人静，韩愈偶尔也会难以成眠，披衣坐在窗前灯下，默默回想已经过去的大半生。亲人离世他难辞其咎，浮上心头的是愧悔；激进排佛使他沦落天涯，涌入脑海的是迷惘。佛教真的危害那么大吗？佛理真的一无是处吗？白日里他也和很多僧人来往，跟他们论辩确实能让自己的心静下来。韩愈最终没有否定自己为之奋斗了一生的儒道信仰，但是他对佛教也不再那么强烈地反对了。宗教自然有引导人向善的作用，自古而今影响力不可小觑，只是将它看作愚弄世人的把戏，无论如何都显得不够公正。

韩愈的思想在中国历史上影响深远，他鄙弃佛教，推崇儒学，以孟子的学说为主，以荀子的思想为辅，严厉地批判了佛教思想。佛教提倡无君无父，不必尊崇皇帝。而父母只是给予人生命，也没有必要受到尊敬。这是典型的"不忠不孝"，为儒家所深恶痛绝。很多佛教徒不事生产，寻求死后的解脱，也与积极入世的儒家思想背道而驰，的确是很大的社会问题。但是韩愈到了晚年，对佛教也不再完全排斥。所谓"天命鬼神"，不可捉摸，韩愈思想上的这个死结，至死也没有理顺。

（七）不平则鸣，陈言务去

后来，韩愈遇赦回京，担任国子监祭酒，后又转任兵部侍郎，再转为吏部侍郎。他发挥自己的军事智慧和论辩才能，顺利完成了宣慰镇州的任务，立了大功，仕途就愈加顺达。长庆四年（824年），韩愈因病告假，后在家中去世，终年五十七岁，他被追封为礼部尚书，这也是他政治生涯的最高峰了。

"唐宋八大家"，指的是其人在写文章方面成就突出，韩愈被列在第一位，固然占了时代较早的便宜，也实在有后人难及的功绩。

文学思想方面，韩愈推崇先秦两汉的散文，反对专讲声韵对仗而忽视内容的骈体文。韩愈提出的最有名的创见是"穷而后工，不平则鸣"。一个人如果才华抱负不能施展，命运坎坷，漂泊困顿，就会见识到更多的自然景观与风俗百态，品味世态炎凉，写诗作文时必然言之有物。而心情郁结，对眼前所见，体察得就会更加深入细致，所产生的思想越发深刻，所迸发的情感格外充沛。痛苦不平，让过往至今的种种悲欢离合、人情冷暖清晰地浮现，甚至能透过它们触摸到生命的本质，这些感受自然而然流泻笔端，文字的力量才能更强大，激起读者的共鸣与感叹。韩愈自己和几位好友的身世经历、创作经验，让他深切地感受到"不平则鸣"的痛苦与成就，这究竟是幸运还是不幸呢？韩愈在《柳子厚墓志铭》中的答案是："孰得孰失？必有能辨之者。"他认为，能写出千古传诵的文章，经历困苦也是值得的。

针对当时的文坛情况，韩愈还提出了"务去陈言"。虽然要传承圣人的精神，但是不能仿照前人的语言，在观点上不应该人云亦云，而需要有自己的新见解，用词造句也应该创新，更不可甘于骈文的程式。韩愈为后世留下了许多脍炙人口的名言警句，如"业精于勤荒于嬉，行成于思毁于随"，"闻道有先后，术业有专攻"。很多成语也出自韩愈的文章和诗歌，像落井下石、动辄得咎、杂乱无章、佶屈聱牙、俯首帖耳、摇尾乞怜、虚张声势……韩愈的文章也有缺点，他喜欢自己造词，文中所用的字和典故，常常力求生僻，虽然在实践中偶尔因为创新偏向极端，但并不代表他的文学思想也是这样。强调"务去陈言"的同时，韩愈还明确提出文字要明白通顺，他在《南阳樊绍述墓志铭》中说："文从字顺各识职。"无论是选择文体，还是下笔用语，都要与内容相称。锤炼字句是为了更好地表达观点，修辞是为了明道。

（八）诗作新奇，文以载道

韩愈的理论好，文章写得更优秀。贞元末年，他的创作臻于成熟。当时散文仍不为大部分文人看重，即使是韩愈的好朋友裴度也不能理解，不能欣赏。但韩愈在一群有识之士的追随之下，依然以上述观点为鲜明旗帜，展开了古文运动，扭转一时风气，开一代之先河。他写了大量的杂文，将讽刺的手法有意识地运用到散文中。此外，他还创造了送序。

韩愈的文章，笔意雄肆，追求文章的气势；不落俗套，擅长新奇的比喻；强调说理，重视文章的逻辑。

韩愈的诗歌也值得一提，中国古代诗人众多，能够把姓氏冠在诗前面的只有四位——陶、杜、韩、苏，韩就是指韩愈。韩愈是当时的诗坛盟主，擅长以文入诗，把古文的一些语言、章法、技法引入诗歌当中，使诗歌的形式变化更加丰富。他在诗中也同样喜欢新奇的字眼，新颖的构思。他的诗题材广泛，大部分都气势雄浑，这类代表作有《利剑》《咏雪赠张籍》《南山诗》等。

韩愈性格中不可取的一些方面，偶尔在他的诗中流露出来。韩愈有一点嗜血，有一点冷酷，比如《雉带箭》这首诗，是贞元十五年（799 年）所作。当时韩愈在徐州武宁军节度使张建封的幕府做幕僚，跟随张建封去打猎。古人反对涸泽而渔，反对焚林而猎，而他们这一群人就把山林烧了，惊飞群鸟，再射鸟取乐。韩愈着力描写了火势旺盛、群鸟挣扎的场景："冲人决起百余尺，红翎白镞随倾斜。"众人却心满意足，这其实是非常残忍的。他还写了很多不可入诗的东西，掉牙了也要写首诗。更有甚者，提着灯，发现墙壁上的洞里趴着一只蝎子，正盯着他，他也特别高兴，要作诗，写道"照壁喜见蝎"。这与王献之的《鸭头丸帖》、张旭的《肚痛帖》不同，这二人的作品贴近生活而蕴含善念，将药方和用药感受流传后世，是有积极意义的。韩愈的这几首诗，却只能称为怪僻了。

韩诗毕竟不是以这些东西传世，韩愈有很多佳篇名句，晚年诗风平淡，很多诗与早年的奇崛又不同。我们不妨将他三首咏春的诗放在一起，来感受韩愈绝句的平淡隽永。《春雪》写得清新淡雅。"新年都未有芳华，二月初惊见草芽。""惊"字让第二句诗有了波澜，却又不显突兀，让人体会到那种蓦然抬眸忽见春信的惊喜。"白雪却嫌春色晚，故穿庭树作飞花。"春花迟迟不开，连白雪都着急了，在空中翩翩飞舞假作花开。诗人赋予白雪灵气，赋予它活泼的性格，可见其心情也是非常愉悦的。不责怪春寒推迟花开，而感激春雪善解人意，新奇之中韵味悠长。

《早春呈水部张十八员外》（其一）写得幽远秀丽。"天街小雨润如酥，草色遥看近却无。最是一年春好处，绝胜花柳满皇都。"首句"润如酥"极写春雨细腻温柔的特点，第二句则最为人所称道，雨后草发，朦胧稀疏，远远地看着似乎能感受到淡绿色，近看却又瞧不出颜色了，也是抓住了春草刚萌发时的特点，淡淡写出，平淡中见功力。作者观察之细微，心口相应的本领可见一斑。后两句以晚春之景衬托，充分表达了诗人对这早春景色由衷的喜爱。

《晚春二首》（其一）写得明艳绚丽。"草木知春不久归，百般红紫斗芳菲。杨花榆荚无才思，惟解漫天作雪飞。"韩愈全篇运用了拟人手法，无论是鲜艳的春花，还是较为朴素的杨花榆荚，都格外珍惜春光，努力盛开绽放。惜春而不伤春，原本就十分难得，韩愈性格中始终有这种积极的因素，此诗也是立意新奇。先用一个"斗"字，写出百花争艳的盛况和那种昂扬向上的面貌，再翻出一层，欣赏飞絮榆荚，"解"字赋予这些景物活泼有趣的人格，纵然"无才思"却仍愿意尽自己的一份努力，满城飘飞。

韩愈作为唐代伟大的思想家和文学家，又何尝不是生活在花事将谢的时代！但他却始终竭尽全力，只为恢复唐王朝的兴盛。韩愈的文学思想，震动了当时的文坛，并深刻影响了后人，直至今天，依然熠熠生辉。

二　韩愈散文赏析

（一）君子立身，戒怠戒妒：《原毁》

古之君子，其责己也重以周，其待人也轻以约。重以周，故不怠；轻以约，故人乐为善。闻古之人有舜者，其为人也，仁义人也。求其所以为舜者，责于己曰："彼人也，予人也；彼能是，而我乃不能是？"早夜以思，去其不如舜者，就其如舜者。闻古之人有周公者，其为人也，多才与艺人也。求其所以为周公者，责于己曰："彼人也，予人也；彼能是，而我乃不能是？"早夜以思，去其不如周公者，就其如周公者。舜，大圣人也，后世无及焉；周公，大圣人也，后世无及焉。是人也，乃曰："不如舜，不如周公，吾之病也。"是不亦责于身者重以周乎！其于人也，曰："彼人也，能有是，是足为良人矣；能善是，是足为艺人矣。"取其一，不责其二；即其新，不究其旧；恐恐然惟惧其人之不得为善之利。一善易修也，一艺易能也，其于人也，乃曰："能有是，是亦足矣。"曰："能善是，是亦足矣。"不亦待于人者轻以约乎！

今之君子则不然。其责人也详，其待己也廉。详，故人难于为善；廉，故自取也少。己未有善，曰："我善是，是亦足矣。"己未有能，曰："我能是，是亦足矣。"外以欺于人，内以欺于心，未少有得而止矣，不亦待其身者已廉乎？其于人也，曰："彼虽能是，其人不足称也；彼虽善是，其用不足称也。"举其一，不计其十；究其旧，不图其新。恐恐然惟惧其人之有闻也。是不亦责于人者已详乎！夫是之谓不以众人待其身，而以圣人望于人，吾未见其尊己也。

虽然，为是者有本有原。怠与忌之谓也。怠者不能修，而忌者畏人修。吾尝试之矣，尝试语于众曰："某良士，某良士。"其应者，必其人之与也；不然，则其所疏远、不与同其利者也；不然，则其畏也。不若是，强者必怒于言，懦者必怒于色矣。又尝语于众曰："某非良士，某非良士。"其不应者，必其人之与也；不然，则其所疏远、不与同其利者也；不然，则其畏也。不若是，强者必说于言，懦者必说于色矣。是故事修而谤兴，德高而毁来。呜呼！士之处此世，而望名誉之光、道德之行，难已！

将有作于上者，得吾说而存之，其国家可几而理欤！①

【赏析】《原毁》一文，是韩愈针对当时盛行的毁谤之风而作的，他在文中剖析了毁谤产生的过程，并指出了其产生的根源。笔锋虽然直指要害，但绝非露爪张牙。文章观点清晰，条理清楚，布局周密，层层论证。还大量运用对比、排比手法加强语势，使读者跟随作者的逻辑思考，为其铺排开阖的气势折服，是一篇极佳的议论文。

首段写古之君子的严于律己，宽以待人。用重复句式，取回环往复之势。两个"而我乃不能是"，两个"早夜以思"，以语

① 郭预衡、郭英德主编《唐宋八大家散文总集》卷四，河北人民出版社，2003，第47—49页。本书所引唐宋八大家散文除有特殊说明外，均出自《唐宋八大家散文总集》，以下不再一一标注。

言和行为生动刻画了古之君子的形象，写君子以古代贤人的标准要求自己，常以舜、周公为标准，昼夜自省，希望向他们靠近。此处强调了他们在反省自身时的严格，又与对待他人时的几个"足矣"形成对比，旁人的一种德行、一项才能，在"古之君子"眼里即是难能可贵的，因此他们非常宽和，从不苛责旁人。

第二段自然要论及"今之君子"的表现，他们与"古之君子"不同，责备别人时求全，对自己却要求极少，所以难以与人为善，而自己也没什么进益。"今之君子"对待自己时，往往认为有一点小优点便足够了，自满自负。"外以欺于人，内以欺于心"，不但对外欺世盗名，连自己的内心都欺骗。而对待其他人，却要求十分苛刻，认为无论怎样的才华和德行都不足以被称颂。在他们眼中，别人的一点错处就足以抵过十处优点，又咬紧过去的失误不放，而看不到别人现在的表现。这种生怕别人有了声望超过自己，"恐恐然惟惧其人之有闻也"的心态，与古之君子"恐恐然惟惧其人之不得为善之利"，担心别人做善事不能受益的心态，立显天壤之别。

第三段理清这种现象的源头，就是"怠与忌"。因为懒怠所以疏于自身修养，而忌妒又让他们不愿看见别人进益。接下来，韩愈又以亲身试验正反论证。他曾经尝试过对众人说："某良士，某良士。"即某人是个好人啊！随声附和的，必然是这人的朋友，又或陌路，又或利益被牵扯畏惧他的人，若非这三种情况，那么无论听者是强是弱都必然会反对。而当韩愈说出相反的话时，情况也随之变化。作者不厌其烦地列举听到这些话之后各类人的反应，再以铺排的语势给予读者直观感受。这种正反对比，因是实际经历，说服力愈强。然后总结了在这样的环境下，士人想要拥有名誉与道德是非常困难的。韩愈也希望自己的言论能被上位者听到。"得吾说而存之，其国家可几而理钦!"即用以治理国家，改变现状。

这篇文章逻辑严密，论据充足，鲜明的对比涉及古与今、人与己，语气十分恳切。而韩愈在描写种种形象时，笔触又不乏趣味性和生动性，行文铺排往复，在从容不迫之中，显出一代大儒的风度。

（二）士穷见节义，子厚传千古:《柳子厚墓志铭》

子厚讳宗元。七世祖庆为拓跋魏侍中，封济阴公。曾伯祖奭为唐宰相，与褚遂良、韩瑗俱得罪武后，死高宗朝。皇考讳镇，以事母弃太常博士，求为县令江南，其后以不能媚权贵失御史。权贵人死，乃复拜侍御史。号为刚直，所与游皆当世名人。

子厚少精敏，无不通达。逮其父时，虽少年已自成人，能取进士第，崭然见头角，众谓柳氏有子矣。其后，以博学宏词授集贤殿正字，俊杰廉悍，议论证据今古，出入经史百子，踔厉风发，率常屈其座人，名声大振，一时皆慕与之交，诸公要人争欲令出我门下，交口荐誉之。

贞元十九年，由蓝田尉拜监察御史。顺宗即位，拜礼部员外郎。遇用事者得罪，例出为刺史；未至，又例贬州司马。居闲，益自刻苦，务记览，为词章，泛滥停蓄，为深博无涯涘，而自肆于山水间。元和中，尝例召至京师，又偕出为刺史，而子厚得柳州。既至，叹曰："是岂不足为政邪?"因其土俗，为设教禁，州人顺赖。其俗以男女质钱，约不时赎，子本相侔，则没为奴婢。子厚与设方计，悉令赎归；其尤贫力不能者，令书其佣，足相当，则使归其质。观察使下其法于他州，比一岁，免而归者且千人。

衡、湘以南为进士者，皆以子厚为师，其经承子厚口讲指画为文词者，悉有法度可观。

其召至京师而复为刺史也，中山刘梦得禹锡亦在遣中，当诣播州。子厚泣曰："播州非人所居，而梦得亲在堂，吾不忍梦得之穷，无辞以白其大人，且万无母子俱往理。"请于朝，将拜疏，愿以柳易播，虽重得罪，死不恨。遇有以梦得事白上者，梦得于是改刺连州。呜呼！士穷乃见节义。今夫平居里巷相慕悦，酒食游戏相征逐，诩诩强笑语以相取下，握手出肺肝相示，指天日涕泣，誓生死不相背负，真若可信；一旦临小利害，仅如毛发比，反眼若不相识；落陷阱，不一引手救，反挤之，又下石焉者，皆是也。此宜禽兽夷狄所不忍为，而其人自视以为得计，闻子厚之风，亦可以少愧矣！

子厚前时少年，勇于为人，不自贵重顾藉，谓功业可立就，故坐废退。既退，又无相知有气力得位者推挽，故卒死于穷裔，材不为世用，道不行于时也。使子厚在台省时，自持其身已能如司马刺史时，亦自不斥；斥时，有人力能举之，且必复用不穷。然子厚斥不久，穷不极，虽有出于人，其文学辞章，必不能自力以致必传于后如今无疑也。虽使子厚得所愿，为将相于一时；以彼易此，孰得孰失，必有能辨之者。

子厚以元和十四年十一月八日卒，年四十七。以十五年七月十日归葬万年先人墓侧。子厚有子男二人：长曰周六，始四岁；季曰周七，子厚卒乃生。女子二人，皆幼。其得归葬也，费皆出观察使河东裴君行立。行立有节概，立然诺，与子厚结交，子厚亦为之尽，竟赖其力。葬子厚于万年之墓者，舅弟卢遵。遵，涿人，性谨慎，学问不厌。

自子厚之斥，遵从而家焉，逮其死不去；既往葬子厚，又将经纪其家，庶几有始终者。铭曰：

是惟子厚之室，既固既安，以利其嗣人。

【赏析】这篇墓志铭乃是韩愈为自己文学上的知己柳宗元所作。元和十四年（819年），柳宗元去世于柳州；十五年，韩愈以这篇简洁凝练的墓志铭，记叙了柳宗元的平生事迹，褒扬了柳宗元的人格与成就。

韩愈作为擅写古文的大家，所写墓志铭并非对友人生平的简单记录。他采取写史作传的笔法，选取事件，剪裁得宜，使柳宗元的形象饱满而立体。韩愈哀悼友人，又在平淡的笔触中寄托了追思与感慨，文章深婉动人。

开篇叙述柳宗元家世，略为下文作衬。然后简述柳宗元的前期经历，虽只寥寥数笔，却突出了柳宗元初入官场时博学正直、意气风发的形象，"俊杰廉悍，议论证据今古，出入经史百子，踔厉风发，率常屈其座人"。他才能出众，为人又清廉正直，议论时事常常旁征博引古今事例、经史百家，言辞和气势往往令同座之人纷纷折服。柳宗元也因此被交口称赞，公卿争相与之结交，他逐渐走上了礼部员外郎的位置。故事的转折发生在此时，韩愈作文也同样笔锋一转："遇用事者得罪，例出为刺史；未至，又例贬州司马。"墓志铭惯例为死者讳，韩愈则更高一筹，他并不认为柳宗元获罪是完全无辜的，但用语极有分寸。韩愈点出柳宗元主要是受相从的主事者牵累而被贬，后文又说他"不自贵重顾藉，谓功业可立就"，即虽有不谨但过错不大，至于柳宗元的为人，则始终是直率勇毅的。

第三段着重于柳宗元的成就。在贬谪时期，柳宗元的文学水准日有进益。身为柳州刺史时，他颇有政绩。写成就则需有影响，否则说服力不强。韩愈写道，柳宗元帮助百姓赎回抵押出去的子女，这个办法被观察使推行到其他州，"比一岁，免而归者且千人"。不过一年，上千人受益得以归家。衡山、湘水以南考进士的人，都愿意拜柳宗元为师，经他指点的人，作文都颇有法度。如此，则柳宗元的种种事迹皆有可寻可察之处。

第四段突出了"士穷乃见节义"，记述了柳宗元请求与刘禹锡调换贬地一事，他宁愿自己奔赴遥远贫苦的播州，也要尽力帮扶友人。其时肆行的小人，与柳宗元这样的人何止天壤之别。在此处，韩愈笔锋辛辣，描摹小人丑态惟妙惟肖。其平日握手笑语，指天起誓；一遇微小厉害则反目成仇，落井下石，前后对比鲜明。韩愈不客气地称他们尚不如"禽兽夷狄"，又与柳子厚形成鲜明对比，越发显得君子之风难能可贵。

该文最有深度、影响千载之处，则是韩愈论柳宗元的人生得失。韩愈认为倘若柳宗元年轻时能够珍惜自身，不莽撞冒进，又或者"斥时，有人力能举之"，在被贬之后能有人惜才推举，那么他必然可以为一时将相。但倘若如此，柳宗元就不能致力于文学辞章，也就无法留下这么多千古名作。其中的得失之处，实在引人深思，而此段也正体现了韩愈高远的目光和深邃的思想。最后，韩愈又以柳宗元的身后事，写出他生前与亲友相交的笃厚。这篇墓志铭叙事简洁，情感蕴于其中；辅以议论，或犀利或深刻，既突出了柳宗元的人格魅力，又使得文章厚重饱满，同时，寄托了韩愈对友人的深切怀念。

（三）以笔喻人，人生百态：《毛颖传》

> 毛颖者，中山人也。其先明视，佐禹治东方土，养万物有功，因封于卯地，死为十二神。尝曰："吾子孙神明之

后，不可与物同，当吐而生。"已而果然。明视八世孙虢，世传当殷时居中山，得神仙之术，能匿光使物，窃姮娥，骑蟾蜍入月，其后代遂隐不仕云。居东郭者曰魏，狡而善走，与韩卢争能，卢不及。卢怒，与宋鹊谋而杀之，醢其家。

秦始皇时，蒙将军恬南伐楚，次中山，将大猎以惧楚，召左右庶长与军尉，以《连山》筮之，得天与人文之兆。筮者贺曰："今日之获，不角不牙，衣褐之徒，缺口而长须，八窍而趺居，独取其髦，简牍是资。天下其同书，秦其遂兼诸侯乎！"遂猎，围毛氏之族，拔其豪，载颖而归，献俘于章台宫，聚其族而加束缚焉。秦皇帝使恬赐之汤沐，而封诸管城，号曰管城子，日见亲宠任事。

颖为人强记而便敏，自结绳之代以及秦事，无不纂录。阴阳、卜筮、占相、医方、族氏、山经、地志、字书、图画、九流、百家、天人之书，及至浮图、老子、外国之说，皆所详悉。又通于当代之务，官府簿书、市井货钱注记，惟上所使。自秦皇帝及太子扶苏、胡亥、丞相斯、中车府令高，下及国人，无不爱重。又善随人意，正直、邪曲、巧拙，一随其人；虽见废弃，终默不泄。惟不喜武士，然见请亦时往。累拜中书令，与上益狎，上尝呼为"中书君"。上亲决事，以衡石自程，虽宫人不得立左右，独颖与执烛者常侍，上休方罢。颖与绛人陈玄、弘农陶泓及会稽褚先生友善，相推致，其出处必偕。上召颖，三人者，不待诏辄俱往，上未尝怪焉。

后因进见，上将有任使，拂拭之，因免冠谢。上见其发秃，又所摹画不能称上意，上嘻笑曰："中书君，老而秃，不任吾用。吾尝谓君中书，君今不中书邪？"对曰："臣所谓尽心者。"因不复召，归封邑，终于管城。其子孙甚多，散处中国夷狄，皆冒管城；惟居中山者，能继父祖业。

太史公曰：毛氏有两族：其一姬姓，文王之子，封于毛，所谓鲁、卫、毛、聃者也。战国时有毛公、毛遂，独中山之族不知其本所出，子孙最为蕃昌。《春秋》之成，见绝于孔子，而非其罪。及蒙将军拔中山之豪，始皇封诸管城，世遂有名，而姬姓之毛无闻。颖始以俘见，卒见任使。秦之灭诸侯，颖与有功，赏不酬劳，以老见疏，秦真少恩哉！

【赏析】《毛颖传》并非为人所作，而是为毛笔这一事物所作。此文奇幻瑰丽，拟物为人。韩愈以夸张的笔法赋予毛笔生动的人格，又给予毛笔跌宕起伏的人生经历，比拟贴切，想象大胆。

所谓毛颖，即是毛笔。该文开篇也如寻常作传记一样，考证毛笔的先祖。毛笔多以兔毛制，明视、䨲都是兔的别称。韩愈一本正经地追述世系，从大禹治理东方到"口中吐子"的说法，再到蟾蜍入月，糅入传说，给予毛笔显赫的先祖，语气严肃，反而颇有戏谑之感。

接着，韩愈以蒙恬制笔为原型，杜撰了一个占卜的情节，筮者的贺词称：天下统一文字，则预示着秦将统一诸侯。由此体现了毛笔的重要性。于是蒙恬率领的人擒住兔子，拔毛献给秦王。"聚其族而加束缚焉"，就是把兔毛扎在一起；"赐之汤沐"，是用沐浴来代指清洗干净；"封诸管城，号曰管城子"，则是最终制成毛笔。

国中上下，当然都离不开文字，也离不开毛笔。毛颖精通各种知识，无论是历史还是各种学说技艺，都需要靠他传承。

"又通于当代之务，官府簿书、市井货钱注记，惟上所使"。各类事务，如官府办公、买卖记账都离不开他，其重要性不言而喻。用于书写时随从人的心，沉默不语，则是毛颖性格的体现。秦王对待毛颖也十分亲近，亲切地称他为"中书君"。"绛人陈玄""弘农陶泓""会稽褚先生"分别指的是墨、砚与纸，常常与毛笔一同出现。此处作者构思巧妙，既凑齐了笔墨纸砚，又写出了秦王对毛颖异常宠爱重用。文章到此，写尽了毛颖的重要性和秦王原本的喜爱之情。然而毛笔终有用秃的一日，毛颖发秃，不能再像原来一样让使用者得心应手，尽管他尽心尽力，却难免被君王嘲笑、弃置。

韩愈虽然大胆地将虚构出的人物与文王后代相提并论，但仍用足了史传的格式，文末的赞依然十分严肃。而这种严肃在故事结束之后，则显得有些悲凉。"赏不酬劳，以老见疏，秦真少恩哉！"有功而不得酬劳，因为年老就被疏远，秦王实在是刻薄寡恩啊！

此文擅用双关隐语，将毛颖的形象刻画得十分具体，而又不脱其原型。虽是写一件事物，实际上在写一类人物。他们对王朝有贡献，却没有得到应有的待遇，一旦做错了事或年老无用，则顿时失去君王的信任，被弃如敝屣。韩愈一生几经沉浮，深知宦海波折，风云不测，帝王大都寡恩薄情，于是通过毛颖的经历，抒发胸中的积郁。同时，毛颖这一类人重视出身，与圣人攀亲抬高自己的出身，为官时又略显圆滑，韩愈此文，或也有讽刺之意。

这篇寓言在流畅的行文之中，暗含作者对现实的不满，于幽默嬉笑中吐露作者内心的积郁，直至最终化作一句"秦真少恩哉"，收束有力，深意尽显。因其表露出的不满太过明显，写法又辛辣大胆，与当时一部分恪守规矩的儒者所秉持的温和敦厚相悖，该文也曾引起不小的争议。而在今天来看，《毛颖传》实在称得上一篇绝妙佳作。

（四）业精于勤，行成于思：《进学解》

国子先生晨入太学，招诸生立馆下，诲之曰："业精于勤荒于嬉，行成于思毁于随。方今圣贤相逢，治具毕张拔去凶邪，登崇畯良。占小善者率以录，名一艺者无不庸。爬罗剔抉，刮垢磨光。盖有幸而获选，孰云多而不扬。诸生业患不能精，无患有司之不明；行患不能成，无患有司之不公。"

言未既，有笑于列者曰："先生欺余哉！弟子事先生，于兹有年矣。先生口不绝吟于六艺之文，手不停披于百家之编。记事者必提其要，纂言者必钩其玄。贪多务得，细大不捐。焚膏油以继晷，恒兀兀以穷年。先生之业，可谓勤矣。抵排异端，攘斥佛老，补苴罅漏，张皇幽眇。寻坠绪之茫茫，独旁搜而远绍。障百川而东之，回狂澜于既倒。先生之于儒，可谓有劳矣。沉浸酿郁，含英咀华，作为文章，其书满家。上规姚姒，浑浑无涯；《周诰》《殷盘》，佶屈聱牙；《春秋》谨严，《左氏》浮夸。《易》奇而法，《诗》正而葩。下逮《庄》《骚》，太史所录；子云相如，同工异曲。先生之于文，可谓闳其中而肆其外矣。少始知学，勇于敢为；长通于方，左右具宜。先生之于为人，可谓成矣。然而公不见信于人，私不见助于友，跋前踬后，动辄得咎。暂为御史，遂窜南夷；三年博士，冗不见治；命与仇谋，取败几时？冬暖而儿号寒，年丰而妻啼饥。头童齿豁，竟死何裨。不知虑此，而反教人为？"

　　先生曰："吁，子来前！夫大木为杗，细木为桷，欂栌侏儒，椳闑扂楔，各得其宜，施以成室者，匠氏之工也；玉札丹砂，赤箭青芝，牛溲马勃，败鼓之皮，俱收并蓄，待用无遗者，医师之良也；登明选公，杂进巧拙，纡余为妍，卓荦为杰，校短量长，惟器是适者，宰相之方也。昔者孟轲好辩，孔道以明，辙环天下，卒老于行；荀卿守正，大论是弘，逃谗于楚，废死兰陵。是二儒者，吐辞为经，举足为法，绝类离伦，优入圣域，其遇于世何如也？

　　今先生学虽勤而不繇其统，言虽多而不要其中，文虽奇而不济于用，行虽修而不显于众，犹且月费俸钱，岁靡廪粟；子不知耕，妇不知织，乘马从徒，安坐而食。踵常途之促促，窥陈编以盗窃。然而圣主不加诛，宰臣不见斥，兹非其幸欤？动而得谤，名亦随之，投闲置散，乃分之宜。若夫商财贿之有亡，计班资之崇庳，忘己量之所称，指前人之瑕疵，是所谓诘匠氏之不以杙为楹，而訾医师以昌阳引年，欲进其豨苓也。"

【赏析】《进学解》一文结构严整，浓密疏淡有致，议论颇具气势。文分四段，而文势转折；善用修辞，且用语新奇。此文蕴含了作者怀才不遇的愤懑之情，颇为讽刺，正是韩愈典型的作文风格。

首段写国子先生清晨教诲太学诸生，后人传诵的名句便由此而出："业精于勤荒于嬉，行成于思毁于随。"这是韩愈对于治学为人经验的总结，治学要勤勉，为人行事应独立思考。他接下来鼓励学生：现在的朝廷选拔人才十分用心，所谓"爬罗剔抉，刮垢磨光"，用语生新而十分形象，是指搜罗人才，甄别优劣，然后为这些玉石擦净污垢，使之磨光发亮。因此只要诸生自己学业有成，品行出众，就不必担心，一定能得到重用。

国子先生的话还没有说完，就被学生推翻。有学生说，他们跟从国子先生也有些日子了，深知他的学养为人。国子先生平日所行如何呢？"先生口不绝吟于六艺之文，手不停披于百家之编。记事者必提其要，纂言者必钩其玄。"他读书作文几乎一刻不停，焚膏继晷钻研学问，总结各类记事书籍的纲要，对语录论说类的则追寻幽微意旨。又摒弃佛老学说，弥补挽救儒家学说，对于儒家的贡献极大。国子先生于文章之道，博览群书。从《周诰》《殷盘》，到西汉司马相如和扬雄，取古人之所长，作文得法。这一段杂以骈文句法，多用四六字句而押韵上口。既有气势，读来又颇为上口，以文章烂漫之雍容，勾勒出国子先生孜孜不倦、饱学博闻的形象。其为人也如其所言，严守规矩，行为得体。

但这样一位国子先生，他的际遇却是"公不见信于人，私不见助于友，跋前踬后，动辄得咎"。既得不到信任，也没有朋友帮助，一举一动都要小心谨慎，却仍然时常遭受指责，这是何其不公啊！其实这位国子先生，正是韩愈自己。学生之诘问，也是他心头的疑问和伤痛。韩愈的经历十分坎坷，此时他前程渺茫，居于闲职，抱负不得施展，家境贫困至于极点。在不算冷的冬日，孩子都被冻得啼哭，丰年里家人却依然吃不饱，"冬暖而儿号寒，年丰而妻啼饥"。冬之暖，年之丰，更显得境遇的困顿达到触目惊心的地步。就连韩愈自己也形容衰老，沧桑不堪。虽寥寥数语，却极为沉痛，写尽了作者的悲哀和愤慨。

行文至此，先生其实已经被学生反驳得哑口无言了。但他身为国子先生，只能想方设法劝勉学生，于是以工匠和医生来类比宰相。"登明选公，杂进巧拙，纡余为妍，卓荦为杰，校短量长，惟器是适者，宰相之方也。"国子先生指出，选拔人才，无论灵巧还是笨拙都予以考量，无论温和美好还是雄放杰出都聚集一处，衡量长短，为各人分配合适的职位，这是宰相的工作。但假如宰相真能如良工巧匠和妙手医师一样，公正地选拔人才，慧眼识珠，那么韩愈等人又何至于此？国子先生只得以自谦自贬来自圆其说。孟轲、荀况这等大儒尚且不得任用，自己的才能实际上也并不出众，能在今天的位置上已经是恰当并且幸运的了。如果还要抱怨，那就如同责怪工匠不用小木桩代替大柱子，责怪医师采用良药，而希望他用豨苓这类寻常的药材了。

国子先生这样的说法显然是不妥当的，几近强词夺理，也正因如此，他的悲哀溢于字里行间。先生的谦虚饱含辛酸，平和的言语比之学生的愤慨，更令人感慨动容，因为这是一种不甘心的妥协，是愤慨之后的无奈选择。这种无奈，正是当时许多饱学之士的共同遭遇，朝廷腐败政治昏暗，致使人才得不到应有的待遇。《进学解》一文，实为血泪凝成，令读者在今日读来，依然能真切地感受到其中的辛酸和愤慨。同时，文中也有不少成语流传了下来，至今仍在被人们使用。

（五）盘古隐居，丈夫有志：《送李愿归盘谷序》

太行之阳有盘谷，盘谷之间，泉甘而土肥，草木丛茂，居民鲜少。或曰："谓其环两山之间，故曰'盘'。"或曰："是谷也，宅幽而势阻，隐者之所盘旋。"友人李愿居之。

愿之言曰："人之称大丈夫者，我知之矣：利泽施于人，名声昭于时，坐于庙朝，进退百官，而佐天子出令。其在外，则树旗旄，罗弓矢，武夫前呵，从者塞途，供给之人，各执其物，夹道而疾驰。喜有赏，怒有刑，才畯满前，道古今而誉盛德，入耳而不烦。曲眉丰颊，清声而便体，秀外而惠中，飘轻裾，翳长袖，粉白黛绿者，列屋而闲居，妒宠而负恃，争妍而取怜。大丈夫之遇知于天子，用力于当世者之所为也。吾非恶此而逃之，是有命焉，不可幸而致也。穷居而野处，升高而望远，坐茂树以终日，濯清泉以自洁。采于山，美可茹；钓于水，鲜可食；起居无时，惟适之安。与其有誉于前，孰若无毁于其后；与其有乐于身，孰若无忧于其心。车服不维，刀锯不加，理乱不知，黜陟不闻。大丈夫不遇于时者之所为也，我则行之。伺候于公卿之门，奔走于形势之途，足将进而趑趄，口将言而嗫嚅，处秽污而不羞，触刑辟而诛戮，徼幸于万一，老死而后止者，其于为人贤不肖何如也？"

昌黎韩愈，闻其言而壮之，与之酒而为之歌曰：盘之中，维子之宫。盘之土，可以稼。盘之泉，可濯可沿。盘之阻，谁争子所。窈而深，廓其有容。缭而曲，如往而复。嗟盘之乐兮，乐且无殃，虎豹远迹兮，蛟龙遁藏，鬼神守护兮，呵禁不祥。饮则食兮寿而康，无不足兮奚所望！膏吾车兮秣吾马，从子于盘兮，终吾生以徜徉。

【赏析】韩愈擅长写送序，总能言之有物，出新意于法度之外。贞元十七年（801 年），友人李愿归山隐居，韩愈为之作序。在这篇《送李愿归盘谷序》中，韩愈描写了三类人，刺达官贵人则犀利辛辣，贬斥小人则不留情面，描写隐士时，则善于借助环境渲染，又探究他们内心，突出了隐士高洁的品格，卓然的风骨。

韩愈送友人李愿回乡，首先要介绍盘谷这个地方。略述位置、环境，着重于其优美而幽深的特点，此处语言极为简洁凝练。引用旁人的评价时，韩愈反而不惜笔墨，这就显得作者的描写十分客观，同时也为盘谷增加了神秘色彩，其存在，恰如世外桃源。李愿将归，居于此地，他的人格气质也可略见一斑。

该文的重点在于第二段。李愿先描述了一种"大丈夫"，这样的人"坐于庙朝，进退百官"。外出时颇有排场，回家后姬妾盈室，可以凭自己的心意对旁人奖赏惩罚，且有无数人对他们讨好奉承。李愿说，他也并非厌恶这样的生活，只是时运不济，不得施展抱负罢了。因此，他选择了另一种生活："穷居而野处，升高而望远，坐茂树以终日，濯清泉以自洁。"居于荒野，常常能够登高望远，在繁茂的树木下能够悠闲地坐上一天，也可以用清洁的山泉沐浴。饮食也都源于山中，虽然清苦却十分自适。

若我们细读这一段则可以发现，李愿对这两种生活的好恶其实十分明显。"与其有誉于前，孰若无毁于其后；与其有乐于身，孰若无忧于其心。"被人当面称赞，不如背后无人诋毁；获取身体上的快乐，不如自己心中恬静自得。赏罚荣辱，世俗羁绊，这些为官者的限制、约束都不能困厄隐士。李愿的"非恶此"也只是一种委婉的表达，从那些达官贵人的所作所为来看，他们大多只图一己私利，随心所欲，纵酒享乐。如此，即使位高权重，依然令人鄙弃。

最令作者和李愿鄙弃的，还要数此段末尾描述的第三种人。这种人丢失了自己的风骨，摇尾乞怜于公卿王侯的府宅门口，奔走不休，蝇营狗苟，说话做事都不再坚持原则，却不以之为耻，直到老死方才止休。这样做人到底好还是不好呢？韩愈的问句之中讽刺的力度愈大，而答案自然由读者心中生发而出。

在这篇送序中，韩愈以达官贵人的骄傲恣肆和小人的趋炎附势与隐士的高洁恬淡相对比。通过这三类人不同的行为和思想，突出了污浊尘世中隐士的难能可贵。文中处处流露出对世俗的不屑，对隐居生活的向往。创作动机固然有韩愈未得重用内心愤慨，但所写种种，的确是当时社会的真实写照。

末段韩愈作歌，词句清丽，则完全出于赞美和向往之情。以歌结尾，韵味悠长，也足见他构思此文十分用心。"膏吾车兮秣吾马，从子于盘兮，终吾生以徜徉。"如果没有家庭的牵绊，没有志向未竟的遗憾，韩愈也愿意追随李愿归隐，在盘谷中徜徉一生，那将是何等的自由快乐。

（六）为官是小，为人是大：《蓝田县丞厅壁记》

丞之职所以贰令，于一邑无所不当问。其下主簿、尉，主簿、尉乃有分职。丞位高而逼，例以嫌不可否事。文书行，吏抱成案诣丞，卷其前，钤以左手，右手摘纸尾，雁鹜行以进，平立，睨丞曰："当署。"丞涉笔占位署，惟谨，目吏，问"可不可"，吏曰"得"，则退，不敢略省，漫不知何事。官虽尊，力势反出主簿、尉下。谚数慢，必曰丞，至以相訾謷。丞之设，岂端使然哉！

博陵崔斯立种学绩文，以蓄其有。泓涵演迤，日大以肆。贞元初，挟其能，战艺于京师，再进再屈千人；元和初，以前大理评事言得失黜官，再转而为丞兹邑。始至，喟曰："官无卑，顾材不足塞职。"既噤不得施用，又喟曰："丞哉，丞哉！余不负丞，而丞负余。"则尽枿去牙角，一蹑故迹，破崖岸而为之。

丞厅故有记，坏漏污不可读。斯立易楣与瓦，墁治壁，悉书前任人名氏。庭有老槐四行，南墙巨竹千梃，俨立若相持，水潏潏循除鸣。斯立痛扫溉，对树二松，日哦其间。有问者，辄对曰："余方有公事，子姑去。"

考功郎中、知制诰韩愈记。

【赏析】韩愈仕途不畅，目睹唐代官场之黑暗、制度之腐朽，多有痛惜人才的不平力作。《蓝田县丞厅壁记》一文，手法奇特，寓意深刻，原本记叙前后任履历的寻常公家文字，被韩愈写成了一篇无论形式还是内容，都堪称绝佳的作品。

就设立原因来看，县丞对于一个县的大小事宜都应过问，但为了避嫌，却又似乎应该什么都不管。韩愈毫不避忌，在开头一段直言"丞位高而逼"。县丞处境尴尬，其下面的主簿、县尉都有自己的职责，各司其职便是，而县丞因是县令的副手，倘若太过尽职尽责，则有夺权之嫌，会为县令忌惮打压，所以县丞往往战战兢兢，束手束脚。

接下来，韩愈就为我们刻画了一个典型的县丞形象，以精细的笔触将县丞和县吏的神情动作勾勒得惟妙惟肖。县吏抱着文书来找县丞签字。"卷其前，钳以左手，右手摘纸尾，雁鹜行以进，平立，睨丞曰：'当署。'"卷起纸张前部，用左手夹住，右手指出需要签名的尾端，大摇大摆地走进来，站直身子，斜眼看着县丞，说："这儿应该签名。""丞涉笔占位署，惟谨，目吏，问'可不可'。"县丞规规矩矩地签字，然后还要小心地看着县吏问："这样可以吗？"甚至连自己签署的是什么文书都不敢问一句，两个人的地位简直都倒过来了。民间甚至把做县丞当作骂人的话，韩愈不禁叹息：县丞这一官位的设立，难道就是为了让在其位之人遭受羞辱，战战兢兢吗？

该段写县丞与县吏的行为，十分注重细节。"雁鹜行"，即鹅行鸭步缓缓走来，生动又不乏讽刺，一个"睨"字，即斜视，已然将县吏的傲慢表达得淋漓尽致。而县丞恭谨的神态与"目吏"的动作，也清晰反映了他的内心活动。县吏何故敢轻视县丞到这个地步呢？自然是因为他清楚县丞的尴尬境地，而在县吏背后撑腰，或至少造成这一现状的人，不正是县令吗？韩愈为县丞作厅壁记，自不方便直接指责县令，但如此白描，已是十分大胆了。

继而韩愈落笔在一人身上，即该文主角博陵崔斯立。先写他的优秀和成就，他勤学好问，日益进步，即使在京城与人相较，也能够脱颖而出，两次令众人心服口服，只因上书论朝廷得失才被贬为县丞。试看这样一位优秀人才的境遇吧。刚来时，他说官位不分尊卑，就是怕自己能力不足辜负这个位置。上任一段时间之后，他态度转变很大，只是感叹说："余不负丞，而丞负余。"两次"喟"，其心态言语差别竟如此巨大，不需多言已可知，一个"再进再屈千人"的文人豪杰，是怎样日渐消磨了心志。真正是把毕生的学问气节，都付诸东流了。于是他去掉自己的棱角，打破自己的原则，依照旧例昏然度日了。

县厅中原本有一篇壁记，但损坏不能阅读。崔斯立就重新修整墙壁，又把前任县丞的名字都写在上面。他把院落洒扫干净，相对种下两棵松树，每日吟诗，再遇到问题，也随口推却罢了。末段不做评论，韩愈要表达的情感，全在叙述之间。修整壁记，是因崔斯立与前任们同病相怜，可见他依然为自己的处境而哀叹，并没有全然忘记理想抱负。"庭有老槐四行，南墙巨竹千梃，俨立若相持，水㶁㶁循除鸣。"这样清幽的环境，乐于其间的人，也不会完全丧失自己的品格。纵然如此，崔斯立仍然不敢干涉政务，而是吟诗作赋消磨度日。未能完全沉沦，亦不敢太过清醒，这才是最痛苦的。

该文结构亦颇为讲究，先白描常态，再聚焦一人，末段将惋惜概叹又翻出一层，终以人物百无聊赖的话语作结，戛然而止，余音不绝。简洁澹荡之间有奇笔，似是轻松戏谑，实则沉痛惋惜之意在于言外，深刻地讽刺了当时的政治状况。

孤舟独钓寒江雪

一　风骨卓然的孤舟客

（一）没落氏族，发奋攻读

"千山鸟飞绝，万径人踪灭。孤舟蓑笠翁，独钓寒江雪。"① 这首《江雪》脍炙人口，学童能诵。诗人描绘雪景传神，读之令人心生寒意。这首诗表现出了一种幽冷空寂的意境，大雪纷然，而江水尚未封冻，空旷苍茫的天地间，渔翁孤舟独钓，落寞孤独无以复加，正是诗人的自喻。宦海中风雪摧折，他只有一叶扁舟却不改其志，又天然有一颗敏感的文人心，以致郁郁终生，体衰早逝。那摧残了他的，却也以某种特别的方式成就了他。这位诗人，就是鼎鼎大名的柳宗元。

柳宗元（773—819 年），字子厚，祖籍蒲州解县（今山西省永济市），出生于长安，世称"柳河东"。因他终于柳州刺史任上，又被称为"柳柳州"。"唐宋八大家"当中柳宗元与韩愈并称，同为唐代古文运动的先期代表人物。柳宗元仕途坎坷，没有什么太辉煌的政绩，但他在文学上的影响却非常大，尤其是在散文方面，历来文人对柳宗元的评价都是极高的。

宋代大文豪苏东坡对柳宗元的诗文均有很高的赞誉，在《评韩柳诗》中认为柳诗淡而有味，"谓其外枯而中膏，似澹而

① 《柳宗元集》第 3 册，吴文治点校，中华书局，1979，第 1221 页。本书所引柳宗元诗词均出自该本，以下不再一一标注。

实美"。在文学风格上，虽然"韩柳"并称，但是二人性格迥异，柳宗元的诗文也不像韩愈那么离奇。韩愈喜欢造硬语，用僻典，柳宗元则不然。柳宗元的诗看着并不那么丰满，似乎平淡无奇，但是读起来有嚼头，越琢磨越有味道，可以说达到了陶渊明诗的境界。

柳宗元出生在代宗大历八年（773年），正是"安史之乱"平定后的第十年。战争的后遗症仍然在延续，藩镇割据更加激烈。柳宗元又以他四十几年的短暂一生经历了代宗、德宗、顺宗、宪宗四个朝代。唐代社会矛盾急剧激化，各种政治势力斗争极其复杂尖锐，造反的比比皆是。朝廷上也是党争激烈，尔虞我诈。

柳宗元同韩愈相似，也是下层的庶族文人向上层挺进的代表人物。但他不像韩愈，韩愈称"韩昌黎"多少有自夸的嫌疑，柳宗元却是实实在在的名门世族之后，祖上非常辉煌，只不过到他祖父一代时，家道中落。当时的河东柳氏与河东薛氏、裴氏曾并称为河东的三大世族。柳宗元的祖上更是世代为官，七世祖柳庆做过北魏的高官，五世祖柳楷受到李渊的器重，娶了李渊的外孙女为妻，官职也特别高。柳楷有个兄弟叫柳奭，贞观年间为太宗做过中书舍人，高宗李治时期做过宰相，柳奭的外甥女王氏就是有名的王皇后。柳宗元的家族中不但官员众多，文学名士也非常多，大书法家柳公权是柳宗元的族叔。

这样一个显赫的家族经历了中唐的政治变化，却逐渐凋零了。王皇后被废黜，整个柳家备受打击，家族从此开始没落。到柳宗元祖父这一辈，家里人虽然也做官，但只是下层的普通官吏了。柳家子弟已经不能靠门第获得高官，还是需要走科举的路。

（二）少年登第，擢为御史

柳宗元的幼年是在长安度过的，他在九岁之前，对朝廷的腐败无能、社会的动荡就已经有所感受。他九岁这一年正赶上战乱，他随父亲来到了夏口，此后整整三年，他亲身经历了藩镇割据的战火。建中年间，节度使李希烈造反，德宗派颜真卿去安抚他，跟他谈判。颜真卿武将出身，脾气特别大，当面斥责李希烈，李希烈一怒之下，就把颜真卿给杀了。这类事情都是柳宗元亲眼所见、亲身经历，对他的影响是非常大的，所以柳宗元从小就对社会有了很深刻的了解。

其父亲柳镇为人正直，素有文名，其母亲卢氏则教子有方。柳宗元从小有"神童"之誉，文学才能出众，再加上祖上的辉煌，让他从小就拥有了耀目的光芒，他自己也颇为骄傲。793年，为人称道一时的"龙虎榜"之后，户部侍郎顾少连知贡举，又选拔了一批优秀的寒门子弟。柳宗元进士及第，这一年他刚刚二十一岁。刘禹锡与他同榜，元稹也在此年明经及第。有了功名之后，柳宗元的名声逐渐大起来了，但其父亲在这时去世了，他也只能在家守孝。三年之后，柳宗元孝满，担任秘书省校书郎。798年，他才通过吏部博学宏词科考试，授集贤殿书院正字，官阶从九品。

803年，柳宗元被调回长安，加入了御史的行列。御史的职位不高，但是比较清要，出入庙堂，监察百官，所以很受重视。伴君如伴虎，御史既容易受皇帝赏识，也容易被皇帝反感。杜甫当过左拾遗，拾遗是针对皇帝的。杜甫就是因进谏而被皇帝疏远，被迫离开朝廷的。监察是针对百官的，和这个也差不多。至此，柳宗元可以与很多官场上层人物有广泛的交流，对政治的黑暗和腐败有更深入的了解。同时，他也结交了一批志同道合的朋友，在一起谈古论今，发表政见。

柳宗元从小目睹国家战乱、民不聊生的景象，始终有着强烈的改革思想。这时，王叔文极力推行改革，柳宗元马上表示赞同，逐渐成为王叔文改革集团的重要人物。如此一来，柳宗元的政治生命就同王叔文集团联系在了一起。

（三）永贞革新，被贬出京

805年，德宗驾崩，顺宗继位，重用王叔文等人，王叔文身边集合了一大批有志于改革的人物，形成了一个政治集团。柳宗元也被提拔为礼部员外郎，掌管礼仪和贡举。这年他仅三十三岁，正是意气风发的时候，对自己认为有利民生有利家国的事，当然要不遗余力地去做。于是他跟随王叔文，推行了一系列改革措施，史称"永贞革新"。

风起云涌的改革，寥寥数语，道不出其惊心动魄。这次改革的骨干大都是寒门出身，无所依傍，但他们有一腔热血，满怀热情，既不畏高门权势，也不限于走寻常路。改革派骤然得权，雷厉风行，他们起用了一批实干有为的朝臣，罢去烜赫一时的"五坊小儿"，停罢令百姓苦不堪言的"宫市"，减免赋税，与民休息，的确做了很多好事。王叔文、王伾与柳宗元、刘禹锡等人相聚时，也觉得非常得意，相互酬答，认为彼此是伊尹、周公再世，颇有春风得意的姿态。

但事实却并不是那样美好的，任何改革都会使一部分人获益，又使一部分人利益受损。很多大豪强利益被触动，感受到了切肤之痛，于是奋起反抗。实际上，王叔文集团也知道情势不容松懈，因此才对沉疴下了猛药。他们依靠的顺宗早就患了中风，保顺宗继位已经不易，帝王能给予的支持自然非常有限。

改革没有其他的根基，于是采取一些非常手段，留下的最重要的把柄就是依附内宫，内外交结。二王家中一度座无空席，门不停宾，结党的罪名也是他们摆脱不掉的。

很快，王叔文被削职，顺宗被迫让位给宪宗。王叔文等人曾是宪宗登基的巨大阻力，帝王雷霆一怒，改革集团立刻遭受了巨大的打击，彻底失去了上层的支持。墙倒众人推，短短一百多天的革新，立刻成为这些年轻奋发的官员一生的"污点"。从商鞅开始，改革者的结局多半已经在开始时写好，历朝历代，难有例外。不久，王叔文被赐死，整个王叔文集团的官员全都受到牵连，纷纷被贬。柳宗元是改革中的重要分子，担任一些文字撰写工作，也就是集团的喉舌，又以自己的声望为改革聚集人才、官员，自然也成为那些人的眼中钉。他起初被贬为邵州刺史，不久又再被贬为永州司马。像他这样被贬为司马的，还有七个人，这就是历史上有名的"二王八司马"事件。

（四）荒僻永州，自嘲愚人

司马是当地行政长官的副手，不但没有实权，也没有俸禄。柳宗元在永州生活了十年之久，政治上不可能有太大建树，在文学和学术上却有了很大发展。正如他自己所说，是贬谪使他对文学有了深刻思考，形成了独特的文学思想体系，创作水平提高，内容也更有深度。他在赴永州的路上写下《惩咎赋》，内容却与题目相反，实是为自己的忠诚磊落辩白。到永州之后，他又写了《唐故给事中皇太子侍读陆文通先生墓表》，在赞扬陆贽的同时，仍然对革新事业持坚定的肯定态度。《柳河东全集》收录了他五百四十多篇诗文，当中有三百多篇创作于被贬永州时期，著名的"永州八记"也作于此时。其好友韩愈所言非虚，柳宗元的确是"穷而后工"。

到永州后，某日柳宗元与友人一同出游，从小丘西行百步，忽而听到泠泠水声。于是几人独辟幽径，走近潭边凝目下望。青翠树木几乎隔绝出一个清幽独绝的世外之境，而石潭不见一点泥沙，清澈见底，游鱼往来。究其源头，却只见细细一弯水痕，无限曲折，隐匿在参差怪石之下。这样的境地，"凄神寒骨，悄怆幽邃"，令人不能禁受，于是柳宗元记之而去，是为《至小丘西小石潭记》。西山、钴铒潭、袁家渴……种种自然景观，寄托了他的情志，却改变不了他愁苦郁闷的心情。

一个伟大作家的潦倒失意，对后世文学来说的确是好事，对于作家本人来说，却是他绝不想遭受的一段磨难。柳宗元在永州，水土不服，常有病痛，无力续娶正室，家庭也始终不完整。更使他难以忍受的是寂寞和不甘。昔日胜友如云，共论国是，此后却散落天涯，唯有往来书信，尚通音讯。柳宗元和当地的百姓结下了深厚的友谊，他身边也有几位朋友。但这些朋友与保持通信的几位同道，大都在政治上遭受了极不公正的待遇，如吴武陵、刘禹锡。这些人与柳宗元互相引为知己，与他互相扶持，对于现状却同样束手无策，只能任由风雨欺凌摧残。在这些人之中，柳宗元的心志又格外坚定，他过往的经历、读过的诗书，以及从父亲那里继承的处世风格，让他始终不认为自己有错，而是抱着被起用的希望，在日复一日的等待中，他更加痛苦。柳宗元把这种品格称为"愚"，他将自己居所附近的山水亭台都以"愚"命名，又作《愚溪对》："吾足蹈坎井，头抵木石，冲冒榛棘，僵仆虺蜴，而不知怵惕。"似贬实扬，表达了自己一愚到底的决心。

（五）种柳柳江，体衰早逝

815 年，柳宗元遇赦回京，这一年，他已经四十三岁了，远逐四千里外，蹉跎十年光阴，一朝遇赦，说是欣喜若狂也不为过。他风尘仆仆、千里迢迢赶回长安，百感交集，作《诏追赴都二月至灞上亭》，满纸的期待兴奋。刘禹锡也同样被征召回京，他的性格更为倔强直爽，旧地重游还有心情写诗嘲讽当朝权贵，在《再游玄都观》诗中写道："百亩庭中半是苔，桃花净尽菜花开。种桃道士今何在？前度刘郎今又来。"没多久，这件事就传到了掌权者的耳朵里。实际上，一首诗本身并没有多大的力量，刘、柳等人重新被贬出京城绝非这么简单，宪宗忌恨、武元衡弄权，才是真正的原因。这些革新者的头颅是不肯轻易低下的，姿态也绝非懊悔恭顺，朝廷又怎能容下这样一群人呢？刘禹锡于是再度被贬播州（今贵州省遵义市）。柳宗元并不觉得是被刘禹锡连累了，想到刘禹锡被贬的播州太遥远，刘母年纪大了，经受不住旅途劳顿，于是他主动提出将两人的贬地对调。不久，朝廷下令，刘禹锡改迁连州（今广东省连州市），柳宗元贬到柳州（今广西壮族自治区柳州市），此事才得以解决。二人于是相携上路。

柳宗元这一走，就再也没能回到京城。

柳州更加偏远，是几乎荒无人烟的地方，漫漫长路，踟蹰而行，柳宗元走了将近三个月才抵达柳州。而这一次，他心中希望的火焰也几乎被浇灭了，甘于在柳州做一个地方行政长官。他解放奴隶，发展农业，并且为这里带来了浓郁的文化气息。闲暇时，他在柳江边种下几棵柳树，调侃自己的姓氏与贬谪地名称相同。能留给后世的，终究没有什么辉煌功业，唯有退而求其次，几卷文稿、一行青柳罢了。他的心志比之少年时代已经消沉下来，身体也日益衰弱。柳宗元知道，自己已经无力再等待下去了。

818 年，柳宗元与几位部将在驿亭中饮酒。他举起酒杯喟然长叹，感叹自己"弃于时"，又对几位好友说，明年自己就将离去，死后会化为神明，请他们三年之后祭祀自己。次年，宪宗大赦，柳宗元即将被召回京城，却在此时病逝了，终年四十七岁。

柳宗元一生为人正直仗义，仁孝重亲情，所以死后也得到了亲友们真切的哀悼怀念。他的家境清贫，后事却被料理得很好。至于朝廷追封，死后哀荣，对于一世郁郁、想要施展抱负的柳宗元来说，却已无足轻重了。

（六）虔诚佛徒，亦是儒者

柳宗元生活的时代社会巨变，他的思想和同时期的很多人也不一样，虽然"韩柳"并称，但他跟韩愈的思想迥然有别：韩愈是排佛的，柳宗元却是信佛的。

孔子讲究"不语怪力乱神"，这对中国哲学的发展影响极大，后世的儒生也否定鬼神，柳宗元的立足点也是儒学，他同时还有一种朴素的唯物主义传统思想，否定很多古人笃信的天命之说，反对一些迷信的思想，但是他又崇信佛教，承认佛教当中神的存在。儒家思想讲究"达则兼济天下，穷则独善其身"，佛教思想却以现世为虚无。这两种思想，随着他的个人经历，也是有消长变化的，但柳宗元往往尝试把儒家思想跟佛教思想融合在一起，这就不太可能了。从唯物出发，到唯心结束，他把自己陷入矛盾当中了，怎么也解释不通了。

柳宗元似乎想调和佛教和儒家思想的矛盾，因此也在学理上进行了尝试，提出"大中之道"的想法，但是归结到宗教的本质，还是不能讲得通，所以他常常把自己陷入矛盾之中。

同为"古文运动"的领导者，韩愈最初则是极力排佛的，他对柳宗元笃信佛教很不满，并曾批评柳宗元。但柳宗元自幼好佛，对韩愈的批评不以为然，反而为自己辩解。尤其是柳宗元认为佛教也很重视孝道，这同传统的儒家思想是一致的，所以他才觉得佛教不可排斥。

政治上，柳宗元的思想也源自儒学，主张统一，反对分裂，这不难理解。他从小就经历藩镇割据，分裂对国家造成的恶果他是深有体会的。柳宗元的很多文章对于社会动荡带给百姓的痛苦有深刻的揭露，如在著名的《捕蛇者说》这篇文章中，柳宗元就指出"苛政猛于虎"，这是对社会现实的真实反映。

当然，柳宗元也并非一个顽固泥古的儒生，他在儒家的政治思想上有所创新，做出了重要的贡献。柳宗元主张加强中央集权，反对藩镇割据，对当时唐朝的政治理论有重要意义。柳宗元还写了一篇文章叫《封建论》，指出春秋末年战国初期的"封建"只不过是当时的政治产物，并非永远适用于后世，而郡县制则符合唐代的社会情况。这篇文章的见解很是独到，具有重要的政治理论意义。

（七）诗文俱佳，淡有余味

柳宗元一生留下了六百多篇诗文作品，其中文的影响最大。柳宗元的诗不多，只留下一百四十多首，诗风清淡，耐读而有韵味。除了《江雪》之外，他另有一首写渔翁的诗，诗名就叫作《渔翁》。"渔翁夜傍西岩宿，晓汲清湘燃楚竹。"起句平实，随后却道"清湘""楚竹"，令人顿觉满纸清新淡雅，可见这个渔翁并不是普通的俗人。"烟销日出不见人，欸乃一声山水绿。"渔翁执桨远去，清晨烟岚已散，红日初升万象苏醒，而岸边已不见人影，只闻桨声悠悠回荡在青山绿水之中。"欸乃一声"写出了动作的娴熟与轻灵，甚至仿佛随后的"山水"都是被这一声唤绿的。"绿"字又极美，景色也仿佛鲜活流动起来，远去的人影已与景物浑然一体，共同构成一幅和谐优美的画卷。"回看天际下中流，岩上无心云相逐。"回首所见，只有白云无心舒卷，这境界又是何等的闲淡恬静，也难怪诗人十分羡慕了。

柳宗元被贬柳州的时候写了一首《登柳州城楼寄张漳汀封连四州刺史》给一同被贬的朋友。这首诗表面上气势宏大，但内里却十分凄婉，他内心的无奈溢于文字之间："城上高楼接大荒，海天愁思正茫茫。惊风乱飐芙蓉水，密雨斜侵薜荔墙。岭树重遮千里目，江流曲似九回肠。共来百越文身地，犹自音书滞一乡。"柳州气候恶劣，诗人登楼时四顾荒凉，天地之间混沌一片，正如他的愁绪。秦观写愁是"无边丝雨"，清淡而挥之不去，是人心头若有若无的怅然。柳宗元则是愁云密布，"海天愁思正茫茫"。"惊风乱飐芙蓉水，密雨斜侵薜荔墙"，狂风暴雨倾打在水面，花墙也被整个侵蚀。想回望故乡，目光却被重重山岭树木遮蔽，永远望不到那一头，"江流曲似九回肠"，江流婉转恰如愁肠百结。"共来百越文身地，犹自音书滞一乡"，"文身"是当地少数民族的习惯，"百越"是指五岭以南的少数民族聚居地。来到这文化落后的荒凉地域，音讯不通，连一封信都寄不出去。这首诗中的愁绪哀戚已经非常浓重了，后来柳宗元果然是在柳州去世。能写出这样的作品，并不是诗能穷人，乃是穷而后工。

虽然柳宗元所参与的政治事件受到过不公正的评价，但时至今日，无论是他的文学成就，还是人格魅力，都已得到了后世的普遍认可。乱世英雄，不该只限于那些立马横刀的将军猛士，史册上从来都有风骨凛然的文人一席之地。

茫茫寒江，孤舟独钓。以柔弱之身行倔强之事，正是他们的可敬之处。

二 柳宗元散文赏析

（一）西山景色异，忘我天地间:《始得西山宴游记》

　　自余为僇人，居是州，恒惴栗。其隙也，则施施而行，漫漫而游。日与其徒上高山，入深林，穷回溪，幽泉怪石，无远不到。到则披草而坐，倾壶而醉。醉则更相枕以卧，卧而梦。意有所极，梦亦同趣。觉而起，起而归。以为凡是州之山水有异态者，皆我有也，而未始知西山之怪特。

　　今年九月二十八日，因坐法华西亭，望西山，始指异之。遂命仆人过湘江，缘染溪，斫榛莽，焚茅茷，穷山之高而止。攀援而登，箕踞而遨，则凡数州之土壤，皆在衽席之下。其高下之势，岈然洼然，若垤若穴，尺寸千里，攒蹙累积，莫得遁隐。萦青缭白，外与天际，四望如一。然后知是山之特立，不与培塿为类。悠悠乎与颢气俱，而莫得其涯；洋洋乎与造物者游，而不知其所穷。引觞满酌，颓然就醉，不知日之入。苍然暮色，自远而至，至无所见，而犹不欲归。心凝形释，与万化冥合。然后知吾向之未始游，游于是乎始。故为之文以志。是岁，元和四年也。

　　【赏析】柳宗元的山水游记乃是有唐一绝，受佛教思想影响，他在贬谪时创作了不少这类文章。其中"永州八记"最负盛名。这篇《始得西山宴游记》便是八记之一，笔触清丽而意境深远，全面展现了柳宗元在永州的生活和心境。

作者说自己遭遇贬谪以来，常常恐惧不安，而其实在他内心深处，悲郁愤懑之感更多。这种心情也笼罩了他的生活，空闲时他漫游山林，踏遍深林、溪畔。虽然有美景，有乐趣，柳宗元却始终没能摆脱愁绪，这种放浪山水的行为，显得十分潦草：到了便席地而坐，借酒浇愁。"醉则更相枕以卧，卧而梦。意有所极，梦亦同趣。觉而起，起而归。"醉了便睡去，梦中也只有愁苦，醒了便起身归去。一连串的动作太流畅，仿佛只是一个既定的流程，全无情致，此乃作者兴致恹恹的写照。

在这样的境况下，柳宗元远眺时无意发现了西山的不同，于是带着仆人渡江伐木，攀援而上。"过湘江，缘染溪，斫榛莽，焚茅茷"，明明颇费周折，三字短句以精准的动词带动，却又显得十分利落，正好表达了作者造访西山之巅的决心与对此行探幽的向往。果然，山顶的景色未辜负这一番功夫，令柳宗元豁然开朗。

放眼望去，附近几个州的景物都在他们脚下："其高下之势，岈然洼然，若垤若穴，尺寸千里，攒蹙累积，莫得遁隐。"在这片土地上高山耸立、深谷低洼，而原本深洼和耸立之处，现在看起来却像蚂蚁穴和它旁边的小土堆一样。千里之内的景物，都像聚缩在尺寸之间，让人能看得完整清楚。作者不直言山高有几丈，谷深又如何，而是通过将其下的山丘比作蚁封，又以夸张笔法，极言视角宽广，山上的人能将千里风光尽收眼底，使读者如同身临其境，亲身感受到西山之高。

游人处在其中，也似与白云比肩，青烟白云连成一片，直接天际。在这样壮观的自然景象之中，作者陶醉了，"悠悠乎与颢气俱，而莫得其涯；洋洋乎与造物者游，而不知其所穷"。心神悠游于天地之间，又与大自然沟通合一，徜徉不知尽头。到此地步，开阔而优美的景色，终于让柳宗元产生了流连忘返之感，也为他拂去心头时时萦绕的愁绪。

柳宗元再一次喝醉，但与前文的醉不同，此时"引觞满酌，颓然就醉"乃是开怀畅饮，尽兴而为。"心凝形释，与万化冥合"，这对于贬谪时的文人来说，实在是一种极高的境界，超脱形体的束缚，心也随之凝定了，忘我地融入天地间。之前的游览都不能算是真正的游赏山水，唯有在西山之巅，柳宗元才做到了放下忧郁，敞开心怀。此处写道傍晚时分"苍然暮色，自远而至"，暮色并非徐徐降临，而是由远而近的，用语既新奇，又令人顿生天地苍茫之感。

该文围绕"始得"二字展开，语言精练生动，线索明晰，景与步移，情随景生，文章结构也值得品味。西山之前的游览皆是铺垫，篇幅不小却十分有用，有其衬托之效，再写西山，便事半功倍，轻轻几笔就能点出西山之游的畅快尽兴。取道上山的过程明明艰难，却又似随手带过，盖因在西山上远眺的一瞬，足以抵消上山时的种种周折。其实西山并非什么名胜，但柳宗元在记述此行经历时也寄托了自己的情志，故极言西山之高。壮丽的景色衬托出作者的才志非凡。视野开阔、心凝形释的见闻观感，为我们勾勒出柳宗元卓荦高洁的形象。

（二）大智若愚，无用之用：《愚溪诗序》

灌水之阳有溪焉，东流入于潇水。或曰：冉氏尝居也，故姓是溪为冉溪。或曰：可以染也，名之以其能，故谓之染溪。余以愚触罪，谪潇水上，爱是溪，入二三里，得其尤绝者家焉。古有愚公谷，今予家是溪，而名莫定，士之居者犹龂龂然，不可以不更也，故更之为愚溪。

愚溪之上，买小丘为愚丘。自愚丘东北行六十步，得泉焉，又买居之为愚泉。愚泉凡六穴，皆出山下平地，盖上出也。合流屈曲而南，为愚沟。遂负土累石，塞其隘为愚池。愚池之东为愚堂。其南为愚亭。池之中为愚岛。嘉木异石错置，皆山水之奇者，以余故，咸以愚辱焉。

夫水，智者乐也。今是溪独见辱于愚，何哉？盖其流甚下，不可以溉灌；又峻急，多坻石，大舟不可入也；幽邃浅狭，蛟龙不屑，不能兴云雨。无以利世，而适类于余，然则虽辱而愚之，可也。宁武子"邦无道则愚"，智而为愚者也；颜子"终日不违如愚"，睿而为愚者也。皆不得为真愚。今余遭有道，而违于理，悖于事，故凡为愚者莫我若也。夫然，则天下莫能争是溪，余得专而名焉。

溪虽莫利于世，而善鉴万类，清莹秀澈，锵鸣金石，能使愚者喜笑眷慕，乐而不能去也。余虽不合于俗，亦颇以文墨自慰，漱涤万物，牢笼百态，而无所避之。以愚辞歌愚溪，则茫然而不违，昏然而同归，超鸿蒙，混希夷，寂寥而莫我知也。于是作《八愚诗》，纪于溪石上。

【赏析】《愚溪诗序》是柳宗元为《八愚诗》而作的一篇序文。他在文中托愚溪以寄情，夹议论于叙事，描绘了愚溪周围的优美风光。通过溪之寂寞，映照自己的寂寞，传达出困于贬所，才华抱负不得施展的忧伤苦闷之情。

首段交代了愚溪位于何处及其名字由来。关于此溪的名称有各种说法，柳宗元引述了两种，直到他定居于此，大家依然众说纷纭，所以柳宗元便需要给溪水确定一个名字。他认为自己是因为"愚"而获罪，便为之取名为"愚溪"。古代有个愚公谷，现在他取的名字也不算全无来历。

柳宗元接着介绍了愚溪周边的布置，他在愚溪上买了个小丘，从此处往东北六十步，又买了一座泉。泉有六个泉眼，泉水上涌汇合后往南流去，成一小沟，用石头和土堵住泉水通道，便构成了一座小池。池东有堂，池南有亭，池中心还有一座岛。这些景物，柳宗元通通为它们起名为"愚"。"愚"字在短短一段内重复、叠加，却从容生趣，如绘工笔，非是大家不能为之。原来，柳宗元在描写时，注意写出东、西、南、北四个方位，使平面的叙述变得立体。加之句式长短错杂，语言简洁明了，又把景物或合流或填塞的形成过程写出来，使人读来仿佛跟随作者漫步其中指点山水，景随步移。"嘉木异石错置，皆山水之奇者，以余故，咸以愚辱焉。"柳宗元总结说，愚溪周围奇石秀木，景色颇佳，是因为他的缘故，而被命名为"愚"。此处是对愚溪的一扬，于淡淡调侃中透出辛酸。

叙述愚溪的情况已毕，柳宗元随之生发议论。俗话说"知者乐水"，如今愚溪却被称为"愚"，倒也不算冤枉它。因为愚溪之水不便用来灌溉，峻急多石，大船开不进来，并且愚溪太浅，也不能供蛟龙兴云作雨，似乎对世人没什么用。柳宗元认为，愚溪这样的特点，正与他自己相似。话虽如此，却又生出一笔，写宁俞、颜回二人之"愚"，而这二位贤者都不是真的愚笨。"今余遭有道，而违于理，悖于事，故凡为愚者莫我若也。"只有柳宗元自己，行为与事理相违背，才是真正的"愚"。所以愚溪之名也非作者不能用。

这当然是柳宗元的自嘲了，以二位贤者作衬，透露出的是他对自身品格才华的自豪，在自负自矜的语意之中又满含悲凉。其实，柳宗元因朝堂纷争被打压，然后久陷贬谪，不复重用，自然不是因为他愚笨。他作此牢骚语，实际上是要表达对当下境况的不满。此段中，柳宗元对愚溪又是一抑。

在该文中，对于愚溪，柳宗元是先扬再抑再扬，第二次扬就在升华主旨的末段中。虽然愚溪对世人没什么用处，但是它"善鉴万类，清莹秀澈，锵鸣金石"，鉴照万事万物，清洁明秀，发出金石般清脆的声音，能令愚者舒畅胸怀。与水相似，柳宗元自己虽然与世俗不合，但是"亦颇以文墨自慰，漱涤万物，牢笼百态，而无所避之"，能以优美的文墨来宽慰自己，写尽世间万物，抓住它们的千姿百态，使之无所遁逃，人与溪水何其相似！于是柳宗元写下了《八愚诗》，这一刻仿佛世间茫然，无所谓违背事理，昏昏然之间万物也都同归，而他超越天地，进入一种玄妙的境界。看似出尘离俗，浑然忘我，然而文末"寂寥而莫我知也"，仍透出无限伤感。柳宗元虽志趣高洁，但的确终生未摆脱失意的苦闷。

两次文义转折，对愚溪的描写由浅入深，由表入里，作者原本自称愚人，也通过文中的波澜，申明了自己的志趣，不但使短短一篇散文颇富跌宕之姿，更巧妙地融情于景。综观《愚溪诗序》全文，意味悠长，怨而不怒。愚溪是"无用"之水，作者是"无用"之人，所谓"无用"其实是"无人用"。愚溪和柳宗元，都是这世间极其美好的存在，也都能在寂寞清冷的环境中，坚守自身的清澈明净，只不过空有美景却少人欣赏，空有才华却无人起用，这才催生了这篇"锵鸣金石"般的不平之鸣。

（三）虫小贪心大，终究自取亡：《蝜蝂传》

蝜蝂者，善负小虫也。行遇物，辄持取，卬其首负之。背愈重，虽困剧不止也。其背甚涩，物积因不散，卒踬仆不能起。人或怜之，为去其负。苟能行，又持取如故。又好上高，极其力不已，至坠地死。

今世之嗜取者，遇货不避，以厚其室，不知为己累也，唯恐其不积。及其怠而踬也，黜弃之，迁徙之，亦以病矣。苟能起，又不艾。日思高其位，大其禄，而贪取滋甚，以近于危坠，观前之死亡不知戒。虽其形魁然大者也，其名人也，而智则小虫也。亦足哀夫！

【赏析】柳宗元从《庄子》《韩非子》中受到启发，写了很多深刻的寓言。这些寓言情节丰富，语言艺术性极高，大都针对当时的社会问题，笔触犀利，讽刺辛辣。《蝜蝂传》是一篇揭露贪官污吏心态行径的寓言，文章虽短，语言却十分有力，以虫比人，二者形象如一。最终议论一针见血，批判得十分畅快。

柳宗元先描述了蝜蝂可笑的行为。蝜蝂是一种善于背东西的小虫子，在路上爬时，碰见什么背什么，直到东西太重，背不动了也不肯放下。它的背很粗糙，东西也不会自己滑下来，小虫被压得摔倒起不了身。"人或怜之，为去其负。苟能行，又持取如故。"人们怜悯它，帮它把东西拿下来，可它只要还能爬行，就一定又要背那么多。蝜蝂又非常喜欢往高处爬，爬不动，摔在地上，终于一命呜呼了。第一段惟妙惟肖地刻画了蝜蝂这种小虫的形象，其"印其首负（物）"的无知神态、"持取如故"的贪婪固执都生动非常。爱负物、喜爬高这两大特点，同样存在于现实中的一类人身上。

"今世之嗜取者，遇货不避，以厚其室，不知为己累也，唯恐其不积。"贪婪的官员，就像这小虫子一样，唯恐自己的钱不够用，家里的东西不够多。贪污被发现，上级将他们贬官或者弃置不用时，贪官们也会觉得痛苦。然而本性难移，一旦被复用，贪婪如故。这些人谋求高官厚禄，不顾前车之鉴，甚至搭上了性命也不知悔改。

柳宗元描写贪官时，将他们的具体行为与蝜蝂一一对应。人的"遇货不避"与虫的"行遇物，辄持取"何其相似！人的"苟能起，又不艾"与虫的"苟能行，又持取如故"何等神似！类比巧妙之间，读者不难领悟到柳宗元的深刻寓意。末句尤其犀利，"虽其形魁然大者也，其名人也，而智则小虫也。亦足哀夫！"这些人虽然体形比蝜蝂大得多，智慧水平却和小虫子一样，真是够悲哀的了！一句"其名人也"，已然不把这些贪官污吏当作真正意义上的人了。可谓锋芒毕露，入骨三分。

蝜蝂是柳宗元通过想象塑造出的形象，他为这种小虫设定了颇有讽刺意味的特点，矛头直指贪官污吏。两部分看似上下二分，各自独立，但却有着紧密的内在联系，人与虫对照清晰如镜面。作者亲眼见到过官场如何腐败黑暗，通过小虫不厌其烦、不顾性命搬运的荒诞行为，将贪官的贪得无厌、至死不知悔改表现得生动淋漓，也揭示了贪腐最终的结局。全文无一处赘余，简洁精到，结构完整，衔接自然，展现出古文大家的风范。

（四）小寓言，大道理：《三戒》（并序）

吾恒恶世之人，不知推己之本，而乘物以逞，或依势以干非其类，出技以怒强，窃时以肆暴，然卒迨于祸。有客谈麋、驴、鼠三物，似其事，作《三戒》。

临江之麋

临江之人，畋得麋麑，畜之。入门，群犬垂涎，扬尾皆来。其人怒，怛之。自是日抱就犬，习示之，使勿动，稍使麋与之戏。积久，犬皆如人意。麋麋稍大，忘己之麋也，以为犬良我友，抵触偃仆，益狎。犬畏主人，与之俯仰甚善，然时啖其舌。三年，麋出门，见外犬在道甚众，走欲与为戏。外犬见而喜且怒，共杀食之，狼藉道上。麋至死终不悟。

黔之驴

黔无驴，有好事者船载以入。至则无可用，放之山下。虎见之，庞然大物也，以为神。蔽林间窥之，稍出近之，慭慭然莫相知。他日，驴一鸣，虎大骇，远遁，以为且噬己也，甚恐。然往来视之，觉无异能者。益习其声，又近出前后，终不敢搏。稍近，益狎，荡倚冲冒，驴不胜怒，蹄之。虎因喜，计之曰："技止此耳！"因跳踉大㘎，断其喉，尽其肉，乃去。噫！形之庞也类有德，声之宏也类有能。向不出其技，虎虽猛，疑畏，卒不敢取。今若是焉，悲夫！

永某氏之鼠

永有某氏者，畏日，拘忌异甚。以为己生岁直子，鼠，子神也，因爱鼠，不畜猫犬，禁僮勿击鼠。仓廪庖厨，悉以恣鼠不问。由是鼠相告，皆来某氏，饱食而无祸。某氏室无完器，椸无完衣，饮食大率鼠之余也。昼累累与人兼行，夜则窃啮斗暴，其声万状，不可以寝。终不厌。数岁，某氏徙居他州。后人来居，鼠为态如故。其人曰："是阴类恶物也，盗暴尤甚，且何以至是乎哉！"假五六猫，阖门撤瓦，灌穴，购僮罗捕之。杀鼠如丘，弃之隐处，臭数月乃已。呜呼！彼以其饱食无祸为可恒也哉！

【赏析】《三戒》也是含义深刻的寓言。作者描写了三种动物来警醒世人，分别赋予麋、驴、鼠以人的个性。这些动物看不清自己的本质，辨不清自身所处环境的特点，昭示了一类人的悲哀。柳宗元以巧妙的笔法化平淡为神奇，使这组寓言极具可读性。

《临江之麋》写了一只麋的故事。一个人抓到了一只小麋鹿，就当作宠物养起来。起初，家里的狗都想吃掉这只麋鹿。主人十分生气，把狗赶跑了。从此之后，这个人每天抱着小麋鹿给狗看，不让狗吃鹿，而是让它们在一起玩耍。慢慢地狗也就顺从主人的心意了。小麋鹿忘了自己是麋鹿，和狗的关系十分亲密。而狗并非真心接纳麋鹿，"犬畏主人，与之俯仰甚善，然时啖其舌"，只是畏惧主人，仍然时时咂着舌头流口水。

在这里，柳宗元写出了狗的内心活动，又将狗压抑不住的动作描写得活灵活现，文笔是生动活泼的，也为麋即将面临的悲剧做了铺垫。果然，三年之后麋鹿长大了，走出门，见外面路上也有狗，主动跑过去要和它们玩。"外犬见而喜且怒，共杀食之，狼藉道上。"这些狗一看，既喜且怒，喜的是有食物来了，怒的是食物自己还敢送上门来，于是就把麋鹿吃掉，鹿皮和骨头散落一地。这里，柳宗元以麋鹿影射官场中的一类小人，他们在某个职位上获得上司的宠信，也就随之跋扈起来，换了位置后仍然保持原来的状态，则无法再保全自己了。末句"麋至死终不悟"，下语冷峻，却写足了麋的悲哀。

《黔之驴》写一头驴的经历。驴本是被好事者带入黔地的，此人发现用不上它，就弃置山下。老虎见驴体形很大，"以为神"，不敢贸然接近，而是小心窥探。有一天，驴突然大叫，吓得老虎跑远了，怕被吃掉，却迟迟不见驴有什么动作。随后虎又反复试探，越发明白驴不过徒有其表。于是老虎放心大胆地攻击驴，并将它吃掉了。

柳宗元描写虎接近驴的过程,先是"大骇,远遁",然后"往来视之",继而"近出前后",最后是"荡倚冲冒",虎的心理由畏惧到不屑,动作由谨慎到大胆,时进时退,反复试探。如此描写合情合理,细腻生动,是作者摹情写物善于捕捉特点的体现。

柳宗元感叹道:"形之庞也类有德,声之宏也类有能。向不出其技,虎虽猛,疑畏,卒不敢取。今若是焉,悲夫!"驴的外形很庞大,叫声也很响亮,实际上却是外强中干。如果它不用蹄子踢老虎,老虎就不会发现它其实没什么真本领,再凶猛也不敢吃它。很多人没什么本领,却硬要显示力量,结果反而暴露了自身的弱点,"黔驴技穷"就是从这个故事中概括出来的。

《永某氏之鼠》是说永州有一个人,做什么事情都畏首畏尾。他认为自己生在子年,鼠就是他的保护神,于是喜欢老鼠,家里不养猫狗,又不许人打老鼠,致使其家成了老鼠窝。这些老鼠白天的时候跟人一起行走,"夜则窃啮斗暴,其声万状,不可以寝",晚上互相打斗、磨牙,让人睡不着觉,实在是凶相毕露。即便这样,这个人也不厌弃它们。直到数年之后别人买下这个房子,老鼠依然如故,新主人则厌恶非常,借来猫,雇来人,关门杀鼠。老鼠尸体堆得如小山丘一般,扔到阴凉处好几个月臭味才散去。

这正像现实中一些贪婪之人的经历,有保护伞的时候他们横行无忌,失去保护伞后跋扈如故,等待他们的必然是灭亡的结局。永某氏的病态心理也是导致祸患的原因,现实中,如果一方官员像他这样豢养、姑息小人,则会给百姓带来灾祸。

《三戒》以小序统领全文,阐明写作意义。三篇寓言虽是各自独立的故事,内涵却又是相通的。这三种动物皆不清楚自己的本质,不明白自己的能力大小,有的仗势欺人,有的耍手腕用伎俩，还有的借机做坏事。为人若如此，最终只能为自己招来祸患。柳宗元着眼现实，观察入微，描写细腻，类比巧妙，使得该文篇幅虽小，寓意却深。《三戒》一文，历来为政治家所重视，即使在当代，也仍具有极强的启发、警示意义。

（五）为正者立传，为忠者传名：《段太尉逸事状》

太尉始为泾州刺史时，汾阳王以副元帅居蒲，王子晞为尚书，领行营节度使，寓军邠州，纵士卒无赖。邠人偷嗜暴恶者，卒以货窜名军伍中，则肆志，吏不得问。日群行丐取于市，不嗛，辄奋击折人手足，椎釜鬲瓮盎盈道上，袒臂徐去，至撞杀孕妇人。邠宁节度使白孝德以王故，戚不敢言。

太尉自州以状白府，愿计事，至则曰："天子以生人付公理，公见人被暴害，因恬然，且大乱，若何？"孝德曰："愿奉教。"太尉曰："某为泾州，甚适，少事，今不忍人无寇暴死，以乱天子边事。公诚以都虞候命某者，能为公已乱，使公之人不得害。"孝德曰："幸甚！"如太尉请。

既署一月，晞军士十七人入市取酒，又以刃刺酒翁，坏酿器，酒流沟中。太尉列卒取十七人，皆断头注槊上，植市门外。晞一营大噪，尽甲。孝德震恐，召太尉曰："将奈何？"太尉曰："无伤也。请辞于军。"孝德使数十人从太尉，太尉尽辞去，解佩刀，选老躄者一人持马，至晞门下。甲者出，太尉笑且入曰："杀一老卒，何甲也？吾戴吾头来矣！"甲者愕。因谕曰："尚书固负若属耶？副元帅固负若属耶？奈何欲以乱败郭氏？为白尚书，出听我言。"晞出，见太尉，太尉曰："副元帅勋塞天地，当务始终。今尚书恣卒为暴，暴且乱，乱天子边，欲谁归罪？罪且及副元帅。今邠人恶子弟以货窜名军籍中，杀害人，如是不止，几日不大乱？大乱由尚书出，人皆曰，尚书倚副元帅不戢士，然则郭氏功名其与存者几何？"

言未毕，晞再拜曰："公幸教晞以道，恩甚大，愿奉军以从。"顾叱左右曰："皆解甲，散还火伍中，敢哗者死！"太尉曰："吾未晡食，请假设草具。"既食，曰："吾疾作，愿留宿门下。"命持马者去，旦日来。遂卧军中。晞不解衣，戒候卒击柝卫太尉。旦，俱至孝德所，谢不能，请改过。邠州由是无祸。

先是，太尉在泾州，为营田官。泾大将焦令谌取人田，自占数十顷，给与农，曰："且熟，归我半。"是岁大旱，野无草，农以告谌。谌曰："我知入数而已，不知旱也。"督责益急。且饥死，无以偿，即告太尉。太尉判状辞甚巽，使人求谕谌。谌盛怒，召农者曰："我畏段某耶？何敢言我！"取判铺背上，以大杖击二十，垂死，舆来庭中。太尉大泣曰："乃我困汝。"即自取水洗去血，裂裳衣疮，手注善药，旦夕自哺农者，然后食。取骑马卖，市谷代偿，使勿知。

淮西寓军帅尹少荣，刚直士也，入见谌，大骂曰："汝诚人耶？泾州野如赭，人且饥死，而必得谷，又用大杖击无罪者。段公，仁信大人也，而汝不知敬。今段公唯一马，贱卖市谷入汝，汝又取不耻。凡为人，傲天灾、犯大人、击无罪者，又取仁者谷，使主人出无马，汝将何以视天地，尚不愧奴隶耶？"谌虽暴抗，然闻言则大愧流汗，不能食，曰："吾终不可以见段公。"一夕自恨死。

及太尉自泾州以司农征，戒其族：过岐，朱泚幸致货币，慎勿纳。及过，泚固致大绫三百匹。太尉婿韦晤坚拒，不得命。至都，太尉怒曰："果不用吾言！"晤谢曰："处贱，无以拒也。"太尉曰："然终不以在吾第。"以如司农治事堂，栖之梁木上。泚反，太尉终，吏以告泚，泚取视，其故封识具存。

太尉逸事如右。

元和九年月日，永州司马员外置同正员柳宗元谨上史馆。今之称太尉大节者出入，以为武人一时奋不虑死，以取名天下，不知太尉之所立如是。宗元尝出入岐、周、邠、斄间，过真定，北上马岭，历亭鄣堡戍，窃好问老校退卒，能言其事。太尉为人姁姁，常低首拱手行步，言气卑弱，未尝以色待物，人视之儒者也。遇不可，必达其志，决非偶然者。会州刺史崔公来，言信行直，备得太尉遗事，复校无疑。或恐尚逸坠，未集太史氏，敢以状私于执事。谨状。

【赏析】《段太尉逸事状》是柳宗元为传主正名而作的一篇传记，在这篇文章中，柳宗元不以议论夺人，而以史实动人，三件逸事描写客观，取材得当。作者精心安排文章的布局与详略，力求以多样的表现手法还原段太尉的真实形象，又突出其智勇过人、仁爱廉洁的特点。

柳宗元不拘泥于时间顺序，将最体现段太尉直率勇毅的事件放在最前，重笔铺开，以求先声夺人。这件事发生在段太尉刚任泾州刺史之时。当时汾阳王之子郭晞率军驻扎在邠州，纵容手下的士兵欺压百姓。于是一些邠州的恶人也想尽办法成为士兵，然后打家劫舍横行霸道，甚至撞死怀孕的妇女，连邠宁节度使白孝德都不敢制止。这时，段秀实主动请命做都虞候来处理这件事。这一日，晞军士兵又闹事伤人。"太尉列卒取十七人，皆断头注槊上，植市门外。"太尉便将这十七个人统统斩首，并且将其头颅悬挂在长矛上示众。悬挂用"注"，竖立用"植"，立显段太尉的杀伐决断。此事自然引起晞营哗然，而在这时，段秀实又临危不乱，不配刀，只用一个老卒牵马，亲身赴兵营，谈笑自若。"太尉尽辞去，解佩刀，选老躄者一人持马，至晞门下。甲者出，太尉笑且入曰：'杀一老卒，何甲也？吾戴吾头来矣！'"寥寥数语，着重描写段太尉辞去一切助力，尽显其淡定从容，"笑且入"三字，写出了太尉当时的神情，再现了其沉着不迫的音容。

面见郭晞之后，段太尉晓以利害，告诉他再任由这些为非作歹的人狐假虎威，郭家功勋终会被折损殆尽，招致灾祸，郭晞果然听从。柳宗元叙事十分详尽，至此，事情未毕，段秀实并没有马上离开，而是借口没吃饭，旧疾复发，在军营留了一个晚上，以确定郭晞真的听从了他的建议。郭晞也知错能改，不但护卫段太尉周全，而且亲自到白孝德跟前请罪。

此段叙事详细完整。柳宗元以身居高位的白孝德之懦弱，衬托出段太尉的勇毅果敢；又以暴虐狠戾、全副武装的兵士，衬托出段太尉的从容正直。无论是面对白孝德还是面对郭晞，太尉都能侃侃而谈，这些都证明了倘若心存大义，则自然有令人折服的气势。详写太尉的劝告之语，又体现出他在势单力薄的情况下慷慨陈词，却有理有据，将其词锋迫人的一幕重现在读者眼前。

有了这样一件事在前，后面的描述就足以体现出段太尉从始至终，忠勇如一。与斩首十七人的杀伐相对，太尉面对纯良的百姓时十分仁爱，发生在此前的一件事即证明了这一点。

段太尉曾经在泾州做营田官。泾州大将焦令谌不但强占土地，再租给农民，还要求收成半数归他所有。碰巧这年大旱，而焦令谌丝毫不肯体恤，越发催逼农民，农民无法，向段秀实求助。段太尉态度温和，派人求见，谁知焦令谌反而大怒，重责农民，将他打成重伤后送去段太尉那里。柳宗元在这一段里，对段太尉的反应进行了详写。段太尉先是悲痛大哭，然后亲自照料这个农民。"即自取水洗去血，裂裳衣疮，手注善药，旦夕自哺农者，然后食。取骑马卖，市谷代偿，使勿知。"为他洗去血污，包扎伤口，上药喂饭。后来又卖马换来谷子，真心实意地帮助他。

接下来，柳宗元通过淮西军主帅尹少荣对焦令谌的责骂，间接地评断这件事。尹少荣说焦令谌不考虑天灾，冒犯有德行的人，又责打了无罪者，还收下仁者的谷子，让这个人出门无马可乘，简直应该羞愧得无颜面对天地。焦令谌深受触动，惭愧难言，最终自恨而死。作者依然不置一句主观评论，而是将尹少荣这段训斥的话写得愤怒激昂又条分缕析，以侧面描写突出段太尉仁爱宽厚的一面，也观照到了平日里大家对段太尉的评价。

第三件事占的比重较轻，但也是不可缺少的。此事发生于段太尉被征为司农卿时，太尉的女婿韦晤不得已收下了朱泚的钱物。段太尉大怒，并把这批东西送到了办公地点，放在屋顶梁木上。待到朱泚谋反，段太尉惨遭杀害，有人把这件事告诉了朱泚，朱泚取下这些东西，发现他从未启封。由此可见段秀实的正直清廉。

末段柳宗元讲述了写这篇传记的原因：段太尉因大骂被叛军拥立的伪帝朱泚而惨遭杀害。时人不了解他平日的为人，给出了不实评价，说段秀实不过为了扬名天下而逞一时的匹夫之勇。柳宗元作此文章，便是为段太尉正名。柳宗元还讲述了他在岐、周、邠、鄜游历时，听到人们对段太尉的评价，在三件逸事后又补上一笔，完善了太尉的形象：太尉为人十分谦和，走路时低头拱手；说话声轻微，常常和颜悦色，看起来就像一个儒者；但他内心刚直，"遇不可，必达其志，决非偶然者"，遇到不正确的事，一定要纠正，他的事迹绝不是偶然的。了解了这些之后，时人当不会对段太尉有什么误解了。

恰逢永州刺史崔能到来，柳宗元又再次询问、核对段太尉的逸事，郑重地写下这篇逸事状交给好友韩愈。他通过这篇文章，为段秀实正名，抨击了当时社会上的一些黑暗现象，张扬了正义，也使这位仁厚智勇的太尉名垂青史，受后人敬仰。

醉翁之意不在酒

一　人间清醒的"醉翁"

（一）贫故立志，敏而好学

欧阳修（1007—1072 年），字永叔。欧阳修的祖籍在江西吉安，但他自称庐陵欧阳修，这是因为他的家族曾是庐陵的名门望族，在当地颇受敬仰。南唐时，欧阳氏就有五个人做过官。

欧阳修出生在四川绵阳，他父亲欧阳观正好在绵阳做官。欧阳观当时已经五十六岁了，也算是老年得子。欧阳观的官职比较低，只是一个军事推官，再加上他为官清廉，家里几乎没什么积蓄。欧阳修三岁时，欧阳观就去世了，丢下了孤儿寡母，家中生活更加贫困。母亲郑氏无奈，只好带着欧阳修到湖北随州去投奔欧阳修的叔叔欧阳晔。这也是位刚正廉洁的官员，慷慨接济了母子俩，对欧阳修也有教导之恩。尽管如此，欧阳修家里的生活仍然非常贫困。据《宋史》记载，到了该识字的时候，家里连笔墨纸砚都买不起，母亲只能拿芦苇秆在地上画字，来教欧阳修认字，这就是"以荻画地"的故事。郑氏也是名门闺秀，她不但能够担当孩子启蒙老师的角色，也将父辈的一些优良品质传递给欧阳修。

在《泷冈阡表》中，欧阳修深情地回忆起母亲郑氏的谆谆教诲。郑氏对他说，他父亲为官清廉，并且非常敬业，经常看卷宗到深夜，而且时常为避免错杀死囚而认真审视案卷。欧阳观为人忠厚，郑氏希望欧阳修能够继承父亲的仁爱之心。欧阳修大受震动，从此不能忘怀，并励志读书。

家里穷买不起书，欧阳修就从随州一个李姓的藏书大户家里借书。尽管天资聪颖，书中的文字也不能仅靠阅读几遍就记下来，欧阳修于是边看边抄，这使他典籍上的功夫非常扎实。

在浩如烟海的书籍中，最吸引欧阳修的是一本韩愈的文集。平实之中蕴藏劲道，说理透彻而深刻，韩愈的文章一下子把欧阳修吸引住了。韩文的说理、论证均让欧阳修大为惊叹，从此，他一生都对韩愈的文风推崇备至。这对他作文的审美标准，产生了深远的影响。

（二）时文为径，初入仕途

1023 年，欧阳修年满十七岁，他决定去参加科举考试。对他而言，科考做官，以此改善家里的经济条件，在当时是明智而合理的选择。

地方考试，又称解试。解试考中，就可以参加第二年春天在京城举行的省试。省试再中，即称为进士，进士已经可以有官员的身份了。此时的欧阳修甚至没有将眼前这个小小的考试放在眼中。少年志士，意气飞扬，兼有满腹经纶，仕途看起来似乎畅通无阻。

欧阳修成竹在胸，但在考试中作诗的时候，却没有按照规定的韵脚押韵，于是落榜了。即便数十年之后他拥有了影响天下士子文风的力量，此时此刻，参加考试时不按规矩答题，照样被黜落。

此后的第三年，欧阳修及冠，满二十岁，他又到随州参加解试，终于顺利通过。第二年他就收拾行囊，高高兴兴去京城参加省试。常言道"好事难成双"，不出所料，他又落榜了。偏好古文的欧阳修，在重视时文的考试中自然是难以受到青睐的。于是这么一个公认的大学问家，在科举之路上一波三折。

欧阳修算是比较坚强的，他没有一蹶不振，也不是一味地倔强，他把学习时文当作实现自己理想的手段，着意研究了一段时间，自然也是颇有进益。到了1029年，欧阳修二十三岁，遇到了他生命中的第一位贵人胥偃，他把欧阳修推荐到了开封府的最高学府国子监就读，这是当时最高的大学机构。这一年秋天，欧阳修参加国子监的考试，结果让我们都松了一口气：欧阳修——第一名。

十七岁解试落榜，二十岁省试落榜。二十三岁这年，却一下子考了国子监的第一。欧阳修喜出望外，一鼓作气，在国子监接下来的两级考试中，又都取得了第一。此时他还不算真正的春风得意，殿试才是最后关键的一环。

科举考试的殿试由皇帝亲自主持，这也是北宋的开国皇帝赵匡胤定下的，皇帝钦点的人才叫状元。欧阳修连着考了三个小的第一，欣喜之情按捺不住，决定再拿个状元，才算不虚此行。他太自信了，自我感觉良好，觉得第一非他莫属了，还特意去买了身新衣服，等着一放榜就穿新衣庆祝。欧阳修有个同学叫王拱辰，也不见外，他把欧阳修的新衣拿过来穿上，大摇大摆走出门去了。王拱辰个子高，显得衣服特别短，众人纷纷大笑指点，觉得很不像样。王拱辰也不好意思，干脆，清了清嗓子严肃地表示：这件衣服是状元袍子，是给状元穿的。上天大概十分赏识这个自信的小伙子，第二天一放榜，状元正是王拱辰。而欧阳修呢，连榜眼、探花都没得到，考了个第十四名。不过也是进士及第，从此可以做官了。

北宋有一个传统，达官贵人喜欢从新科进士中选婿，家中有女儿的显贵都翘首等着放榜，好从几百个举子当中选女婿，这是真正的"书中自有颜如玉"。欧阳修的伯乐胥偃一早就看中他了。如今欧阳修考上了，第十四也还不错，胥偃自己的女儿也刚好满了十四岁，在北宋已经到了法定的结婚年龄，于是他就把女儿嫁与欧阳修为妻。如此一来欧阳修可是"洞房花烛夜，金榜题名时"，四大喜占了两个，从此走上人生巅峰。他自己也很得意，就写了一首《玉楼春》来表达自己高兴的心情："酒美春浓花世界，得意人人千万态。莫教辜负艳阳天，过了堆金何处买。"①

（三）秉性刚强，直言敢谏

进士及第之后欧阳修被授予官职——秘书省校书郎、西京留守推官，西京就是洛阳，欧阳修到那里做了一个文职秘书。当时洛阳的主要领导叫钱惟演，在北宋的政坛和文坛上影响极大，是一代文坛盟主，他的政绩尚且不论，他对文人才俊的确是礼遇有加，欧阳修在这里度过了非常愉快的一段时光。

明道元年（1032 年），钱惟演主持建造的临圃馆落成，中有一座双桂楼，他在这里举办宴会，并请欧阳修、谢绛、尹洙作文记录，各写一篇《临圃馆记》。盟主一声令下，各路俊杰也不推辞，欧阳修挽袖挥毫，洋洋洒洒写了千余字，谢绛也很快写出了五百字。只有尹洙不急，等他们写完，拿起欧阳修的文章欣赏，微笑着表示，欧阳永叔写得虽然很好，但不够简明，他

---

① 《欧阳修全集》第 5 册，中华书局，2001，第 2024 页。本书所引欧阳修诗词均出自该本，以下不再一一标注。

自己在五百字以内就可以将文中意思表达清楚。尹洙说罢也提起笔来，果然只用了三百八十字，语言简练但叙事完备，含义深永丝毫不逊于二人。经此一事，欧阳修深深为之倾倒，经尹洙点拨，其文章创作一日千里。值得一提的是，钱惟演喜好时文，他自己更是创作四六文的好手，他却不要求下属写同样的文字，而是包容宽和地提供给他们恣意生长的文学土壤。也正因此，欧阳修的古文创作才能打下坚实的基础，而他后来主盟天下，更是气度宽宏。

几年后，欧阳修被调回京城做了馆阁校勘，相当于到现在的国家图书馆当了个馆员，参与编修《崇文总目》。官职看似不高，但位置很重要。北宋重京官，轻地方官，京官受到提拔的可能性特别大。欧阳修本来很有希望，但他胸怀家国，仗义执言，必然不为关系盘根错节的官场所容。很快，朝中的改革派触怒了保守派，范仲淹被贬，欧阳修倍感愤怒，但苦于位卑言轻，他想发声，但他只是个图书馆员，还轮不到他。谏官那么多怎么不主持公道呢？谏官的职责就是进谏，针对此事却无一人发声。他们不但不主持公道，还有个叫高若讷的谏官诋毁范仲淹。欧阳修义愤填膺，一篇《与高司谏书》挥笔而就，直斥高若讷不知廉耻，话说得很重。皇帝知道了这件事也很生气，认为这是结党的行为，怒斥了欧阳修。

其实，若没有这篇《与高司谏书》，高若讷的名字也不可能流传得这么久且广泛，但是他不领情。范仲淹是皇帝亲自贬下去的，皇帝对于关心朝政的欧阳修也不领情。

欧阳修还没等到再升职，就被贬到夷陵（今湖北宜昌）去做县令。夷陵是蛮荒偏僻之处，只有几十户人家聚居，周围是山林，连耕地都没有，这个县长也几乎等于村长了。欧阳修在这里的生活很困苦，他的第一任夫人也是在这时去世的。

（四）数年新政，千古醉翁

仁宗并不是昏君，欧阳修虽然惹他不高兴，但忠诚直率，是可用之才。于是几年后，欧阳修又被召回京中，委以重任。这一次他担任的是知制诰一职，负责起草政令等，乃是相当重要的官职。

历史上著名的"庆历新政"就发生在这个时期，欧阳修主张肃清吏治，加强边防，与范仲淹、韩琦等人的政见不谋而合。改革几经波折，两派势力斗得血雨腥风，结党之说又一次甚嚣尘上。欧阳修上《朋党论》，指出君子真朋可以兴邦。然而圣眷不长，旧势力太难动摇，纵然革新派多次力挽狂澜，改革还是失败了。旧党中的一些小人弹冠相庆，苏舜钦被诬陷时，御史中丞王拱辰带领几个官员穷追猛打，甚至放声大笑，为将这些"新党"一网打尽而欣喜若狂。

煌煌新政，大势终去。

欧阳修日子又不好过了，这次他被贬到安徽滁州。滁州这个地方，说得好听些，是充满野趣，说得难听些就是贫穷、偏远，想喝酒都找不到大酒店。

欧阳修干脆带着一群朋友到野外喝酒。醉翁亭上风景宜人，草木茂密，清流在侧，白云萦身。举目远望，可以看到群山环绕，郁郁葱葱。欧阳修惬意地倚在石椅上，朋友们随意吟咏，做一些简单的游戏。席上菜肴天然而丰盛，有野蔬，有肥美的鱼肉，酒虽然不好，劲道却够，喝下去时肺腑温热，令人忘忧。他就在这儿写下了传扬千古的《醉翁亭记》。

此后几年，改革引起的风波平息下去，欧阳修先后调到了扬州、颍州和应天府。扬州繁华富庶，颍州风景优美，他虽然仍是地方官，但已经颇有起色了。然而朝廷中有些人又坐不住了，毕竟生命不息，党争不止，一代人散落各处，还会有下一代人继续争斗。这次他们给欧阳修扣的罪名是男女作风问题，说欧阳修跟他的外甥女有私情。

这位外甥女，与欧阳修并无血缘关系，是欧阳修妹夫的前妻所生。而后妹夫去世，妹妹守寡，就带回了这么一位外甥女。她来的时候只有七岁，成年后就嫁给了欧阳修的远房侄子。这个女孩婚后生活不检点，被丈夫发现告到了官府，官府就把欧阳修的外甥女抓起来。开封府尹正是被欧阳修弹劾过的人，也不知用了什么手段，就审出了一段口供，这个女孩子不但承认与他人有染，还说舅舅欧阳修与己私通。欧阳修的政敌眼前一亮，没想到还有这么个重大发现，真是意外惊喜啊！于是就上本弹劾欧阳修。此事后来查无实据，不了了之，但各类史料上有很多记载。

对于"盗甥"的罪名指控，我们基本可以断定为政敌诬陷。不过欧阳修年轻的时候也的确比较风流，纵酒狎妓在当时并不算什么，但说到底也不是一件光彩的事。欧词大多写男女之情，凄切缠绵有之，妩媚旖旎亦有之，酒席间与歌儿舞女酬唱的情况也属常见。一次有朋友请大家喝酒，欧阳修与一个私交很好的歌妓双双迟到，来得特别晚，大家都不高兴。歌妓就解释说，欧阳修帮她找掉在花园里的簪子，两个人一起找了一个多钟头，这才迟到的。这话一点儿都不可信，但是在座诸人也不方便点破，只好暗暗表示鄙视。主人更不好说什么，只能大度一笑，令欧阳修即席写一首词，把这事写出来，如果写得好，政府就出钱补偿歌妓这个簪子。欧阳修也很爽快，一首词当即写出来了，写得还很有情致。这是一首《临江仙》，他在词中把这件事概括为"凉波不动簟纹平，水精双枕，傍有堕钗横"。

多年后欧阳修再次被政敌攻击，又被指跟他的大儿媳有染。这一次欧阳修忍无可忍，态度强硬，誓与造谣者斗个你死我活。皇帝下旨彻查，最终证实了他的清白。欧阳修屡次被别人在这个方面做文章，也实在是耐人寻味。

（五）力扫积弊，主盟文坛

欧阳修在政治上屡受打击，又逢母丧守制，1054 年，才终于得以回到京城，此前所经历的波折告一段落。又过了三年，欧阳修五十一岁了，他终于迎来了人生中的辉煌时刻。正月，皇帝命他知礼部贡举，以翰林学士的身份担任当年科举的主考官。

欧阳修一生推崇古文，追求文风平实，言之有物，早已形成了自己圆融完整的文学理论。对他而言，这一场考试是真正的机会，不但能成为所有中举者的座师，而且将以最为直观而实在的方式，深刻影响天下文人的思想。

欧阳修与同事们入闱了。

卷子批得非常认真，辞藻华丽却没有内容的文章一概黜落，艰深古奥的"太学体"也被拒之门外，谁的文章写得平实就录取谁。这一次考试在欧阳修的主持下，录取了苏轼、苏辙、曾巩等，他们后来都成了北宋文坛的大家。

欧阳修如此行事，可谓雷厉风行，仅仅一次考试，就欲将积习已久的天下文风扭转。这是怎样的自信，又是怎样的决心！

这一年放榜让很多考生大感意外，原本认为稳稳高中的人却名落孙山。仰着脸看榜的学子们还不清楚情况，里三层外三层看得脖子都酸了，没找到自己的名字也就算了，那个考前被认为最有希望得状元的刘几，居然也不在榜上！很多人心里不服，于是借机鼓噪，说要为刘几抱不平。刘几也没让大家失望，当即充任运动领导者，率领一众落第者堵在门口，等欧阳修出来。欧阳修骑着马，于是众人把马拦住，脸红脖子粗地和这位主考官理论了一番，还威胁欧阳修要揍他一顿。只见欧阳修微微一笑，毫不在乎。他说，只要自己一天担任主考官，评判的标准就一天不会变。

刘几不服，第二次又来考。欧阳修一看，心想这么写文章的肯定是刘几，黜落。

又隔了一段时间，科考再开。那一年的考题是《尧舜性仁赋》，欧阳修觉得有篇文章很不错，便定为第一，放榜的时候才发现，写出朴素而深刻句子的正是昔年的刘几，现在改名为刘辉。欧阳修大为愕然，但也不算什么丢面子的事儿，改了名字，也要改了文风才能被录用。说到底，还是欧阳修成功了。录取苏家兄弟的过程就没有这么复杂。欧阳学士不但不嫉贤妒能，而且身为文坛盟主，胸襟气魄令人叹服。他遇到欣赏的人才时，立刻表示，自己会尽力地提拔他们，不给他们设置障碍。

欧阳修的官职越来越高，先后担任了开封府知府、枢密副使、参知政事、兵部尚书、刑部尚书等职。宋英宗在位时，一直想让他当宰相，于是询问王安石的意见。欧阳修对王安石也是有奖掖之功的，他对王安石赞誉特别高，将之比作毕生偶像韩愈。王安石的脾气很怪，受了抬举非但不感恩，还要写诗表示反对。欧阳修当年也没计较，然而此时王安石心里的小算盘打响了：这欧阳修年纪大，政治、文学影响都大，但是同自己政见不合，变法方兴未艾，他要是当了宰相，怕是要把一切新规矩都废除了。王安石于是就跟皇帝说，欧阳修这个人的性格不适合做宰相。

欧阳修最终还是与宰相之位无缘。

（六）淡泊晚年，号为"六一"

屡遭忧患，宦海浮沉。皇帝的贬谪、政敌的攻击，未能挫败欧阳修的锐气，却也令他心境沧桑，这从他对佛教的态度就可以看出来。欧阳修年轻时不喜佛教，谁跟他提佛教他就跟谁急，谈到佛理必然严肃地瞪着对方，板起脸训人。他还给自己的小儿子取名"和尚"，以示对和尚的轻贱，实在是令人好笑。

多年之后，欧阳修却为自己取了个别号：六一居士。居士就是在家志于佛道、对佛理感兴趣的人。"六一"则是指家有藏书一万卷、金石遗文一千卷、琴一张、棋一局、酒一壶，再加上"吾一翁"。晚年的欧阳修转变态度，认为佛理自有高深奥妙之处，对世事反而不太关注。他特别喜欢金石，就搜罗一些墓碑、墓志铭，再严格考证出内容、作者，学术做得很好。他还独力修撰了《新五代史》，这部史书的地位很高。他变得恬淡起来，弹弹琴、喝喝酒，心境也归于平和，不再视佛理为洪水猛兽了。

随着入世之心越来越淡，欧阳修屡次辞官，辞官不成，便寻求外任，终于在1071年以太子少师的身份辞官了。1072年，欧阳修在家中逝世。斯人已矣，声名长存，此后的统治者对他的谥号和追封越来越高。欧阳修谥号文忠，加赠太师，追封康国公，政和年间改封楚国公，这是很高的荣誉。

（七）词媚诗庄，蜚声文坛

欧阳修在北宋文坛上影响巨大。北宋初期，文风绮靡，是欧阳修倡导了古文运动,扭转了这种风气。他通过自己的创作实际和政治活动有效地改变了当时的情况。比如知贡举时,就按照文风是否平实这一标准取士。欧阳修为北宋的文章创作提供了一个好的方向,后来的苏洵、苏轼、黄庭坚等人登上文坛的时候,北宋的文化才真正兴盛起来。苏轼就对欧阳修极其推崇,把他比作唐代古文运动的倡导者韩愈,并且明确提出,欧阳修就是北宋的韩愈。不只如此,欧阳修诗词的成就也很高,他还精通经学、史学、金石学、目录学等多种学问。

欧阳修的散文,众体兼备,各有特色。名满天下的时候,他的文章流行全国,当年参加科举的卷子人手一篇,大家都能背诵并默写全文。这样的成就不仅缘于他的天资和学识,与他认真严肃的态度更有着密不可分的关系。欧阳修在诗文上精益求精,每次写成都要反复修改直至满意。他在派人将《昼锦堂记》送给韩琦后,忽而灵光一闪,要在句子中补上两个"而"字,于是立刻改好,再派人快马加鞭送过去。将原文改为"仕宦而至将相,富贵而归故乡",语气更加雍容流畅,富有韵味。欧阳修有时候修改文稿到了废寝忘食的地步,夫人就打趣他:难道这么大年纪了,还怕被老师责骂吗?欧阳修说,老师的确不会再责怪他了,但如果文章不精,是要被后生耻笑的。

范仲淹去世后,为他写《神道碑》的碑文耗费了欧阳修许多心力。欧公善用春秋笔法,褒贬只在几个字之中,他直书范仲淹一生的事迹,选取材料精确得当。而范家后人看不懂其中的深意,贸然删去了一段文字。欧阳修很生气,当即宣称这不再是他的文章。从中可以看出,欧阳修对文章字句的珍视程度。

通观欧阳修的散文,大都平和婉转,流畅自然,气脉贯通却不急不躁,语言简练而内容深刻,叙事与抒情结合得很好,说理则富有逻辑性。他还擅长将骈文与散文的优点融合起来，笔意圆转。

欧阳修的诗歌也同样取得了很突出的成就，他向梅尧臣学习写诗，二人相互切磋，共同进益。名篇《戏答元珍》写得自然流畅，又清新淡雅。元珍是当时峡州的军事推官，姓丁，叫丁宝臣，元珍是他的字。他是欧阳修的好朋友，欧阳修被贬到夷陵，春天的时候还不见开花，于是就写了这样一首诗。首句波澜微兴，起得很妙："春风疑不到天涯，二月山城未见花。"春风是不是吹不到偏远的地方？为什么到了二月这里还没有开花呢？这里的景象仍是清冷寂寥的。"残雪压枝犹有橘，冻雷惊笋欲抽芽。"颈联格外伤感："夜闻归雁生乡思，病入新年感物华。"夜里听到大雁的鸣叫，思乡之情油然而生，人已行将衰老，但刚刚过了春节，自然万物不理人世烦忧，依然生机勃勃。随后欧阳修又自我安慰："曾是洛阳花下客，野芳虽晚不须嗟。"在这里看不到春花娇艳，但曾经在洛阳当过官，看到过洛阳城中百花盛开，也曾享受过那样美好的时光，就已经足够了。虽然乐观不屈中带有无奈，但基调是向上的，而且整首诗到处蕴含着作者对于人生的理性思考，诗句前后联系紧密，情感变化自然，读来生动亲切。

《画眉鸟》也写得很有情趣："百啭千声随意移，山花红紫树高低。始知锁向金笼听，不及林间自在啼。"笼中的金丝鸟、画眉鸟往往用来比喻被豢养的人。作者写作此诗时被贬滁州，诗中也隐含着他自己的影子。美丽山色中自由来去与锁入金笼中备受束缚对比鲜明，一首小诗写得情真意切。

欧阳修作为文坛盟主、政治上的领袖人物，多用诗文表达正统的东西，但是在词当中，要放肆一些。欧阳修的很多小词写得随意，甚至还有艳情的成分。比如《踏莎行》："候馆梅残，溪桥柳细。草薰风暖摇征辔。离愁渐远渐无穷，迢迢不断如春水。 寸寸柔肠，盈盈粉泪。楼高莫近危阑倚。平芜尽处是春山，行人更在春山外。"这是以一个歌妓的口吻和身份来写相思，情人同自己度过了一段欢愉的时光就走了，而自己对他的思念早已达到泪流肠断的程度。"楼高莫近危阑倚"，不要在高楼上凭栏遥望，因为目之所及只有莽莽春山，而心中思念的人离得更遥远，"平芜尽处是春山，行人更在春山外"。这相思只是一种单相思，短暂的欢愉之后，不会有人记得一个寻常歌妓，而这一往情深的付出，也永远等不到回应。

《生查子·元夕》这首词我们也很熟悉，元夕就是正月十五。"去年元夜时，花市灯如昼。月上柳梢头，人约黄昏后。"每年正月十五青年男女相会，甚至私订终身。去年元夕，这个女子与自己的情郎傍晚相约，执手观灯，却没能成就婚事，到了今年这一天，已经找不到去年的人了："今年元夜时，月与灯依旧。不见去年人，泪湿春衫袖。"这是一首写单相思的词，写得明白如话，上下片重复的字句，有唱叹之妙，去年元夕温情脉脉，今年元夕凄清寂寞，两相比照，生动鲜明。一代文坛盟主，写起小词来却如此婉转细腻，令人喟叹。

欧集中有《退居述怀寄北京韩侍中二首》，其中的一首有句诗写得格外真切："一生勤苦书千卷，万事销磨酒百分。"从意境到情感都是典型的文人情怀，与欧公一生际遇参看，或许别有意蕴。

二　欧阳修散文赏析

（一）醉翁无意，山水有情:《醉翁亭记》

　　环滁皆山也。其西南诸峰，林壑尤美。望之蔚然而深秀者，琅邪也。山行六七里，渐闻水声潺潺而泻出于两峰之间者，让泉也。峰回路转，有亭翼然临于泉上者，醉翁亭也。作亭者谁？山之僧曰智仙也。名之者谁？太守自谓也。太守与客来饮于此，饮少辄醉，而年又最高，故自号曰醉翁也。醉翁之意不在酒，在乎山水之间也。山水之乐，得之心而寓之酒也。

　　若夫日出而林霏开，云归而岩穴暝，晦明变化者，山间之朝暮也。野芳发而幽香，佳木秀而繁阴，风霜高洁，水落而石出者，山间之四时也。朝而往，暮而归，四时之景不同，而乐亦无穷也。

　　至于负者歌于涂，行者休于树，前者呼，后者应，伛偻提携，往来而不绝者，滁人游也。临溪而渔，溪深而鱼肥，酿泉为酒，泉香而酒洌，山肴野蔌，杂然而前陈者，太守宴也。宴酣之乐，非丝非竹，射者中，弈者胜，觥筹交错，起坐而喧哗者，众宾欢也。苍颜白发，颓然乎其间者，太守醉也。

　　已而夕阳在山，人影散乱，太守归而宾客从也。树林

阴翳，鸣声上下，游人去而禽鸟乐也。然而禽鸟知山林之
乐，而不知人之乐；人知从太守游而乐，而不知太守之乐
其乐也。醉能同其乐，醒能述以文者，太守也。太守谓谁？
庐陵欧阳修也。

【赏析】《醉翁亭记》是欧阳修最为人熟知的一篇文章，其
中名句流传千古，如"醉翁之意不在酒"等。关于此文开篇，
还有一件趣事。欧阳修最初用了近五十个字描写滁州四周的山，
完成之后却发现这些描写，对表达自己的思想内容作用不大，
于是他颇有魄力地将这些描写全部删除，只留下第一句话："环
滁皆山也。"文章第一稿便与最终定稿相差颇多。开头一简短，
文章马上就显得特别凝练，且视角广阔，交代了滁州的地理情
况。在环绕滁州的这些山之中，以西南方位的琅琊山最为秀美。
入山漫步，可见两峰之间有泉水潺潺而下。转过一座山峰，便
可看见醉翁亭了。这几句视角由大至小，每句之间，过渡自然，
意脉相连，句式长短错杂，角度随步伐转换，正是"峰回路转"，
别添意趣，以美景衬托出了这座独特的醉翁亭。"醉翁亭"这个
名字便是太守所取，太守即是醉翁。

得"醉翁"之名，是因为太守喝一点酒就会醉，年纪又最
大，可谓名副其实。至此，铺垫已毕，在山清水秀之间，自呼
为"醉翁"的主人公想的是什么呢？欧阳修的笔触不做多余停
留，直奔主题："醉翁之意不在酒，在乎山水之间也，山水之乐，
得之心而寓之酒也。"酒只是一个媒介，更重要的是品赏风景的
乐趣，这种乐由心领会，而又寄托于酒。

接下来欧阳修描绘了琅琊山的景物："若夫日出而林霏开，
云归而岩穴暝，晦明变化者，山间之朝暮也。野芳发而幽香，
佳木秀而繁阴，风霜高洁，水落而石出者，山间之四时也。朝

而往，暮而归，四时之景不同，而乐亦无穷也。"太阳升起则明，阴云聚拢则暗，朝暮景色变幻。春日野花芬芳，夏日树荫浓密，秋日霜色醉人，冬日水瘦石枯。欧阳修精准捕捉到春、夏、秋、冬各自的特点，描写精练却情状毕肖。散文和骈文一直有孰优孰劣的争议，骈文对仗工整，散文表达自由不受束缚。欧阳修主张将二者结合在一起，《醉翁亭记》的几句骈文就很见功力，读起来也更上口，将清幽而明净的四时景色特点，用几个短句概括得准确明了。

描绘过美景，接下来便是写宴饮之乐了。醉翁亭修好，大家都可以来游玩，太守和从者也热热闹闹来到醉翁亭。太守的宴席是就地取材的。"临溪而渔，溪深而鱼肥，酿泉为酒，泉香而酒冽，山肴野蔌，杂然而前陈者，太守宴也。"溪水中刚钓的鱼、泉水酿成的酒、山中的野菜和野味摆在眼前，绝胜各种精致的美酒佳肴。因其出于自然且绝不扰民，大家的玩乐也十分尽兴，没有丝竹相伴，只有投壶、下棋各种游戏，宾主尽欢。而喝醉了的白发太守，醺然沉浸其间。

太阳下山了，游人也要回去了。树林中的鸟儿摆脱了人声的干扰，出来觅食，啼叫得非常欢快。"然而禽鸟知山林之乐，而不知人之乐；人知从太守游而乐，而不知太守之乐其乐也。醉能同其乐，醒能述以文者，太守也。"这是欧阳修想抒发的第二个主要观点：鸟儿不解人之乐，游人不解太守之乐。喝醉了大家一起高兴，醒了能够用文章记下来的，只有太守一个人。这位太守，便是欧阳修自己了。末句淡淡点出主人公的身份，颇有几分悠然自得之意。

太守乐的原因究竟是什么呢？作者所言含蓄，但也并非无迹可寻。无论是对自然风光的描绘，还是对山肴野蔌的描写，都隐含着一种随遇而安的旷达。原来，庆历五年（1045年），欧阳修被贬滁州，这篇《醉翁亭记》创作于庆历六年。仕途失意，前途渺茫，但贬地自有乐趣，欧阳修寄情山水，并努力使滁州政通人和。在这愁与乐交织的复杂心情中，乐渐渐占了上风，不仅有山水之乐，还有治下升平的与民同乐，更有摆脱尘世的束缚，摆脱党争的纷扰，而获得的一种自得其乐的舒畅，这便是真正的"太守之乐"。

该文多用"也"字结句，回环反复，如诵诗篇，又多用"而"字，使得行文更加舒缓从容。欧阳修挥洒自如，描写精到。以"乐"为线索，形散而神不散。行文温和平顺、简洁含蓄，蕴藏了旷达陶然的情绪，读来令人心折。

（二）秋声渐起，人世沧桑:《秋声赋》

欧阳子方夜读书，闻有声自西南来者，悚然而听之，曰:异哉! 初淅沥以萧飒，忽奔腾而砰湃，如波涛夜惊，风雨骤至。其触于物也，鏦鏦铮铮，金铁皆鸣。又如赴敌之兵，衔枚疾走，不闻号令，但闻人马之行声。余谓童子:"此何声也? 汝出视之。"童子曰:"星月皎洁，明河在天，四无人声，声在树间。"

余曰:"噫嘻，悲哉! 此秋声也! 胡为而来哉? 盖夫秋之为状也，其色惨淡，烟霏云敛;其容清明，天高日晶;其气栗冽，砭人肌骨;其意萧条，山川寂寥。故其为声也，凄凄切切，呼号愤发。丰草绿缛而争茂，佳木葱茏而可悦，草拂之而色变，木遭之而叶脱。其所以摧败零落者，乃其一气之余烈。

"夫秋，刑官也，于时为阴;又兵象也，于行用金。是谓天地之义气，常以肃杀而为心。天之于物，春生秋实。故其在乐也，商声主西方之音，夷则为七月之律。商，伤也，物既老而悲伤；夷，戮也，物过盛而当杀。

"嗟乎！草木无情，有时飘零。人为动物，惟物之灵。百忧感其心，万事劳其形，有动于中，必摇其精。而况思其力之所不及，忧其智之所不能，宜其渥然丹者为槁木，黟然黑者为星星。奈何以非金石之质，欲与草木而争荣？念谁为之戕贼，亦何恨乎秋声！"

童子莫对，垂头而睡。但闻四壁虫声唧唧，如助余之叹息。

【赏析】赋是典型的骈文，在先秦两汉时期比较流行。欧阳修此处采用的这种体裁叫作"文赋"，创作时主要运用骈散结合的手法，在句式韵律上都有所突破。欧阳修写秋，抒发的是传统的悲秋之情，但从形迹难寻的秋声入手，角度新颖，立意也十分巧妙。不过，全文仍被一种寂寥哀戚的气氛笼罩，虽有哲思，更多的是抒发心中的慨叹。

开篇即切入正题，设计了一个小悬念，欧阳修深夜读书，听到屋外有声，接着他用了一系列比喻，将这声音刻画得生动鲜活。它如雨声淅沥，如风声萧瑟，如波涛奔腾呼啸，触及物体，发出金铁撞击之声，转而又像是奔向敌人的军队，没有呼号喊杀，只有步行、马蹄之声。在恰切比喻和精准形容中，这种声音渐渐逼近、增大，又渐远、减小的过程，也带着强烈的肃杀之感。欧阳修听见声音，不觉心旌动摇，悚然悲凉。那么，这究竟是什么声音呢？两人对答是"赋"这一文体常用的手法，于是欧阳修让书童揭开悬念：天气晴朗，四下无人，不过是风吹动树叶的声音罢了。这里欧阳修与书童的感受形成了鲜明对比，少年人即使听见了声音，也觉察不到什么悲凉，而作者融入主观感情之后感受则十分强烈，下文便是欧阳修对这种肃杀声音的解读。

欧阳修说，这种声音就是秋声啊。"盖夫秋之为状也，其色惨淡，烟霏云敛；其容清明，天高日晶；其气栗冽，砭人肌骨；其意萧条，山川寂寥。"秋的颜色暗淡，形容清洁明净，天高云淡。而秋的气息冷冽入骨，意韵萧肃，山川都随之寂静，失去了生气。所以秋声"凄凄切切，呼号愤发"。秋风依靠着秋气的威力，能令草木变色凋零。作者写秋，选取的角度十分巧妙，锤炼词句，下语精准，以多种感官的联合，为读者全面展现秋的特征。既然秋的形容如此，那么秋声之所以凄切，便也有理有据了。接着欧阳修说明秋悲凉肃杀的原因。秋，是行刑之时，又象征着兵戈杀伐，五行属金。自然界的生命从春至秋便转入衰败，将秋同音乐联系起来，也与杀戮和悲伤有关。

此时欧阳修虽已当大任，但触景伤情，回顾一生屡屡波折，肉体和精神都为世事所消磨，而今年老将衰，不由悲从中来。他的文笔依旧平和，情感节制内敛，但是感叹十分深切："嗟乎！草木无情，有时飘零。人为动物，惟物之灵。百忧感其心，万事劳其形，有动于中，必摇其精。"草木无知无感，到了时候就会凋零。而人作为万物灵长，并非真为时节影响，而是被忧虑煎熬、琐碎烦恼损伤了身体。妄想、苦恼，种种情绪使得红颜凋零，乌发霜白。所以实在不必怨恨这秋天。人真正应该做的是自省、自我调节，不为外界纷扰所动，静心明志，休养生息。

然而此身已经衰老，回思过往，种种艰辛在欧阳修心头留下了不可消除的痕迹。作者渴望将这种心情向人倾诉，身边天真稚嫩的童子却早已沉沉睡去。"童子莫对，垂头而睡。但闻四壁虫声唧唧，如助余之叹息。"只有秋虫鸣叫，似在回应他。此处与开头相照应，童子对秋声从头至尾并无大的感触，童稚简单与饱经忧患相对比，更加突出了随着涉世愈深，种种困扰对人的摧残。如此，沧桑之感已经传递到读者心底，显得含蓄而意味深长。

（三）君子小人之辨，兴亡治乱之鉴：《朋党论》

臣闻朋党之说自古有之，惟幸人君辨其君子小人而已。

大凡君子与君子以同道为朋，小人与小人以同利为朋，此自然之理也。然臣谓小人无朋，惟君子则有之。其故何哉？小人所好者禄利也，所贪者财货也。当其同利之时，暂相党引以为朋者，伪也。及其见利而争先，或利尽而交疏，则反相贼害，虽其兄弟亲戚不能相保。故臣谓小人无朋，其暂为朋者，伪也。君子则不然，所守者道义，所行者忠信，所惜者名节。以之修身，则同道而相益，以之事国，则同心而共济，终始如一。此君子之朋也。故为人君者，但当退小人之伪朋，用君子之真朋，则天下治矣。

尧之时，小人共工、讙兜等四人为一朋，君子八元、八凯十六人为一朋。舜佐尧，退四凶小人之朋，而进元、凯君子之朋，尧之天下大治。及舜自为天子，而皋、夔、稷、契等二十二人并列于朝，更相称美，更相推让，凡二十二人为一朋，而舜皆用之，天下亦大治。《书》曰："纣有臣亿万，惟亿万心；周有臣三千，惟一心。"纣之时，亿万人各异心，可谓不为朋矣，然纣以亡国。周武王之臣，三千人为一大朋，而周用以兴。后汉献帝时，尽取天下名士囚禁之，目为党人。及黄巾贼起，汉室大乱，后方悔悟，尽解党人而释之，然已无救矣。唐之晚年，渐起朋党之论。

及昭宗时，尽杀朝之名士，或投之黄河，曰此辈清流，可投浊流，而唐遂亡矣。

夫前世之主，能使人人异心不为朋，莫如纣；能禁绝善人为朋，莫如汉献帝；能诛戮清流之朋，莫如唐昭宗之世。然皆乱亡其国。更相称美推让而不自疑，莫如舜之二十二臣，舜亦不疑而皆用之。然而后世不诮舜为二十二人朋党所欺，而称舜为聪明之圣者，以辨君子与小人也。周武之世，举其国之臣三千人共为一朋，自古为朋之多且大莫如周。然周用此以兴者，善人虽多而不厌也。

夫兴亡治乱之迹，为人君者可以鉴矣。

【赏析】除了抒情散文之外，欧阳修敢于诤谏，创作了很多论说文章，流传最广的莫过于这一篇。庆历新政期间，欧阳修等忠心为国之士被扣上结党营私的帽子，于是他上书皇帝，奋起自辩。这篇《朋党论》不掩锋芒，有理有据。文章结构严谨，不蔓不枝，逻辑十分严密。先讲道理，再摆史实，最后加以分析，具有极强的说服力。

欧阳修说，"朋党"的说法自古以来就有，君子因义结为朋友，小人则因利益相聚。但是他认为，只有君子结成的才叫朋党，小人的不算数。这是为什么呢？作者不但对"朋党"之说直言不讳，化被诬陷的被动为主动出击，且提出设问，引出一段对比议论，将君子与小人的区别清清楚楚展露在皇帝面前。小人依靠利益、钱财集结在一起。"小人所好者禄利也，所贪者财货也。"一旦利益有了冲突，他们就分崩离析，开始互相争斗，所以小人是"伪朋"。"君子则不然。所守者道义，所行者忠信，所惜者名节。"君子是以道义、忠信、名节集结在一起的，有利于国家。

谈到朋党问题，自然要从历史中选取材料才最具有说服力。欧阳修从尧帝在位之时讲起，当时舜辅佐尧斥退了四凶，起用元、凯这样的君子之朋。而等到虞舜自己做了天子时，以皋陶为首的二十二位君子结为朋友，可以算得上朋党了，舜放心地任用他们，尧、舜两代因此而天下太平。欧阳修又举《尚书》中的评断，以商纣王朝廷中无朋党反衬尧、舜，说明任用君子朋党必能得益。以史书中地位尊崇的著述论证自己的说法，越发使论点稳固，不可辩驳。欧阳修继续举后汉献帝及唐昭宗为例，这两位皇帝对朋党可谓深恶痛绝，反而葬送了自己的江山社稷。昭宗时期所谓的"此辈清流，可投浊流"更是显得昏庸不堪。

最后，作者对罗列出来的史料进行深入分析。之前的君主，能够让人不怀异心的，没有谁能超过纣王；而能禁绝朋党的，莫过于后汉献帝；能够诛杀君子朋党的，没有人能超过唐昭宗。排比铺陈，气势极强，继而作者总结了他们的下场："然皆乱亡其国。"这一句有千钧之力。反观舜之二十二臣，以及周武之世的朋党，都为国家兴盛做出了贡献，这正是因为君主"辨君子与小人也"。君主只要能分辨是非，则贤臣总不嫌多，也不必担心他们结为朋党。至此，可谓将朋党一事论述得透彻清楚了。

《朋党论》的创作十分大胆，对所谓"朋党"直言不讳，但却将正反两种"朋党"做了原则上的区分。适当地运用排偶句式，使文章前后贯通，气势迫人。其内部结构紧密，曲折往复述说道理，又显得格外从容。欧阳修在这篇文章中举了很多例子，旁征博引，一一指出历史上的朋党，劝谏皇帝以史为鉴，用贤臣，远小人，用君子之朋，远小人之朋。"夫兴亡治乱之迹，为人君者可以鉴矣。""鉴"就是镜子，从唐太宗的"以史为鉴"到司马光的《资治通鉴》都是取这个意思。欧阳修也是如此，他对皇帝说，把历史上的兴衰，当作镜子照一照就明白了。

（四）祸患积忽微，智勇困所溺：《五代史伶官传序》

呜呼！盛衰之理，虽曰天命，岂非人事哉！原庄宗之所以得天下，与其所以失之者，可以知之矣。

世言晋王之将终也，以三矢赐庄宗，而告之曰："梁，吾仇也；燕王，吾所立；契丹与吾约为兄弟，而皆背晋以归梁。此三者，吾遗恨也。与尔三矢，尔其无忘乃父之志！"庄宗受而藏之于庙。其后用兵，则遣从事以一少牢告庙，请其矢，盛以锦囊，负而前驱，及凯旋而纳之。

方其系燕父子以组，函梁君臣之首，入于太庙，还矢先王，而告以成功，其意气之盛，可谓壮哉！及仇雠已灭，天下已定，一夫夜呼，乱者四应，仓皇东出，未及见贼而士卒离散，君臣相顾，不知所归，至于誓天断发，泣下沾襟，何其衰也！岂得之难而失之易欤？抑本其成败之迹而皆自于人欤？《书》曰："满招损，谦得益。"忧劳可以兴国，逸豫可以亡身，自然之理也。故方其盛也，举天下之豪杰莫能与之争；及其衰也，数十伶人困之，而身死国灭，为天下笑。

夫祸患常积于忽微，而智勇多困于所溺，岂独伶人也哉！作《伶官传》。

【赏析】《五代史伶官传序》出自欧阳修所写的《新五代史》。这篇文章简洁平实，音韵流畅，在褒贬之间蕴含着作者的强烈感情。纪史精彩，哲理又引人深思，历代学者都倍加推崇，认为此文有《史记》的风采。

欧阳修于开篇处直接提出"盛衰之理，虽曰天命，岂非人事哉"的道理，国家兴衰，不只是天命，更关乎人为，气势横空而来。"呜呼"的慨叹，带上了浓烈的感情色彩。而后对史料裁剪得宜，只选择庄宗得失天下这件十分典型的事件，进行详细生动的描写，先扬后抑，给予读者最直观的、最具说服力的典型例证。据说晋王李克用遭盟友背叛，心有不甘，临终时将三支箭传给儿子李存勖，叮嘱他复仇。李存勖英勇善战，征讨两个背信弃义的国家，又三次击败契丹，为父报仇。庄宗意气风发，令人向往。本可以成为一代明主。欧阳修写此事时，语气舒缓沉稳，刻画了一个英明神武的君主形象，这与之后的失天下形成强烈对比。

"及仇雠已灭，天下已定，一夫夜呼，乱者四应，仓皇东出，未及见贼而士卒离散，君臣相顾，不知所归。"等到天下大定，庄宗却沉溺声色，宠信伶官，在位不久便尽失人心，后来仓皇逃跑，军心动摇，以至于剪发起誓，涕泪横流，最终死于兵乱之中，这又是何等衰飒可怜啊！虽然这段文字简洁平实，但其中自有如虹气势。短句的应用，加快了文章表达的节奏，先抑后扬，令人想见其事而扼腕叹息。

接下来两个问句，情感色彩强烈，词锋十分犀利。难道真是所谓的得难失易？还是人为原因导致他丢失了国家呢？语气于极强处一顿，而后转入说理，节奏又自然放缓，平和之中徐徐道出："《书》曰：'满招损，谦得益。'忧劳可以兴国，逸豫可以亡身，自然之理也。"一国之君，必须时刻保持着警惕，励精图治，如此才可以兴国。如果贪图享乐，沉溺声色，那就容易招来亡国之祸，这是显而易见的道理。欧阳修为了强调并升华这个道理，又总结了一遍庄公得失之事，语言更为简洁客观，最终他告诫读者："夫祸患常积于忽微，而智勇多困于所溺。"祸患常起于小处，英明智慧的人也会被自己太过喜爱的事物给耽误。

欧阳修不仅善用散句改造骈文，也善用对偶来为散文增辉，这就使得该文虽然洗练简洁，却不乏韵味，读来上口，引人入胜。欧阳修生活在北宋时期，虽然当时的社会繁华升平，但很多制度却存在漏洞，日积月累危害不容小觑。所以欧阳修希望统治者不要满足于太平盛世的表象，而是能够时时思考背后可能隐藏的危机，防微杜渐，目光长远。作者亦如太史公，寓褒贬于叙事之中，做出的评论言简意赅，不需多言，其意自明。这篇《五代史伶官传序》，既是议论历史，也是寄希望于当下。

（五）哀子不幸，感己人生：《祭石曼卿文》

维治平四年七月日，具官欧阳修谨遣尚书都省令史李敭至于太清，以清酌庶羞之奠，致祭于亡友曼卿之墓下，而吊之以文曰：

呜呼曼卿！生而为英，死而为灵。其同乎万物生死而复归于无物者，暂聚之形；不与万物共尽而卓然其不朽者，后世之名。此自古圣贤，莫不皆然，而著在简册者，昭如日星。

呜呼曼卿！吾不见子久矣，犹能仿佛子之平生。其轩昂磊落、突兀峥嵘而埋藏于地下者，意其不化为朽壤，而为金玉之精。不然，生长松之千尺，产灵芝而九茎。奈何荒烟野蔓，荆棘纵横，风凄露下，走磷飞萤！但见牧童樵叟，歌吟而上下，与夫惊禽骇兽，悲鸣踯躅而咿嘤。今固如此，更千秋而万岁兮，安知其不穴藏狐貉与鼯鼪？此自古圣贤亦皆然兮，独不见夫累累乎旷野与荒城？

呜呼曼卿！盛衰之理，吾固知其如此，而感念畴昔、悲凉凄怆，不觉临风而陨涕者，有愧乎太上之忘情。尚飨！

【赏析】石延年，字曼卿，北宋文学家、书法家，他为人洒脱不羁，率直豪迈，文章劲健，尤擅作诗。石曼卿是欧阳修的至交，去世于庆历元年（1041 年），当时欧公即有祭奠文字。这篇《祭石曼卿文》，写于故人离去二十六年之后。是年欧阳修自请外任，历尽沧桑已不复少年豪气，文中寄托了对故人深切的哀思，文气悲郁，令人不忍卒读。

首段略述作文缘由。第二段始入正文，便是一句"呜呼曼卿"，且以下两段皆以此开头，这是欧阳修真实感情的流露，也为文章增添了悲痛哀悼的气氛。"生而为英，死而为灵"是该段对石延年赞美的核心。说他在世时是英雄，死后成为神灵。虽然他的形体有生有死终归于无，但是身后声名却卓然不朽。一如从古至今的圣人贤者，名留史册，如日月星辰般永恒。

发自内心的赞美延续到第二段，欧阳修说，虽然自己与他许久未见，但眼前依稀是他的模样：气宇轩昂，为人坦荡，高大磊落。那么他埋在地下，也不应该化作尘土，而应该成为金石美玉的精华。否则，怎么会长出长松和灵芝呢。因时过二十六年，作者并没有过多追述其生平，只略写石曼卿生前神貌，更多地落笔在他的墓地。无论是金、玉、长松还是灵芝，这些意象都映衬着石曼卿高尚的品格，也恰恰与后文石曼卿坟墓凄凉之景相对照。"奈何荒烟野蔓，荆棘纵横，风凄露下，走磷飞萤！"荒烟笼罩蔓草，荆棘丛生，风雨霜露凄凄，磷火飞萤明灭。这四句语意急促，语境凄凉，转折似是突兀，但其人已故去二十六年，坟墓周边如此，仔细想来也并不奇怪。与这景色相应，牧童和樵夫的山歌在回荡，飞禽走兽凄然鸣叫，欧阳修又从听觉入手，渲染了哀凉气氛。现在已然如此，再过千百年又将如何，古来圣贤的坟墓，不都是这样荒芜寂寞吗！

末段，欧阳修感慨道，生死盛衰，自古而今都是这样，感念旧日，想见今日，却依然忍不住临风泣涕。此中所说的盛衰，不只是对逝者而言，也是对生者而言。石延年不及五十而逝，固值得悲痛，作者自己在世间历尽沧桑，也自然生出"君埋泉下，我寄人间"之感。

该文层次清晰，一呼"曼卿"，写其名声不朽；二呼"曼卿"，悲其坟墓凄凉；三呼"曼卿"，追念感叹，情感凄恻，声沉力重。欧阳修的抒情散文长于转折，于此文，则更增哀怆之感，寄托思念，真挚感人。

（六）人品才品俱佳，诗文复古同道：《苏氏文集序》

予友苏子美之亡后四年，始得其平生文章遗稿于太子太傅杜公之家，而集录之以为十卷。

子美，杜氏婿也，遂以其集归之，而告于公曰："斯文，金玉也。弃掷埋没粪土，不能销蚀。其见遗于一时，必有收而宝之于后世者。虽其埋没而未出，其精气光怪已能常自发见，而物亦不能掩也。故方其摈斥摧挫、流离穷厄之时，文章已自行于天下，虽其怨家仇人及尝能出力而挤之死者，至其文章，则不能少毁而掩蔽之也。凡人之情，忽近而贵远，子美屈于今世犹若此，其伸于后世宜如何也！公其可无恨。"

予尝考前世文章政理之盛衰，而怪唐太宗致治几乎三王之盛，而文章不能革五代之余习。后百有余年，韩、李之徒出，然后元和之文始复于古。唐衰兵乱，又百余年而圣宋兴，天下一定，晏然无事。又几百年，而古文始盛于今。自古治时少而乱时多，幸时治矣，文章或不能纯粹，或迟久而不相及，何其难之若是欤？岂非难得其人欤？苟一有其人，又幸而及出于治世，世其可不为之贵重而爱惜之欤？嗟吾子美，以一酒食之过，至废为民而流落以死。此其可以叹息流涕，而为当世仁人君子之职位宜与国家乐育贤材者惜也。

子美之齿少于余，而予学古文反在其后。天圣之间，予举进士于有司，见时学者务以言语声偶撷裂，号为时文，以相夸尚。而子美独与其兄才翁及穆参军伯长，作为古歌诗杂文，时人颇共非笑之，而子美不顾也。其后天子患时文之弊，下诏书讽勉学者以近古，由是其风渐息，而学者稍趋于古焉。独子美为于举世不为之时，其始终自守，不牵世俗趋舍，可谓特立之士也。

子美官至大理评事、集贤校理而废，后为湖州长史以卒，享年四十有一。其状貌奇伟，望之昂然，而即之温温，久而愈可爱慕。其材虽高，而人亦不甚嫉忌，其击而去之者，意不在子美也。赖天子聪明仁圣，凡当时所指名而排斥，二三大臣而下，欲以子美为根而累之者，皆蒙保全，今并列于荣宠。虽与子美同时饮酒得罪之人，多一时之豪俊，亦被收采，进显于朝廷。而子美独不幸死矣，岂非其命也？悲夫！

庐陵欧阳修序。

【赏析】欧阳修的诗文集序曾有"最工"之誉，这一篇序作于友人苏舜钦身后。苏舜钦是宋代杰出的文学家、诗人，为人直率豪迈，可惜因卷入庆历新政两派纷争而被排挤出京，早逝于苏州。欧阳修为其文集作序，述文集整理之事，更以婉曲深致的文笔表达了对友人文才人品的赞叹，以及无限感慨惋惜之情。

　　文章先略述苏舜钦去世后第四年，欧阳修为其整理文稿，成十卷文集。然后详述作者对苏子美岳父杜衍的安慰之语，口吻诚挚：苏舜钦的文章有如金玉，就算被一时埋没，也必为后世认可，其灵气、光芒时时自现。虽然苏子美遭受排挤与挫折，但他的文章是为天下人认可的，即使是仇人，也不能不佩服。"凡人之情，忽近而贵远"，大家都更看重古代的文章，可见后世之人将如何看重苏氏文章！

　　欧阳修并不急着继续叙述苏舜钦之事，而是宕开一笔，从唐代文章的风格开始写起，笔致舒缓，言辞娓娓，提出了一个文坛现象：唐太宗贞观之治，国家强盛，而文章却不能摆脱华丽绮靡的五代余风，过了百余年才得以扭转，而到了宋代，天下安定后，也过了许久，平实简洁的古文才兴盛起来。从古至今，本就是混乱多于安定，到了安定的时候，文章风气又迟迟得不到改善，这正是因为缺少人才啊！

　　语气从此处转急加重，逐渐触及作者的本意：苏舜钦这样的人才，又生活在太平盛世，这本身就是极难得的事，而苏氏却因为一顿酒饭，被废远逐，最终死于忧愤，这是多么可惜的事啊！"此其可以叹息流涕，而为当世仁人君子之职位宜与国家乐育贤材者惜也。"所谓"酒食之过"，实际上只是一件小事，造成苏舜钦悲剧的真正原因其实是朝中势力纷争。欧阳修语气沉痛，为政敌小题大做的打压而愤慨，为好友终身不得施展抱负作不平之鸣，也隐含着希望帝王权臣爱惜人才的规劝之意。该段中，欧阳修先是缓笔铺垫，再惋惜疾呼，又重归于平缓克制，文势起伏，这比平铺直叙更能引发读者对苏舜钦的同情，以及对现实问题的深入思考。

　　欧阳修笔锋再转，第四段叙述苏舜钦好古文之事。在众人纷纷追捧时文之时，他却能够坚守自己的立场。"作为古歌诗杂文，时人颇共非笑之，而子美不顾也。"作古诗杂文，即使被嘲笑也不在乎。后来皇帝下令，鼓励大家学习古文，这些文人才渐渐转变，只有苏舜钦这样的一小部分人，从始至终有自己独到的见解。此段正是对苏舜钦之所以是难得之人才的一个侧面说明，既使人物形象饱满，也描写了一段时期内的文坛状况，表达了欧阳修对诗文革新的主张。在这个主张上，欧阳修与苏子美志同道合，这一部文集也将以苏舜钦生前文章来生动体现古文之优长。作者为文集作序，则语终不离文章。

末段补笔写及友人生平，说他："其状貌奇伟，望之昂然，而即之温温，久而愈可爱慕。"苏舜卿样貌伟岸，看着他似乎是高傲的样子，接触久了却发现他温文尔雅，令人倾慕。虽被人打压，但那群人也不是冲着他去的。皇帝圣明，当时受打压或被酒饭一事牵连的人，大多是英才俊杰，也都得以保全性命，被起用。唯独苏舜钦早早去世，令人抱憾无穷。此处为前面的不平挽回一笔，亦加重了苏舜钦过早离世的遗憾之感。

该文叙事与议论交融，结构上层次丰富，而以真挚深厚的情感和鲜明的主张贯穿，则其意不散，哀凉之意弥漫文句之间。文笔流畅，平实简洁，张弛有度，亦不负作者自己与已去世的苏舜钦一生秉承的作文原则。

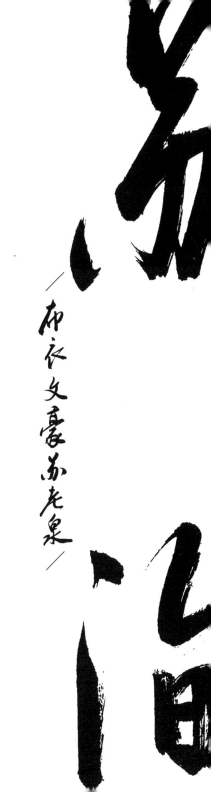

布衣文豪苏老泉

一　平淡归真的文坛巨匠

（一）年少悠游，幸得贤妻

坐落于眉州的三苏祠内有许多楹联，是敬仰三苏的文人墨客游览此地时留下的题咏。其中最有名气的两句，出自清代的张鹏翮之手，对联写道："一门父子三词客，千古文章四大家。""四大家"为韩、柳、欧、苏，其中的"苏"专指苏轼，而"一门父子"说的则是苏洵、苏轼、苏辙三人。"词客"在此处指文人，且不是普通的文人，这"一门父子"均位列"唐宋八大家"，都是举世公认的文章大家，这在中国文学史上，也是极罕见的情况。苏轼兄弟能有极高的成就，离不开他们父亲的教诲引导。苏洵自己虽然没有什么功名，但却教子有方，这对于他不算顺遂的人生而言，也是极大的安慰。

苏洵（1009—1066年），字明允，号老泉，眉州眉山人。苏洵的父亲苏序在当地小有名气，家境殷实，为人敦厚，很受敬仰。在当时的川蜀之地，少年读书并没有成为家家户户遵从的风气，苏序年轻时也不爱读书，晚年才忽然喜好文学，成就也不是很高。但他却是一个很有远见的人，从没有放松对自己三个儿子的教育，而是严格督促他们开蒙读书。老大苏澹、老二苏涣都考中了进士，让乡人既自豪又羡慕。据苏轼、苏辙说，两位伯父的中举甚至带动了当地求学的风气。苏家本就是眉山的大户，对当地的文化发展也有一定的影响力。

老三苏洵却和哥哥们都不一样，他很不爱读书，既然不愁吃穿，就每天在外游荡。十六岁去考试，当然也没考中。苏洵这个样子，旁人都看不下去了，说这苏家老三太不像样了。苏序却不着急，解释说，他相信苏洵是个有大志向的孩子，现在不爱学习没关系，将来等他想通了，一定会很有出息的。

苏洵一考不中，已到成家的年龄，于是回乡成婚。他娶的这位妻子程氏，出身也不普通。当时在眉山总共有三个影响比较大的家族：程家、石家、苏家。其中苏家是最有文化的，而程家是最有钱的，程氏就是这家的女儿。择婿的年纪到了，她的父亲于是四处物色与之匹配的少年，偶然见到了苏洵，立刻判定这个孩子志向远大，非池中之物，于是坚决要把女儿嫁给他。苏洵的父亲苏序都觉得很吃惊，苏家又不是大富之家，孩子看起来又是不学无术，程家何以垂青，愿结秦晋之好？所幸程氏也并非嫌贫爱富之人，她不在意别的，只是看中了苏洵的个性与众不同，心甘情愿嫁到了苏家。程氏聪明贤惠，持家有道，相夫教子都是很出色的。从这一点来看，苏洵也是非常幸运的。

尽管如此，苏洵依然没有求学的心思，几年之后，学问还是没有任何起色。这与他年少时喜欢玩乐又不同，父亲年迈，母亲和大哥都去世了，二哥常年在外做官，家中的生计重担也落在他的肩头。但随着苏洵慢慢成熟，他终于还是意识到，读书求功名无论对于自己，还是对于家庭都是很有用的。何况他有家庭氛围方面的优势，贤妻程氏也常常规劝他，大丈夫总要成就一番事业，不可不学无术。苏洵终于下定决心发奋读书，而这一年他已经二十七岁了。二十七岁的苏洵并不觉得年龄太大是什么问题，正如他父亲和岳父当年断言的那样，他聪慧且有决心有自信，只要肯用功，什么时候都不晚。于是苏洵将家事交给妻子，自己把尘封的书籍找出来，抖落灰尘，细心整理，很快就于此一道窥见了门径。

这时，家中又发生了一件大喜事，女儿八娘降生了。程氏为苏洵生了六个孩子，前三个却都夭折了，这一度让苏洵十分悲痛和绝望。八娘的降生和健康成长，给夫妇二人带来了希望，这位八娘是苏轼和苏辙的姐姐，也就是民间传说中那个聪慧多才的苏小妹的原型。次年，苏轼降生，他聪慧好学，平安长大，更是让这个家庭的未来都明亮起来。为了孩子，苏洵也要闯出一番天地来。

（二）功名难求，静心向学

然而，北宋当时的科举仍然很重视诗词声律，这恰恰是苏洵不擅长的东西。他觉得声律之学让自己很受束缚，学了又于现世没有什么实际的帮助，因此不感兴趣，懒得钻研，进境就比较慢。苏洵的水平虽然没有达到极高的境界，但也算是比较出色，他于功名上一直不能如意，或者也有时运的关系，考官的喜好、当年的选拔政策，都是他个人无法左右的因素。1037年，二十九岁的苏洵又落第而归。

越骄傲的人，越难承受反复的挫折。苏洵这次回来，连家里的事都不大管了，除了读书交友，还经常出门去各地漫游，教育孩子的责任也就交给了妻子程氏。程氏知书达礼，深明大义，把两个男孩教得很好。苏轼七八岁时，读《汉书》，读到东汉的名士范滂的故事。范滂为了反对党争而被权臣杀害，赴刑场之前，范滂跪下给母亲磕头，说做儿子的实在愧疚，不能给老母养老，还要让她白发人送黑发人。范滂的母亲却不怪他，认为他死得堂堂正正，死得有价值，自己为他而骄傲。苏轼读了之后心里特别感动，就问她的母亲程氏，如果自己将来也成为一个范滂这样的人，母亲能答应吗？程氏同样很感动，自己的儿子如此有志向，儿子能做范滂，自己就不能做范滂的母亲吗？于是越发以道义激励他。苏轼、苏辙兄弟两个年纪渐长，也不能老是由母亲教导，程氏又把他们送到眉山一个有名的道士张易简那里读书，让他们进一步接受良好的教育。

孩子一天天长大，苏洵的事业却依然没什么进展。1046 年，已经三十八岁的苏洵又自帝京铩羽而归，他终于彻底对科考失望了。古人以七十岁为古稀高寿，活到不惑之年，多觉得自己已日渐老迈了。苏洵以聪颖的天资和十数年的勤奋，在科举一道上孜孜不倦，不知下了多少功夫，最终却一无所获，他彻底失望了。苏洵做决断向来不拖泥带水，他愤然烧毁了过去练习声律属对的文稿，以示再不寄希望于此道。

但这不意味着苏洵就要放弃了。过去耗费的光阴想来实在可惜，带着功利的目的去读书，忽略了书中真正的精华。现在，他要按照自己的喜好读书，也按照自己的喜好下笔了。陶渊明绝意于功名，好读书而"不求甚解"，苏洵则是在儒家典籍中学到了经世致用的东西，文章也越发有补时弊。

这时，"庆历新政"刚刚结束，从京城回来的苏洵，见识过那一场能为国家带来新气象的改革，又见到改革迅速失败，不可能不受到触动，他的政治思想也开始慢慢成熟。苏洵虽然是一介布衣，但是在很多方面都很有见地，能切中时弊。

北宋当时尚算政治清明，但是有很多积弊、弱点已经显现出来了。苏洵认为，国家应该对当前的形势有准确的判断，然后选定一套政策予以坚持。在苏洵眼中，宋朝的形势并不好，吏治腐败、军纪松弛、府库空虚、在外敌面前节节败退，这些都是亟待解决的问题。

苏洵认为，当政者必须用强政，对内对外都要有威慑力，是非分明，赏罚分明。当时朝廷对于西夏和辽都采取了软弱的态度，而苏洵认为，面对强敌，绝不能害怕，而是要采取强硬的措施。他分析了宋强硬，使辽不敢来犯的原因，又预测了敌国可能采取的举动，再相应地提出措施，考虑得周密详尽，其措施具有很大的可行性。

在国家内部，重要的是加强吏治，不拘一格地选拔人才。非常有创见的一点是，苏洵格外重视对边远地方的管理。中原地区的京畿重地、大的省市，都可以得到有效的管理，偏僻的地方却往往被忽视。近处受中央监管很方便，而远处与中央信息不通，更需要有决断又可以信任的官吏。靠近边境的地方，面对强敌，也需要有能力的人才来统领。然而当时的政策，却是把犯法的、有错的官员派到边疆。

除了用人之外，苏洵还提出了抑制土地兼并、对法律不合理处予以修改等涉及各个领域的建议，都很有可取之处。可惜的是，他的文章难以呈到御前，建议也不能为当政者所采纳。

（三）有子初成，寄予厚望

不能入朝为官，苏洵就将自己的思想和读书收获的点点滴滴教给两个儿子。虽然他渐渐感觉老了，但苏轼、苏辙还年轻，他期盼二子青出于蓝，在他们的身上寄托了自己未能完成的志向。苏洵的用心良苦，从《名二子说》中就可以看出。在这篇文章中，苏洵解释了两个孩子名字的来由。轼，就是古代车上用作扶手的横木；辙，就是车辙，车轮碾过的痕迹。"轮辐盖轸，皆有职乎车。"轮，是车轮；辐，是连接车辋和车毂的直条；盖，就是车篷；轸，即车后的横木：这些东西对车来讲都有自己的职责。"而轼，独若无所为者。"唯独轼好像可有可无。但是，"去轼，则吾未见其为完车也"。轼也是车上的必备之物，没有轼恐怕也成不了一辆完整的车。而这个轼是伸出来的，正如苏轼其人，他从小就比较外向、执拗，所以苏洵说："吾惧汝之不外饰也。"即担心他不懂得隐藏自己的锋芒。

再说辙。"天下之车莫不由辙。"天下所有的车走过都会有辙。"而言车之功者，辙不与焉。"但是夸车的功劳却从来不提及辙。出了事之后，伤亡祸患也从来不及辙。"是辙者，善处乎祸福之间也。"辙是能够在祸福之间保全自己的。"辙乎，吾知免矣。"所以，苏洵知道小儿子能够保全自己。苏辙的性格也的确比较温和内敛，不像苏轼。后来果然，苏辙因为性格比较温和，官做到了副宰相，比哥哥苏轼高。但是在文学艺术上，苏轼的影响要远远超过苏辙，这让后人也不得不佩服苏洵的慧眼。

对于女儿八娘，苏洵没有寄托太多的希望，但同样是非常疼爱的。八娘自幼聪明，能写诗作文，苏洵视为掌上明珠，想着亲上加亲，就把女儿嫁到程家，嫁给了八娘的表哥。原本指望女儿婚后也能受到婆家的照顾，过得顺遂。但不知为什么，八娘过了门之后不受婆家喜爱，甚至生病了也得不到医治。苏洵只好把女儿接回家来照顾，悉心调养，八娘的身体刚刚有了起色，婆家却在这时把八娘的孩子抢回去了。这么一来八娘又急又气，不到三天就过世了。苏洵对此特别伤心气愤，从此再也不跟程家来往，一生都没有原谅他们。

（四）携子赴京，一鸣惊人

苏家这两辈的男子都遇到了温婉贤惠的妻子。苏轼十九岁时娶了结发妻子王弗，两人的感情非常好。苏辙也是个十六岁的翩翩少年了。兄弟俩学问初成，苏洵对自己也还抱有一丝希望。这时候，正巧一位很有见地和胆识的大臣张方平来到成都任地方官。苏洵早就听说过这个人，于是带着两个儿子，拿着三人的文章前去谒见。宾主相谈甚欢，张方平看了父子三人的文章，大加赞赏。他和苏洵也很投缘，就在家中为苏洵设了一个专座，只用来招待他一个人，旁人来的时候，是不允许坐到那里去的。对于平生知己，张方平当然要全力相助，他写了推荐信给京城朝中的熟人。

一封信看起来没什么大不了，但唐宋时期，风气较好的时候，有分量的举荐足以改变一个人的境遇，何况张方平的信是写给文坛盟主欧阳修的！

苏洵就怀揣着这封信，怀揣着希望，带两个儿子启程，进京赶考。从四川到河南开封路途遥远，水路、陆路要来回换，走到陕西的时候马都累死了，只能改骑小毛驴了。古人一骑驴就比较落魄了，苏轼的《和子由渑池怀旧》就跟弟弟提及当年初次进京时父子三人的经历："往日崎岖还记否？路长人困蹇驴嘶。"路长人困，旅途艰难。历经千辛万苦，终于在五月抵达了开封。

稍作休整，苏洵赶紧拿着张方平的信去拜访欧阳修等人。本来欧阳修跟张方平的关系很不好，两个人是政敌，但是欧阳修并没因此潦草敷衍，他认真看了苏洵的文章后大加赞赏，还回信给张方平表示感谢，宰相韩琦也对父子三人礼遇有加。北宋的党争是很有趣的，真君子即使政见不合，也都没有私心。在朝中时虽然意见不同，但遇到真正的人才，哪怕是政敌举荐，同样要予以大力提拔，能做到这一点需要拥有开阔的胸襟，从古到今都是很难得的。

苏洵觉得自己上了年纪，再去按部就班参加科举，实在是麻烦又丢面子，于是没有参加这次考试。但他的文章一出，大家纷纷赞叹，于是他也想借此为自己博一个官职。然而当政的几位重臣表示，文章是写得不错，官却还是不能给。原来，苏洵文章中显露的政治主张太过激进，令韩琦等人既敬佩又担忧，觉得现在并不是重用他的好时机。苏洵多少有些失望，幸而两个儿子在这次考试中大放异彩，都取得了不错的成绩，这足以令苏洵老怀欣慰。正在这时，噩耗传来，苏洵相伴多年的妻子程氏去世了。父子三人闻讯，惊痛交加，有多少春风得意的喜悦也无心享受了，匆匆收拾行囊返家。古人重视丧礼，苏轼、苏辙需要守孝。这样，他们回到眉山家中，一待就是数年。

（五）南行留集，卒于微末

1058 年，朝廷下旨，召苏洵试策论于舍人院。可见当年在京城交游拜访的权贵并没有忘记他。然而苏洵是个有脾气的人，他对考试制度很失望，更不满京官的拖拉作风，断然拒绝了。后来朝廷屡次下诏，苏洵都没有答应，只是写了《上皇帝书》，把他的政治主张系统地向皇帝阐释了一遍。后来梅尧臣来信劝告，苏洵想着自己反正要带儿子再次入京，这才勉强答应了。

这一次与之前的焦灼辛苦不同，苏洵带着两个儿子与两个儿媳，一家人一路游玩，三位出色的文人彼此唱和，很是愉快。苏洵会弹古琴，有时放舟江上，面对浩浩水色、天光云影，信手拨琴自抒胸臆；有时父子三人一同探幽访胜，大饱眼福之际，指一景一物共同题咏。三人作品收录成集，名为《南行前集》与《南行后集》，苏轼、苏辙分别为两集作了序和引。

如此快乐的时光，在苏洵的一生中都是极为难得的。到京之后，他的境况几乎没有任何改变。明明知道他有才能，富弼却说："少待。"于是苏洵只得了个从九品的官职，后又仅晋升为从八品。苏洵抱负不得施展，于是把精力付与学术。他研究《易经》，观点颇新，与一般儒者"利义相对"的看法不同，主张利义相和而不背。他还奉命修《礼书》，又写了《谥法》等，它们都受到了很高的评价。

苏洵的际遇不好，与他的个性也有关系。他是一介布衣，说话却从来不客气，对于富弼在改革失败之后的不作为，他曾经写书信直言责怪。仁宗去世后，他又对韩琦主张厚葬有异议，两人一度有些不愉快。好在宰相肚里能撑船，富弼、韩琦都不曾真的记恨他。

王安石当时很受欢迎，苏洵却看不惯他。王安石推崇法治，而苏洵推崇吏治；王安石主张开源，而苏洵主张节流。两个人的政见本来就针锋相对，再加上苏洵以传统儒者自居，不喜欢王安石的某些个人习惯，当众便不给他面子，私下里也劝欧阳修离王安石远一些。苏洵还写了篇文章叫《辨奸论》，辨什么是奸臣，什么是小人，文中"奸臣""小人"指的就是王安石，他把王安石骂得体无完肤。可以想见，以苏洵的性格，即使受到重用，恐怕也很难在朝中立足。

1066 年，苏洵在京城去世了，终年五十八岁。苏洵去世时，官职仍然只是从八品，只是霸州文安县的主簿，这也是他一生中达到的最高官位了。

韩愈面对中唐时期人才受到迫害的局面，发出深重的感慨，写就一篇《马说》，为千里马的命运哀叹。北宋此时，却是英才辈出，政治尚算清明。苏洵以布衣之身结交王侯而备受尊重，他的文章才华，是世人有目共睹且认可的。然而，如此人才一生未得重用，千里马同样不得施展才华。于他个人，于时代，又何尝不是一种悲哀呢？

二　苏洵散文赏析

（一）以六国论时事，以古史观现实：《六国》

六国破灭，非兵不利，战不善，弊在赂秦。赂秦而力亏，破灭之道也。或曰：六国互丧，率赂秦耶？曰：不赂者以赂者丧。盖失强援，不能独完，故曰弊在赂秦也。

秦以攻取之外，小则获邑，大则得城。较秦之所得，与战胜而得者，其实百倍。诸侯之所亡，与战败而亡者，其实亦百倍。则秦之所大欲，诸侯之所大患，固不在战矣。思厥先祖父暴霜露、斩荆棘，以有尺寸之地。子孙视之不甚惜，举以予人，如弃草芥。今日割五城，明日割十城，然后得一夕安寝。起视四境，而秦兵又至矣。然则诸侯之地有限，暴秦之欲无厌，奉之弥繁，侵之愈急，故不战而强弱胜负已判矣。至于颠覆，理固宜然。古人云："以地事秦，犹抱薪救火，薪不尽，火不灭。"此言得之。齐人未尝赂秦，终继五国迁灭，何哉？与嬴而不助五国也。五国既丧，齐亦不免矣。燕、赵之君，始有远略，能守其土，义不赂秦。是故燕虽小国而后亡，斯用兵之效也。至丹以荆卿为计，始速祸焉。赵尝五战于秦，二败而三胜。后秦击赵者再，李牧连却之。洎牧以谗诛，邯郸为郡，惜其用武而不终也。且燕、赵处秦革灭殆尽之际，可谓智力孤危，战败而亡，诚不得已。向使三国各爱其地，齐人勿附于秦，刺客不行，良将犹在，则胜负之数，存亡之理，当与秦相较，或未易量。

呜呼！以赂秦之地封天下之谋臣，以事秦之心礼天下之奇才，并力西向，则吾恐秦人食之不得下咽也。悲夫，有如此之势，而为秦人积威之所劫，日削月割，以趋于亡。为国者无使为积威之所劫哉！夫六国与秦皆诸侯，其势弱于秦，而犹有可以不赂而胜之势。苟以天下之大，下而从六国破亡之故事，是又在六国下矣。

【赏析】《六国》作于宋仁宗嘉祐元年（1056 年），即苏洵再次来到京城时。苏洵在文章中深入剖析了战国七雄中六国被秦吞灭的原因，同时结合社会现实，指出汲取六国灭亡的教训对北宋的深刻现实意义。北宋建国后，制度问题导致边关空虚，屡次被辽国入侵。在对外交涉中，北宋不断遭受屈辱，"澶渊之盟"的巨额赔款，也使北宋的国力进一步被削弱。苏洵针对这些问题，借论六国发表了自己的看法。

在文章的开头，苏洵即点明主旨："六国破灭，非兵不利，战不善，弊在赂秦。赂秦而力亏，破灭之道也。"这样的开头，气势磅礴，直奔主题。苏洵指出，在"战国七雄"中，六国被灭的原因并不是在军事方面，不是因为兵源不足或者战斗力不强，而是在政策方面。六国面对秦国采取的是结交贿赂政策，结果没能实现自保，反而消减了自己的国力，这是六国最后被秦国所灭的真正原因。仔细考量，六国并不是全部投靠秦国，并没有全部去贿赂秦国，那么没有投靠的为什么也被灭了呢？文章中解答了这个问题：六国当中，也有一些国家想抗衡秦国，如果六国联合起来结成同盟，尚有可能跟秦国对抗一下，但是其中有几个小国先投靠了秦国，结盟被瓦解，剩下的几个诸侯国没有能力来对抗强秦了，被秦国逐一消灭。这样看来，六国被灭的最初起因就是一些诸侯国"赂秦"，没能守住联盟。

在战国末期，诸侯国之间通过兼并战争，由最初的几十个诸侯国只剩下了后世所谓的"战国七雄"。在这七个国家中，秦国和楚国势力最为强大，都有统一天下的可能。各国也都纷纷进行了不同程度的改革，希望能通过富国强兵来征服其他诸侯国。秦国最终能统一天下，有着多方面的原因。秦国在军事及政治方面，都采取了一些有效的措施。苏洵借古讽今，希望通过探讨六国灭亡的原因，能使当朝统治者有所警醒。

在文章中，苏洵条分缕析地阐释自己的观点。他指出，六国中几个软弱的诸侯国开始一寸一寸地割让自己的土地。秦国的兵力固然占据一些优势，但是六国主动割让来的土地却是通过征伐得来的百倍，小到一个县，大到一座城，逐渐地并入秦国的版图中。六国并不是打不过，而是不敢打。想想六国的开国祖先也很不容易，他们披荆斩棘，顶霜冒雪，才逐渐开拓出那么一点土地，却怎么也没想到后世子孙根本不加珍惜，就像扔草芥一样，随随便便就将国土拱手送人。六国为了满足秦国的贪欲，今天给出去五座城，明天再给出去十座城，以求能够安稳地睡一个晚上。可是早晨起来一看，秦兵又来到家门口了。秦国根本不会满足于仅仅拿几座城。"然则诸侯之地有限，暴秦之欲无厌，奉之弥繁，侵之愈急，故不战而强弱胜负已判矣。"然而六国的土地是有限的，但是秦国的贪欲是无穷的，因此永远都满足不了秦国的贪欲。战争还没开始，各国强弱胜负就已经一目了然了。六国最后被灭，可以说是必然的了。因此文章中指出，靠割地来求和，就像抱着柴火救火一样，什么时候柴火尽了，火才能灭。这个深刻的道理，对后世具有重要的警醒意义。

在第二段中，苏洵有意运用了多种修辞、论证手法。"思厥先祖父暴霜露、斩荆棘，以有尺寸之地"与"子孙视之不甚惜，举以予人，如弃草芥"相对，将先祖创业维艰与不肖子孙拱手相让进行对比，体现出了子孙的懦弱无能。"今日割五城，明日割十城，然后得一夕安寝。起视四境，而秦兵又至矣。"割地之快，与被攻打之速，所言皆十分夸张，却越发凸显了乱世中的动荡无常，更明确地指出"赂秦"国家懦弱的决策实属大谬。"诸侯之地有限"与"暴秦之欲无厌"，"奉之弥繁"与"侵之愈急"则又是弱国与强秦的鲜明对比。这一段中，有叙事有议论，有今有昔，有我有敌，句式复杂多变，而气理一脉贯通，最终以古语作结，尽显深意。

然后则从那些没有向秦示弱的国家落笔："齐人未尝赂秦，终继五国迁灭，何哉？"齐国跟秦国交好而不帮助其他五国，最后剩下自己，对抗不过秦国，自然就灭亡了。燕国和赵国才是有远见的，不赔赂秦国。所以燕国虽最小，却是六国当中后灭亡的。太子丹让荆轲刺秦王，这才把秦国惹生气了。在这里，苏洵认为太子丹派荆轲去刺秦王是失策之处。再看赵国，"赵尝五战于秦，二败而三胜"。两国交战五次，赵国三比二胜，甚至还占上风。但这则材料是错的，赵国并没跟秦国打过五次仗，也没有三比二赢。下文提到的李牧的确是赵国一个有名的大将，打了很多胜仗。后来秦国挑拨离间，李牧被杀，赵国才失去了优势。赵国虽然敢于使用武力，但是有始无终，因此也无法存留。何况当时秦国已经壮大，实力雄厚，势不可当，燕、赵与敌国实力相差太大了，灭亡也是必然的。

在六国中，第一类是主张"赂秦"的，如韩、楚、魏，却早早被灭了。第二类则是主张"不赂秦"的，如燕、赵、齐，反而是稍后才被灭的。后面这三个诸侯国被灭，原因也各不相同。苏洵在文章之中也做出假设："向使三国各爱其地，齐人勿附于秦，刺客不行，良将犹在，则胜负之数，存亡之理，当与秦相较，或未易量。"如果燕、赵、齐三国都守住自己的领土，齐人不投降，太子丹别派刺客，赵国别把良将杀掉，那么这三个诸侯国跟秦国对抗一下，最后的胜负也不好说。这三个不赂秦的诸侯国原本还有与秦抗衡的可能性，结局也许比赂秦者要好，但因为赂秦者破坏了联盟，彼此之间缺乏应有的照应和帮助，各个国家又存在着各种问题，所以最终也都被秦国所灭了。

接下来这一段以"呜呼"开始，以明确的观点与感叹的语气作结。苏洵假设道："以赂秦之地封天下之谋臣，以事秦之心礼天下之奇才，并力西向，则吾恐秦人食之不得下咽也。"苏洵指出，如果六国能够把送给秦国的那些土地、财物来养贤臣良将，大家合力向西抵抗秦国，那么恐怕秦人会觉得棘手，吃饭恐怕都咽不下去。所以苏洵警告当政者，不能输在气势上，不能被别国的强大军力吓住。"为国者无使为积威之所劫哉！"这是苏洵最终得出的结论。

苏洵认为，六国虽然势力没有秦国强大，但也并非一无是处，同样有自己的优势。"苟以天下之大，下而从六国破亡之故事，是又在六国下矣。"苏洵在这里指出，北宋的国力是超过六国的，但如果犯下和六国同样的错误，那岂不是都比不上当年的六国了！文章的最后两句与前文在语意上紧紧相连，言辞不多，但是观点犀利，能够将历史的兴衰和时事紧密结合，说理论证，为北宋当政者提供了很好的借鉴。

苏洵这篇《六国》，在艺术上也取得了很高的成绩，整篇文章语言简洁生动，但是气势磅礴，奔腾纵横。苏洵从多方面入手，全文结构严密，富有逻辑。苏洵虽然身为布衣，但是热心时政，关心国家的安危，在说理时又融入了丰富的感情色彩，所以文章具有极强的说服力，容易打动读者。

其实当时三苏各写了一篇六国论，但以苏洵的最为有名，这是因为他的文章在当时有着很强的现实性。他借古讽今，目的是提醒宋朝的统治者切莫一再退让，将大好河山拱手让人。虽然六国的情况与北宋有着极大的不同，但是苏洵目光如炬，见识深远，从自己的论点出发，抓住了二者之间的相似性，议论也十分有力且很有条理，最终成就了一篇可为后世范本的论说文章。

（二）以忠为里，以术为表:《谏论上》

古今论谏，常与讽而少直，其说盖出于仲尼。吾以为讽、直一也，顾用之之术何如耳。伍举进隐语，楚王淫益甚；茅焦解衣危论，秦帝立悟。讽固不可尽与，直亦未易少之。吾故曰：顾用之之术何如耳。

然则仲尼之说非乎？曰：仲尼之说，纯乎经者也；吾之说，参乎权而归乎经者也。如得其术，则人君有少不为桀、纣者，吾百谏而百听矣，况虚己者乎？不得其术，则人君有少不若尧、舜者，吾百谏而百不听矣，况逆忠者乎？然则奚术而可？曰：机智勇辩如古游说之士而已。夫游说之士，以机智勇辩济其诈，吾欲谏者以机智勇辩济其忠。请备论其效。周衰，游说炽于列国，自是世有其人，吾独怪夫谏而从者百一，说而从者十九；谏而死者皆是，说而死者未尝闻。然而抵触忌讳，说或甚于谏。由是知不必乎讽，而必乎术也。

　　说之术可为谏法者五：理谕之，势禁之，利诱之，激怒之，隐讽之之谓也。触龙以赵后爱女贤于爱子，未旋踵而长安君出质；甘罗以杜邮之死诘张唐，而相燕之行有日；赵卒以两贤王之意语燕，而立归武臣；此理而谕之也。子贡以内忧教田常，而齐不得伐鲁；武公以麋虎胁顷襄，而楚不敢图周；鲁连以烹醢惧垣衍，而魏不果帝秦；此势而禁之也。田生以万户侯启张卿，而刘泽封；朱建以富贵饵闳孺，而辟阳赦；邹阳以爱幸悦长君，而梁王释；此利而诱之也。苏秦以牛后羞韩，而惠王按剑太息；范雎以无王耻秦，而昭王长跪请教；郦生以助秦凌汉，而沛公辍洗听计；此激而怒之也。苏代以土偶笑田文，楚人以弓缴感襄王，蒯通以娶妇悟齐相；此隐而讽之也。五者，相倾险诐之论。虽然，施之忠臣，足以成功。何则？理而谕之，主虽昏必悟；势而禁之，主虽骄必惧；利而诱之，主虽怠必奋；激而怒之，主虽懦必立；隐而讽之，主虽暴必容。悟则明，惧则恭，奋则勤，立则勇，容则宽，致君之道尽于此矣。吾观昔之臣言必从，理必济，莫如唐魏郑公。其初实学纵横之说，此所谓得其术者欤？

　　噫！龙逢、比干不获称良臣，无苏秦、张仪之术也；苏秦、张仪不免为游说，无龙逢、比干之心也。是以龙逢、比干吾取其心，不取其术；苏秦、张仪吾取其术，不取其心，以为谏法。

　　【赏析】《谏论上》专门谈论了进谏的方法，也是一篇气势磅礴而结构严谨的文章。

　　"古今论谏，常与讽而少直。其说盖出于仲尼。吾以为讽、直一也，顾用之之术何如耳。"开篇立论，苏洵认为，无论讽谏还是直谏，只有注意方法才能达成效果。举伍举、茅焦两例，先适当做一个直观的解释。苏洵在不必要处绝不浪费笔墨，而后用正反对比，却不惜从两方面来说明"得术"的重要。反问句气势迫人，具有警醒意义。如果劝谏得法，就算主君坏到接近桀、纣的地步，也会听劝告的；不得法的话，就算主君贤明得接近尧、舜了，进谏一百次他也一次都不会听，何况大部分的主君没有达到这种极端的情况。

"然则奚术而可？""曰：机智勇辩如古游说之士而已。"自问自答是常用的手法。作者饱览史书，发现君主对进谏者"从者百一"，而对游说者"从者十九"，游说之士触犯主君的忌讳，有时却比进谏更严重，但他们几乎没有因此身死的。苏洵的总结中自然是有夸张成分的，但鲜明的数字对比却已经抓住了读者的思绪，不由得要听苏洵继续说明原因：能让听的人听进去，且不伤及游说者自身，这就见出"术"的重要了。

文章环环相扣，层层铺展，接下来就是具体分析"说之术可为谏法者"了，共有五条，"理谕之，势禁之，利诱之，激怒之，隐讽之之谓也"。与上文相似，此处也是先总后分，但由此展开文章主体，举例自然增加，例子都是点到即止，语言风格上爽利简洁，而铺排下来的气势却非比寻常。如此丰富的论据，自然使得苏洵的观点稳稳站住了脚。"田生以万户侯启张卿，而刘泽封；朱建以富贵饵闳孺，而辟阳赦；邹阳以爱幸悦长君，而梁王释；此利而诱之也。""苏秦以牛后羞韩，而惠王按剑太息；范雎以无王耻秦，而昭王长跪请教；郦生以助秦凌汉，而沛公辍洗听计；此激而怒之也。"……各部分内部又格式工整，足见作者笔力。

这五种方法，也并非完全正确，也有偏颇之处，若任由文章如此发展，便也不是苏洵了，因此他在此处截住势头，由论巧术转入正道，说明这些办法是为忠臣提供的。由忠臣来讲明道理，君主即使昏庸也会醒悟；通过说明形势来禁止，君主即使骄纵也会害怕；讲明利益，君主必会振奋；刺激他让他发奋，君主即使懦弱也会坚强；委婉讽喻，君主即使凶暴，也一定能容忍。唐代魏郑公学的，想必就是纵横之术了。该段最终归结到魏徵这位诤臣身上，更显得恰当。无论进谏多么剑走偏锋，又如何巧妙能保全自身，最终目的都是国家安泰，这也正是博学兼收而一心爱国的苏洵所秉持的为学为政之道。最后作者又举数例：龙逢、比干忠心却被杀，苏秦、张仪游说有方却不够忠心。所以要分别学习他们的忠心和方法，才能做到成功进谏。如此，以"忠"为里，而"术"为其表，全文得到升华，有力收尾。

（三）赠友人序，表爱国情：《送石昌言使北引》

昌言举进士时，吾始数岁，未学也。忆与群儿戏先府君侧，昌言从旁取枣栗啖我，家居相近，又以亲戚故，甚狎。昌言举进士，日有名。吾后渐长，亦稍知读书，学句读、属对、声律，未成而废。昌言闻吾废学，虽不言，察其意甚恨。后十余年，昌言及第第四人，守官四方，不相闻。吾以壮大，乃能感悔，摧折复学。又数年，游京师，见昌言长安，相与劳苦如平生欢，出文十数首，昌言甚喜，称善。吾晚学无师，虽日为文，中甚自惭，及闻昌言说，乃颇自喜。今十余年，又来京师，而昌言官两制，乃为天子出使万里外强悍不屈之虏庭，建大旆，从骑数百，送车千乘，出都门，意气慨然。自思为儿时，见昌言先府君旁，安知其至此！

富贵不足怪。吾于昌言独有感也。丈夫生不为将，得为使，折冲口舌之间足矣。往年彭任从富公使还，为我言，既出境，宿驿亭，闻介马数万骑驰过，剑槊相摩，终夜有声，从者怛然失色。及明，视道上马迹，尚心掉不自禁。凡虏所以夸耀中国者多此类，中国之人不测也。故或至于震惧而失辞，以为夷狄笑。呜呼！何其不思之甚也！昔者奉春君使冒顿，壮士、大马皆匿不见，是以有平城之役。今之匈奴，吾知其无能为也。孟子曰："说大人者，藐之。"况于夷狄！请以为赠。

【赏析】《送石昌言使北引》是一篇赠序，苏洵为避父讳而称"引"。嘉祐元年（1056年）九月，时任刑部员外郎的石扬休奉命出使契丹，为契丹国母庆贺生辰。此去既是报效家国有所作为，又实在任重道远，故而苏洵作文相送。文中回忆往日，情感真挚，抒发了作者对石昌言的敬佩，同时寄托了作者殷切的期待。

首段苏洵写了自己与石昌言多年交往的经历，二人年纪相差较大，石昌言举进士时，苏洵还只有几岁，幼时的苏洵与这位兄长十分亲近，而石昌言对苏洵年少不学也深表遗憾，"虽不言，察其意甚恨"。在作者一心向学之后最替他高兴的人还是石昌言，苏洵本来对自己此时的文章没有太大信心，因其夸奖而重拾自信。"及闻昌言说，乃颇自喜。"回忆旧事，温情脉脉，笔涉苏洵的自身感受，有感悔，有自惭，有自喜，既十分真诚，又让读者体会到石昌言对于作者影响之深。二人交往主要围绕为文向学之事，是互相勉励的君子之交，由此也可见二人品格，特别是举进士、称善文章这几件事，都表露出石昌言青年有为、温和可亲的特点。

石昌言不但在朝中为官，而且要去做使臣了，苏洵的羡慕之情溢于字里行间："……之虏庭，建大旆，从骑数百，送车千乘，出都门意气慨然。"词句简洁铿锵，却将百骑千乘、从容出使的气派展现出来。末句感慨今昔，又再次加强了对石昌言如今成就的赞扬。正因石昌言本身十分优秀，出使外国这样的大丈夫作为，又是苏洵自己的襟怀所在，苏洵便对友人此去格外期待，希望他能不辱使命，维护国家尊严。

"丈夫生不为将，得为使，折冲口舌之间足矣。"大丈夫不做将军，能做使臣，于口舌之间为国家争光也是很好的。作者口吻中依然流露着欣羡，但更有深思熟虑的一层，即出使之难。若被敌国吓倒，则不免堕了一国威风。苏洵写了自己亲耳听闻的一件事，前几年彭任跟随富弼出使契丹，回来之后说，他们出国境住在驿亭，整夜都听到战马奔驰、兵器相撞的声音，令人惊慌失色。天亮看见道路上的马蹄印，还觉得心有余悸。

时人畏惧，但苏洵却看出，这是契丹向宋朝炫耀武力的常用手段。他希望石昌言能够明白其中的道理：对方越是如此炫耀，越说明他们无心开战，此去实在不用害怕。"中国之人不测也。故或至于震惧而失辞，以为夷狄笑。"不明白这一点，害怕到不知道说什么，只能空为敌国耻笑。苏洵十分痛心，忍不住加强语气感叹，这些人怎么就不能多想想呢！当年奉春君刘敬出使冒顿，壮士大马都被冒顿人藏起来了，这才有了平城之役。"今之匈奴，吾知其无能为也。孟子曰：'说大人者，藐之。'况与夷狄！"现在的匈奴，肯定没能力发起战争。孟子说面对诸侯国君要藐视，何况现在对待外族呢！此段以宋朝事与汉朝事对比，强调自己的观点，一正一反，今详古略，再引亚圣之语作结，议论精警，于一篇赠序之中也可见出老苏本色。

纵观《送石昌言使北引》全文，笔触平实而亲切，回顾过往，则情节曲折，情意深重，论及国家大事，苏洵的远见卓识又是难以掩藏的。因是赠序，便没有滔滔不绝，但是叙事完备，说理透彻。苏洵向石扬休剖析事情本质，不直接点出该如何做，而是让劝勉之意自然流露，既是全心为友人考虑，文字间展露的拳拳爱国之意，也令读者十分感佩。

（四）知遇伯乐，张公荣光：《张益州画像记》

至和元年秋，蜀人传言有寇至，边军夜呼，野无居人，妖言流闻，京师震惊。方命择帅，天子曰："毋养乱，毋助变。众言朋兴，朕志自定。外乱不作，变且中起，不可以文令，又不可以武竞，惟朕一二大吏，孰为能处兹文武之间，其命往抚朕师？"乃推曰：张公方平其人。天子曰："然。"公以亲辞，不可，遂行。冬十一月至蜀，至之日，归屯军，撤守备，使谓郡县："寇来在吾，无尔劳苦。"明年正月朔旦，蜀人相庆如他日，遂以无事。

又明年正月，相告留公像于净众寺，公不能禁。眉阳苏洵言于众曰："未乱，易治也；既乱，易治也；有乱之萌，无乱之形，是谓将乱，将乱难治，不可以有乱急，亦不可以无乱弛。是惟元年之秋，如器之敧，未坠于地。惟尔张公，安坐于其旁，颜色不变，徐起而正之。既正，油然而退，无矜容。为天子牧小民不倦，惟尔张公。尔繄以生，惟尔父母。且公尝为我言：'民无常性，惟上所待。人皆曰蜀人多变，于是待之以待盗贼之意，而绳之以绳盗贼之法。重足屏息之民，而以砧斧令。于是民始忍以其父母妻子之所仰赖之身，而弃之于盗贼，故每每大乱。夫约之以礼，驱之以法，惟蜀人为易。至于急之而生变，虽齐、鲁亦然。

吾以齐、鲁待蜀人，而蜀人亦自以齐、鲁之人待其身。若夫肆意于法律之外，以威劫其民，吾不忍为也。'呜呼！爱蜀人之深，待蜀人之厚，自公而前，吾未始见也。"皆再拜稽首曰："然。"苏洵又曰："公之恩在尔心，尔死在尔子孙，其功业在史官，无以像为也。且公意不欲，如何？"皆曰："公则何事于斯？虽然，于我心有不释焉。今夫平居闻一善，必问其人之姓名与乡里之所在，以至于其长短大小美恶之状，甚者或诘其平生所嗜好，以想见其为人。而史官亦书之于其传，意使天下之人，思之于心，则存之于目；存之于目，故其思之于心也固。由此观之，像亦不为无助。"苏洵无以诘，遂为之记。

公，南京人，为人慷慨有大节，以度量容天下。天下有大事，公可属。系之以诗曰：

天子在祚，岁在甲午。西人传言，有寇在垣。庭有武臣，谋夫如云。天子曰嘻，命我张公。公来自东，旗纛舒舒。西人聚观，于巷于途。谓公暨暨，公来于于。公谓西人："安尔室家，无敢或讹。讹言不祥，往即尔常。春尔条桑，秋尔涤场。"西人稽首，公我父兄。公在西圉，草木骈骈。公宴其僚，伐鼓渊渊。西人来观，祝公万年。有女娟娟，闺闼闲闲。有童哇哇，亦既能言。昔公未来，期汝弃捐。禾麻芃芃，仓庾崇崇。嗟我妇子，乐此岁丰。公在朝廷，天子股肱。天子曰归，公敢不承？作堂严严，有庑有庭。公像在中，朝服冠缨。西人相告，无敢逸荒。公归京师，公像在堂。

【赏析】张益州，即张方平。北宋至和元年（1054 年），张方平奉旨赴益州平乱，治理当地，颇有政绩，后任满回京，百姓感念他的恩德，十分不舍。苏洵与张方平交好，便作文记录百姓为其画像一事，记叙张公功业，塑造了一个仁爱宽厚的官员形象，以此来表达对张方平的敬佩赞扬。

开头不设闲笔，写蜀地将乱人心惶惶，消息传至京师，依然有"震惊"的效果，极言形势严峻，衬托出张方平的临危不乱。此后，写天子择人的标准，实际上就是对张方平才智威望的描写，此为朝野公认，故乃众望所归，张方平遂赴蜀。待写张方平治理蜀地时，却又举重若轻，显其沉稳风度。张方平刚上任，就让驻军回到原地，解散了守备人员，并告诉下属郡县："寇来在吾，无尔劳苦。"次年正月，蜀地一如往年太平时，百姓共庆新春，没再出现什么差错。

前一段说明前因，便可写画像一事了，百姓想留张方平的画像于净众寺，张公推辞不得，于是苏洵站出来向大家解释了一番。虽是帮张方平推辞，但也是一种艺术手法，苏洵要将此次平乱之事的不易，从此处向读者点明。苏洵说，未乱和已乱都好办，难办的是将乱未乱，雷厉风行或是放松警惕都不可，恰如一件器物倾斜却还没有坠到地上。此时只有张方平，能够"安坐于其旁，颜色不变，徐起而正之"，稳重地将器物缓缓扶起，然后从容退后，尽职尽责地为天子管理百姓。

继而苏洵又引述张方平的话："民无常性，惟上所待。"张方平认为，百姓心性如何，要看怎么管理他们。人们都说蜀地百姓多生变乱，所以就像对待盗贼一样，用很重的刑法对待本来就很害怕的民众，自然容易生出大乱。但如果以礼义约束，以法律来管理，他们也能像齐、鲁等地的人民那样服从教化，遵纪守法，所以他不忍心一味用武力威吓百姓。

大家都对张方平无比感念，苏洵又接着说，张公的恩德你们记在心里，又让你们的子孙铭记，功业自有史册记录，因此不用画像了。但民众的请求也很有道理，即使平时有人做了好事，大家还想多了解一下他。史官记录一个人的事迹，也是希望天下人能够将其铭记。如果常常将一个人放在眼里，那么人们必能牢牢记住他，可见画像十分有用。苏洵也无法反驳，因此便写下了这篇记。

该文的一大特点便是采用对话形式叙述事件，生动再现当时的情景，侧面描写也将张方平的人格魅力多角度地展现出来。在第二段这有趣的一请、一辞、再请之中，文章主题已交代清楚，也体现出张公为人谦逊，深得百姓爱戴。末段补笔，引出诗歌，也就水到渠成。

苏洵与张方平交往密切，对他的赞美或许有些言过其实，但这篇《张益州画像记》却不失为佳作。该文用笔简洁刚健，仅选取一件典型事件详写。从举重若轻的叙事，到点透张公此行的不易，再到叙述政治理念，最终以诗歌总结，看似回旋反复，实则步步升华，也表达了苏洵自己对治理民众的主张。结尾诗歌古朴典雅，朗朗上口，颇有《诗经》遗风。

大江东去是英雄

一　豪放婉约的千年英雄

（一）传奇人生，宦海沉浮

北宋一百六十余年江山，其间繁星璀璨，风流人物虽不可胜数，却唯有一轮能令万世仰望的明月。

苏轼，苏东坡，无论是他高妙卓绝的文学艺术成就，还是他在波折遭际中凝聚的深邃思想和人生感悟，对于北宋当代乃至中华文化史的影响，显然都是不可估量的。难得的是，这样一位饱学之士，一位忠义之臣，一位在波折中不屈的斗士和狂士，却有着乐观而从容的处世态度。他的身心皆在尘世间，却能包容万物追寻自然。及至晚年，面对极度恶劣的生存环境，不悲且不怒不郁，反而以坦然的态度戏谑苦难，在海风山色间常有平静和陶然。正如他的《六月二十日夜渡海》诗中所说，达到"天容海色本澄清"的境界。

他若自谦为星光，则何人敢称皎皎明月！

苏轼已去，而苏东坡是经典的，正如王水照先生所总结的：苏东坡是"说不全，说不完，说不透"的，每个时代，人们都会赋予这个名字一些新的内涵。及至现在，苏东坡对于我们依然有不可忽略的意义。

我们可以说，苏东坡是真正的伟人。倘若换个通俗些的说法，又要贴切，不妨将他称作大宋"男神"。有别于《白石郎曲》中的男神仙，也有别于当下我们口中的明星、偶像，苏东坡，有着深厚的文化积淀，而又不失为一个有血有肉的烟火凡世间的普通人，他有人格魅力，足以当得起"男神"二字。

苏轼有天资，成就远高于常人，却也曾在遭受挫折时狼狈远超常人。正因此，苏东坡的故事才能与后世每一个文人的经历相契合，也让他们由衷地感佩。他在史册中，也在民间的传说里，他是一座无法超越的丰碑，也是可敬、可亲之人。

苏轼（1037—1101 年），字子瞻，号东坡居士，世称苏东坡，眉州眉山人。关于苏轼的降生，《宋史》中未有太夸张的记载，但他的生日就和别人不一样。苏轼生于宋仁宗景祐三年，农历生日是腊月十九，古人出生就算一岁，过了除夕到大年初一又是一岁，所以苏轼没满月的时候就已经两岁了。景祐三年对应的是 1036 年，苏轼生日晚，腊月十九虽然仍在景祐三年，但公历已是 1037 年 1 月 8 日，所以在标注苏轼的生卒年时，或为他做诞辰庆典时，需要格外注意。

苏轼二十二岁考中进士，实际上周岁只有二十。从他 1059 年开始踏入仕途，一生经历了数次起落：在朝、外任、贬居、在朝、外任、贬居。这样的起落一次常见，苏轼却独拥有了完整的两个大轮回。六个时期的苏轼在思想、政治、文学上都有建树，而每个时期的侧重，又随着他际遇、年龄的不同，各不一样。

从参加科考开始，苏轼就自觉肩负起了对于国家、人民的责任，哪怕有时遭受不公，他也仍然能够尽己所能，做出一番事业。

苏轼第一次考试，就和弟弟苏辙一同考中进士科，再加上苏洵把自己的文章拿出来，大家纷纷赞赏，三苏从此名满天下。也是大苏、小苏的运气比老苏好，这一年欧阳修主持科考，他是文坛盟主、古文运动的领袖，苏家文风正是他所激赏的。欧阳修和好友梅尧臣反复看了苏轼的《省试刑赏忠厚之至论》，都觉得很了不起，可称当年第一。然而想到当世贤才，文风与这篇文章最相像的莫如曾巩了。曾巩是欧阳修的学生，还是应该适当避嫌，故而给了第二。谁知这篇文章不是曾巩的，是刚从蜀地入京的苏轼所写。如此，苏轼才与省试第一擦肩而过。同期中举的还有曾巩、程颢、张载等人，这一榜中人才济济。

殿试自然很顺利，兄弟二人高中，朝廷很快分配了职务。但是有人劝告苏家父子，进士及第只授一个县的主簿，起点还是太低，不如再参加一次更高级的考试，于是两个人都没有赴任。1061年二次入京后，苏轼兄弟刚好赶上了"贤良科"的制举考试，苏轼被选入了第三等。在第一等、第二等只是虚设的情况下，第三等就是最高等。当时的主考官司马光想把苏辙也列入第三等，遭到王安石强烈反对才作罢，于是苏辙被列入第四等。

考中后，苏轼被授予陕西凤翔府签判一职，相当于陕西西安市长助理，这个级别很高。不久，他的妻子、父亲相继去世，依照礼法要回乡守孝。等兄弟二人再回到京城，正是王安石变法刚刚展开的时候。

神宗也比较重视苏轼，允许他发表自己的见解，于是他对国家的政治、经济、文化各个方面，都提出了很多意见。苏轼认同"求变"，但他同时觉得，改革太急会动摇国家根基，所以对于"王安石变法"，苏轼基本上是持反对态度的。王安石一心改革，从一开始就敏锐地捕捉到了苏轼的政治态度。同时，他也明白此人不可小觑，于是始终对苏轼予以打压。争斗中，苏轼位卑言轻，自然是落于下风的，但他的文字却犀利无比，令改革派很难心安。变法派于是诬告苏轼，败坏他的名声，甚至一度令皇帝对苏轼的印象大打折扣。苏轼在京城待不下去，只能寻求外任。

苏轼在杭州、密州、徐州、湖州等地都曾经担任过地方官。在密州遇上蝗灾，他为民请命，带头推行慈善政策，收容弃婴，并开始整饬民兵，进行武装训练。在徐州遇上发大水，百姓纷纷逃跑，苏轼把他们集结起来，领导抗洪，奋力抵抗两个月，终于保住了徐州城。他辗转各地，每次离任，总有百姓不舍，自发相送。

1079 年，苏轼陷入"乌台诗案"，这是北宋一次有名的文字狱。朝中新党指控苏轼写诗讥讽新法，虽其为断章取义的欲加之罪，但罪证中的一部分，也的确明显体现了苏轼对新法的不满。如此，苏轼从湖州任上如同鸡犬一般被牵到京城，锒铛入狱。他此时的影响力已非寻常，在朝野上下也掀起巨澜。亲朋多方营救，皇帝也终究惜才，更要顾念天下人的议论，苏轼这才被释放。然而已在狱中待了三月有余，出狱后更是被远贬黄州。

被贬数年，政治中心又起波澜。王安石罢相，新法逐渐被废，旧党迅速恢复元气，苏轼自然也被召回京城。然而他经历了这么多沧桑，对民生疾苦有了深入的理解，对于新法的态度，却又异于之前。1084 年，从黄州前往汝州时，他曾拜会王安石，表达了认可变法之意，二人一笑泯恩仇。入朝之后，苏轼更不随波逐流，而是坚持己见，有时扮演了新法维护者的角色。也正是因为他和苏辙等人的多次力谏，新法中有益于社会民生的一部分才被适当保留下来。

苏轼对新法的维护自然是很有分寸的，且只是包容新法本身，对新党的压制未曾停止，但难免还是为人猜忌。好在当时旧党以司马光为领袖，他为人正直，有儒者风度，苏轼并未受到什么打击。元祐年间，苏轼官职一度很高，做到了吏部尚书。然而，司马光去世之后，朝中又陷入"蜀洛党争"。苏轼无奈，再次请求外任。

第二次外任为地方官，苏轼已经想明白了许多事。能在朝中抒发政见固然好，但在地方为百姓做事，比无谓的争斗更有意义。说到底，他为官，不但为辅佐帝王，更为造福百姓，那么外任又有什么不好呢？

苏轼先后担任了杭州、颍州、扬州、定州的一方长官。在杭州时，又逢西湖闹水灾，植物淤塞，湖水泛滥。苏轼组织人员把湖底的塘泥挖出来，但从湖心运到岸边太远，就把泥往中间堆，堆成一条堤，长约四千米，就是现在我们看到的"苏堤"。他为防止水生植物再次泛滥而建造了数座小塔，它们原本是标识，后来成为著名的人文景观——三潭印月。水灾之后多有瘟疫，苏轼就亲自筹钱建立"安乐坊"来救助百姓。

时势如川向海，其间漂萍浮絮身不由己。元祐更化之后，新党的命运何其惨淡，孰料渐渐成长的哲宗把控朝政后，竟又格外赞同新法。1094年，哲宗改元"绍圣"，意义就是继承神宗遗志，扶持新党，打击旧党。曾为旧党势力中坚的苏轼自然首当其冲，苏辙也随后被贬，一番天翻地覆后，连去世的司马光都被夺去谥号。苏门学士均受牵连，倏忽之间，旧党一败涂地。

新党对苏轼有多么深恶痛绝，从诏命就能看得清楚。苏轼由定州一路被贬，一路南行，诏令一路追着他打击，直到他被贬为宁远军节度副使，惠州安置，才暂时作罢。然而三年之后，又一次大规模的追贬降临，苏轼竟然被贬到天涯海角——海南儋州。海南在当时绝不是什么好地方，交通不便，极度贫穷，文化落后，气候湿热，极不适宜老人生活。苏轼与亲人诀别，独自带着小儿子过海，处境之凄凉可谓无以复加。

但此时的惊惧悲凉，也可以慢慢自行消解了。虽然苏轼政治地位一落千丈，其民间影响力却与日俱增，他于是利用这一点推行教化，努力改善当地的文化风气。虽然贫病交加，依然尽力而为。

随着政治局势的变化，苏轼的境况也得到了些许改变。哲宗病逝后，徽宗即位，当年被贬的很多"元祐党人"纷纷被赦免，苏轼也在其中。元符三年（1100 年），苏轼被允许内迁到廉州，终于结束了在海南的贬谪生活。建中靖国元年（1101 年）六月，苏轼到达了常州。六月一日，因为天气炎热，苏轼食用冷饮，得了急性痢疾，卧病一个多月。至七月二十八日，病逝于常州。

苏轼在政治上的建树都是切实的，他为国为民，一心"孤忠"，在朝中直言敢谏，在地方造福百姓，及至最后陨落于北归途中，一生未负黎民百姓。

（二）夫妻情深，生死相依

苏轼的长相什么样？根据相关的文字记载和其友人的画像，我们可以大体勾勒出他的形象。

苏轼的好朋友孔武仲在诗中记载，苏轼的眉毛长而高挑，称为双秀眉。苏轼的好朋友、同时代的书法家兼画家米芾也有记载，说苏轼"方瞳正碧"，瞳孔接近方形，这个很奇怪，古人有的时候会伪造出一些奇特的东西，比如项羽的重瞳，但是说苏轼的眼珠有一点发蓝还是可信的，很多人都说苏轼的眼睛很亮，想必与颜色也有关。苏轼的颧骨特别高，寿骨贯耳。他自己在散文《传神记》中说："吾尝于灯下顾自见颊影，使人就壁模之，不作眉目，见者皆失笑，知其为吾也。"晚上点灯，苏轼的影子映到墙上了，把剪影画下来，但是五官都不画，画完之后让旁人猜是谁，大家一看就乐了，这不就是苏轼嘛，别的不用看，剪影上的颧骨特别突出。此外，苏东坡的右颊上有三颗痣。也有人说苏轼脸很长，不过不好考证了。传说中苏东坡还有一脸大胡子，这也是不准确的。史料记载，苏东坡的胡子并不太多，恰恰是那个温柔、婉约的秦观一脸络腮胡子。

最重要的是苏轼个子特别高，他自己在诗中写道："七尺顽躯走世尘，十围便腹贮天真。"还有人说他身高八尺。北宋时的度量衡中，尺的长度比当今要短，并且"七尺""八尺"应该都是文学性的夸张。但可以肯定的是，苏家父子兄弟三人个子都非常高，这是史料有明确记载的。

综上来看，苏轼的长相没有那么英俊潇洒，但也还算可以，从他所处的年代和他出生的地域来看，身高确实非常惹人注目。

苏轼一生中娶了三位妻妾，感情算是比较美满。巧合的是，这三位女子都姓王，也幸而有她们的陪伴，才让苏轼在沉浮的人生中有一丝慰藉。

苏轼十九岁的时候，文采仪表已经很出众了，于是父母为他娶妻。他与结发妻子王弗两人婚前并不熟悉（亦有传说认为二人早就相识），但婚后却伉俪情深，夫唱妇随。苏轼有时也贪玩，和朋友在外游乐。王弗就劝他说，交友要慎重，这是其一。其二，大好年华还是应该多读书，考取功名。这是良言，苏轼当然肯听。有时候在家中看书写文章，对于某些材料记忆模糊，苏轼说不准出自哪里，王弗却能就出处给他建议，让他去某本书上查一查。苏轼一查，果然在那儿，又惊又喜，没想到妻子也读书。

苏轼尽可能给予王弗平等的对待，为官后，他允许王弗在屏风后听他与客人的对答，也很愿意听王弗的意见。苏轼性格中天真率直的成分不少，王弗目光长远，见识非凡，往往听一听言语就知道哪些是苏轼的真朋友，哪些不是。后来她虽早亡，她的判断却渐渐被时间证明大多是正确的。

苏轼中举后，又经历了礼部的选拔考试，授官陕西凤翔府签判，任满后回京，担任直史馆编修的职务。事业正在起步，妻子王弗此时却在京中去世了。苏轼十分悲痛，连苏洵都跟他说，王弗伴随他吃了很多的苦，实在不易，所以一定要把她送回老家，和苏轼的母亲程氏安葬在一起。1075 年，当苏轼经历了仕途上的一番风波，在密州任知州的时候，王弗去世已有十年。有一天晚上，苏轼梦到妻子又回来了，她就像从前一样，在家中梳妆打扮，两个人执手无语，相对流泪。苏轼醒来之后，心情再不能平静，写下一首《江城子》，词前小序为“乙卯正月二十日夜记梦”。

“十年生死两茫茫，不思量，自难忘。”人世沧桑，苏轼此时刚刚四十岁，心情却早与年少时不同。而王弗这个名字，勾连着他心中年少夫妻无限温柔的回忆，也勾连着那个意气风发的自己，时时萦绕心头，不必刻意想起。“千里孤坟、无处话凄凉。”王弗安葬于四川，苏轼此时却在密州，相距数千里，人鬼殊途，满腔凄凉已无法倾诉。“纵使相逢应不识，尘满面，鬓如霜。”即使再见，妻子恐怕也认不出来自己了，两鬓斑白，满面尘土，哪里是当年模样。“夜来幽梦忽还乡，小轩窗，正梳妆。”下阕记梦，仿佛伊人归来，在妆台前梳洗打扮。重逢时心中自有千言万语，但此时却一句话都说不出来。“相顾无言、惟有泪千行。”苏轼一下子哭醒了，才发现自己依然身处现实，相逢已经不可能了。“料得年年肠断处，明月夜，短松冈。”① 从魏晋时

---

① 邹同庆、王宗堂校注《苏轼词编年校注》，中华书局，2002，第 141 页。本书所引苏轼词均出自该本，以下不再一一标注。

期开始，古人墓地多植松柏。明月照耀遍植松树的山坡，那是与妻子诀别令人肠断的地方。

王弗去世之后，苏轼依照礼法，三年未娶。三年后续娶王闰之，恰是王弗的堂妹。王闰之比苏轼小十一岁，她一直仰慕这位姐夫，婚后也一直无怨无悔地陪伴苏轼走过了大半生。从1068 年到 1093 年，两个人共同生活了二十五年。这二十五年是苏轼一生中经历最坎坷的时期，也是王闰之人生中最美好的一段青春年华。苏轼辗转于全国各地，无论在贬所还是在京城，王闰之都陪在他身边。

此外，苏轼还有一个侍妾，名叫王朝云。她原是歌妓，追随苏轼后，才开始随夫妇二人读书识字。苏轼晚年被贬到广东惠州，是王朝云追随相伴。后来王朝云在惠州去世，也就葬在那里。

两人的年龄相差更多，王朝云却是花能解语，很理解苏轼。《梁溪漫志》记载，有一天苏东坡吃完饭，拍着肚子踱步。"顾谓侍儿曰：汝辈且道，是中有何物？"一个丫鬟说满肚子都是文章，苏轼说不对。又有一个人说，满腹都是机械，是指政坛上的见解，苏轼还是感觉不恰当。到了王朝云这里，她说："学士一肚皮不入时宜。"①即一肚皮的不合时宜，和社会流俗不相融。苏东坡听了，顿时捧腹大笑，觉得唯有王朝云能理解他。苏轼心直口快，与世多忤，且在新旧两派斗争时，往往政见恰好合于弱势的一方，岂不是不合时宜吗？

王朝云经常为苏轼唱词，苏轼写过一首《蝶恋花》，每次朝云唱到"枝上柳棉吹又少"就流泪哽咽唱不下去，苏轼好奇

---

① （宋）费衮撰《梁溪漫志》，金圆校点，上海古籍出版社，1985，第46 页。

发问，王朝云则答，让她难过的是"天涯何处无芳草"这一句。苏轼就开玩笑说："我正悲秋，你又伤春。"此事遂罢。王朝云染病去世之后，苏轼为她撰写挽联："不合时宜，惟有朝云能识我；独弹古调，每逢暮雨倍思卿。"在此之后，苏轼再未听那一首《蝶恋花》。

苏轼的爱情大略就是如此，其他一些未见记载的侍女姬妾则不作细论。虽然算不上轰轰烈烈，但三段感情也是情真意切。两妻一妾，娶妻是有先后顺序的，娶妓为妾不合规定，不过在当时来看，也不算很大的错误。我们不能以今天的标准来要求宋代男子，要求他们必须有从一而终的品质才算合格。

（三）外儒内道，烟雨平生

苏东坡一生几起几落，所学杂糅了儒、释、道诸家，这些思想在各个时期所占的地位不同，但随时变化，日趋成熟。他从儒家、道家、佛家的思想中，汲取适合自己的一部分，形成了独特的思想体系，使得自己在逆境当中能够顺应自然，得以保全生命和风骨。

苏轼贬居黄州时，经常去安国寺。黄州没有公共浴池，很多人都去寺庙免费洗澡。苏轼半个月去洗一回澡，沐浴之后就焚香静坐，默默思考。居于穷乡僻壤，怎么能够活下去？生活的意义何在？政治理想实现不了，那么此后还能做什么？在这一时期他的思想开始升华，艺术创作也越发成熟。

在黄州的时候没有工资，家里也没有多少积蓄。苏轼的"粉丝"，一个叫马正卿的书生，就向黄州当地的官府请求，说黄州东边一个山坡，一直荒芜，不如让苏轼去种吧。官府同意了，苏轼也觉得挺好，他很喜欢唐代的白居易，两个人的行政和贬谪轨迹也确有重合之处，他们都在杭州做过地方官，造福一方百姓。这时候，苏轼又想起了白居易晚年曾在忠州东坡种地，于是越发高兴，给自己起了个号叫"东坡居士"。黄州时期以后，我们就可以称苏轼为"苏东坡"了。

佛老思想在逆境中自然成为主要的处世哲学，苏轼开始更加推崇顺应自然。《定风波》这首词写得就非常恬淡、清空："莫听穿林打叶声，何妨吟啸且徐行。竹杖芒鞋轻胜马。谁怕？一蓑烟雨任平生。"自然界的风雨和宦场中的风雨都一样，丑陋险恶，艰难险阻，自古及今都有，重要的是如何面对，只要放空心境，不去计较每一寸得失，也就不会太在意。"料峭春风吹酒醒，微冷，山头斜照却相迎。回首向来萧瑟处，归去，也无风雨也无晴。"有的时候内心的挣扎不是外物引起的，恰恰是自己给自己的压力，所以苏轼说退一步海阔天空，人世间其实也并没有那么多的风雨。

苏轼后来又被贬到了惠州和儋州，他遭受迫害，连去世的老师欧阳修都受到牵连，弟弟、学生就更不用说。"苏门四学士"之一的秦观因为内心郁闷，排遣不开，最后死去了。苏轼非常不忍，写了很多诗怀念秦观。但是苏轼自己却把什么都想得很透彻，恰恰就活下来了。

从黄州，到海南，苏轼也从没有放弃过尽自己的力量，为百姓做些实事，或是给地方官建议，或是在民间推行教化。被迫居于江湖之远，虽然淡泊出世，但这出世也与传统文人不同，他尽管体会到人生如梦，身似飞鸿，却又不完全沉溺于佛老，而是保持着积极的态度。正是有了深邃的思想，才让苏轼活得从容自持，清醒明白。

有人说过，后世每一个文人心中都住着一个苏东坡。无论处于顺境还是逆境，想想苏东坡，总能得到一个很好的启示。

（四）生活智者，文艺巨匠

苏轼有着积极勇敢的生活态度，这也是他为后人所尊崇的原因之一。

苏轼被贬谪黄州时，几乎没有什么收入。他在给秦观写的信中描述了当时的情况：家中人口又多，收入又少，生活非常窘迫，只能靠一点积蓄，一天用的钱不能超过一百五十钱。怎么控制开支呢？每到月初取四千五百钱，分成三十包，挂到房梁上。每个早晨用画叉挑下一包，就是一天的生活费，就算不够，也坚决不能动用下一包。如果哪天有余也不能乱用，要用大竹筒把剩的钱存起来，以待宾客。

生活如此艰苦，苏轼却能够苦中作乐，著名的"东坡肉"就是他在这一时期发明的。北宋肉食以羊肉为主，青菜也吃得少。大家认为猪肉比较低贱，有品位的人是不吃的。到了黄州这儿，苏轼发现，羊肉吃不起，猪肉没人吃，于是他就买来吃。他将大块肉用草绳拎回来，往锅里一放，慢火久炖，炖上一天，打开锅之后香气四溢，顿成美味。那时花椒一类的佐料还没传入中国，苏轼炖猪肉就是单凭火候足炖出了香味儿，也很好吃。黄州老百姓一听猪肉可以这么做，就跟着学，如此传扬开来，称为"东坡肉"。苏东坡自己很得意，写了一首诗叫《猪肉颂》："黄州好猪肉，价钱等粪土。"猪肉就像泥土一般便宜。"慢著火，少著水，火候足时他自美。每日起来打一碗，饱得自家君莫管。"每天早晨起来吃一大碗红烧肉，好去干农活儿。

到了惠州，自然要吃荔枝，苏轼又一次为大快朵颐觉得惬意，惠州父老对待苏轼也十分热情。古人原本十分重视故乡，苏轼二次出川之后，再没能回到出生地去看一看，但乐观豁达的态度，让他能够随处为家，甚至觉得惠州的鸡犬都认识他，他在此地还造了一座房子，原本是准备安度晚年的。

被贬到儋州之后，苏轼也极力在贫穷艰难的生活中创造乐趣。读陶诗，和陶诗，难得有一本书要省着读。他和海南的父老往来谈笑，自如洒脱得丝毫看不出曾是朝中重臣。海南买不到好墨，苏轼自己研究了一下，觉得似乎不难，于是开始制墨。他差点把自家房子点燃，却也的确做出了让自己满意的佳墨。剩下一车松明，刚好用来照明，便觉得十分满足。有一次他喝得大醉，居然找不到家门，只记得家在牛栏西边，于是干脆寻着牛粪回家，还把这件事写在了诗里，为清代的纪晓岚所不屑。

从黄州到惠州、儋州，苏轼从未放弃寻找生活中的雅趣乐趣，炖猪肉、食槟榔、制墨撰书、酿酒烹茶，留下了许多故事和传说。读苏东坡，我们不应是悲伤同情的，反而该是带着微笑的。无论何时都能保持积极的生活态度，这一点，苏东坡远胜历史上很多人。

盘点苏轼在学术和文学、艺术上的成就，常常是令人惊讶而无比钦佩的。

在学术上，苏轼作为蜀学的代表人物，其思想影响深远。苏轼的哲学思想一度成为学术界的一面旗帜，相关的著作有《东坡易传》《东坡书传》等。

宋代有书法四大家：苏、黄、米、蔡。苏轼名列首位，他的《黄州寒食帖》被评为"天下第三行书"。苏轼的绘画和文同齐名，为湖州画派代表人物。"士人画"的概念，更是由苏轼首次明确提出。苏轼还有一套十分成熟的文艺理论，论诗论画论书法论文章，皆有见地，并且他能将这些艺术形式融合起来，有很多相关的精彩言论。

苏轼在诗歌上，与"江西诗派"三宗之一的黄庭坚并称

"苏黄"。苏词更是词史中的一座里程碑。从苏轼起，词这一文学样式，也能像诗文一般，用来反映文人生活，寄托人生志向与感慨。南宋的辛弃疾作词同样不拘一格，成就极高，二人并称"苏辛"。

同时，苏轼为"唐宋八大家"之一，在继承欧阳修的同时，他对多种文体都有创新，并为后世文人接纳。

苏轼写文章众体兼擅，并不局限于古文。他的四六文写得很好，并且继承了欧阳修开创的文赋，使这一文体更加成熟，水平也更高。苏轼的政论文洋洋洒洒，气势饱满，其中一些也有很高的艺术水平。在记、传、序一类的文体中，苏轼更是打破常规，将描写、叙事、抒情、议论糅合，变化高妙，且立意别出心裁，又能达到抒情明志的效果。苏轼的随笔小品，真正做到了"大略如行云流水，初无定质，但常行于所当行，常止于所不可不止"。取材广泛，真率无华，因是信手拈来，故而灵动活泼最见性情，有时幽默而富智慧，显得格外真挚亲切，直开明人先河。

二 苏轼散文赏析

（一）千古赤壁，通脱旷达：《赤壁赋》

壬戌之秋，七月既望，苏子与客泛舟，游于赤壁之下。清风徐来，水波不兴。举酒属客，诵明月之诗，歌窈窕之章。少焉，月出于东山之上，徘徊于斗牛之间。白露横江，水光接天。纵一苇之所如，凌万顷之茫然。浩浩乎如冯虚御风，而不知其所止，飘飘乎如遗世独立，羽化而登仙。

于是饮酒乐甚，扣舷而歌之。歌曰："桂棹兮兰桨，击空明兮溯流光。渺渺兮予怀，望美人兮天一方。"客有吹洞箫者，倚歌而和之。其声呜呜然，如怨如慕，如泣如诉。余音袅袅，不绝如缕。舞幽壑之潜蛟，泣孤舟之嫠妇。

苏子愀然，正襟危坐，而问客曰："何为其然也？"客曰："月明星稀，乌鹊南飞，此非曹孟德之诗乎？西望夏口，东望武昌。山川相缪，郁乎苍苍。此非孟德之困于周郎者乎？方其破荆州，下江陵，顺流而东也，舳舻千里，旌旗蔽空，酾酒临江，横槊赋诗，固一世之雄也，而今安在哉？况吾与子渔樵于江渚之上，侣鱼虾而友麋鹿。驾一叶之扁舟，举匏樽以相属。寄蜉蝣于天地，渺沧海之一粟。哀吾生之须臾，羡长江之无穷。挟飞仙以遨游，抱明月而长终。知不可乎骤得，托遗响于悲风。"

苏子曰："客亦知夫水与月乎？逝者如斯，而未尝往也。盈虚者如彼，而卒莫消长也。盖将自其变者而观之，则天地曾不能以一瞬。自其不变者而观之，则物与我皆无尽也，而又何羡乎？且夫天地之间，物各有主，苟非吾之所有，虽一毫而莫取。惟江上之清风，与山间之明月，耳得之而为声，目遇之而成色。取之无禁，用之不竭。是造物者之无尽藏也，而吾与子之所共食。"客喜而笑，洗盏更酌。肴核既尽，杯盘狼籍。相与枕藉乎舟中，不知东方之既白。

【赏析】这篇文章是苏轼在宋神宗元丰五年（1082 年）初秋写的。当时苏轼正被贬官在黄州。文章开篇点出时间是"壬戌之秋，七月既望"，即这年的七月十六日。接下来是文中的主人公"苏子""客"，地点在"赤壁之下"，颇符合现代记叙文所要求的"六要素"：时间、地点、人物，以及事件的起因、经过、结果等。在壬戌年秋天，七月中旬，苏轼与客人夜游黄州赤壁。他描写了其间的清风、水光，清风是舒缓地吹来，既没有夏天的炎热，也没有秋风的肃杀凄凉；江水则平如镜面，波澜不起。在这样的美景下，苏轼与客人举酒而歌，吟诵曹操的《短歌行》、《诗经》中的《关雎》等篇章。过了一会儿，明月升起于东山之上，似乎在斗宿、牛宿间徘徊。这时景致更美了，令人心旷神怡，心胸舒畅，忍不住放声而歌。接下来两组对句自由而洒脱："纵一苇之所如，凌万顷之茫然。浩浩乎如冯虚御风，而不知其所止，飘飘乎如遗世独立，羽化而登仙。"乘一叶扁舟，随波漂荡，如同乘风而行，不需依凭，又像脱离凡尘，升入仙境。水中泛舟之乐原本就在于飘然无所拘束，苏轼想象丰富、文字优美，将天地浩瀚水色茫茫，游人徜徉其中陶醉的情致写得格外传神。

于是相对饮酒，扣着船舷放歌，一位吹洞箫的客人与作者相和。这位客人是道士杨世昌。苏轼对洞箫的声音描绘用"其声呜呜然，如怨如慕，如泣如诉。余音袅袅，不绝如缕"等句，箫声缠绵幽怨，将这种不易描述的声音写得具体可感，也让人眼前一亮。

为什么这么难过呢？苏轼也受到了感染，于是询问客人。

客人回答说，"月明星稀，乌鹊南飞"，这不是曹操的诗吗？原来，他从赤壁这一地名和当下的景象，联想到曹操的诗，继而想到当时曹操的战船绵延千里，旌旗能遮蔽长空，在江边洒酒祭奠、横槊吟诗，何等慷慨！像这样的英雄，也早已不在了。何况他们二人不过是在江边捕鱼打柴，和鱼虾、麋鹿为伴，驾小舟出游，举杯劝酒。"寄蜉蝣于天地，渺沧海之一粟。"如蜉蝣寄生在天地中，如一粒谷子漂浮在大海中。哀叹人的生命短如一瞬，长江却无穷无尽。想和仙人一起四处游览，和明月一起在这世间长存，但却知道这些都是不可能的，所以只能让风带着箫声余韵就此飘散。

此处的"客"其实就是苏轼自己，主客问答是赋的常用手法。此时苏轼初次被贬，难免觉得痛苦消极，客人所说正表达了他的这种思想。但东坡之所以为东坡，便在于他明知世事如此，人生短暂，却能以大道同一的眼光来看待，排解忧虑，消除愁闷。全文的精华，在于下一段。

苏轼说，你看那水和月亮，水日夜奔流，却没有真的流走；月亮盈缺不定，但实际上并无增减。从它们变化的角度来看，天地间所有事物每个瞬间都在变化；但如果从不变的角度来看，万物包括我们就都是永存的，又有什么好羡慕的呢？再说，天地之间的万物都有它自己的主人，不是自己的，一丝一毫都与自己无关。只有这江上的清风、山间的明月、耳朵听到的声音、眼睛看到的颜色，可以随意占有、使用，这是大自然无穷无尽的宝藏，我们能够同享。

苏轼用江水、明月作喻，强调了看待事物的角度不同，则得到的结论完全不同。虽然人生无常且短暂，但保持豁达乐观、随缘自适的心态，便能获得生活中俯仰可拾的"乐"。身处万物之中，心与无限江山共存，则自然超脱了生死与得失。好风佳月，无穷无尽，流连其间，自得其乐。

于是客也被主说服了，最终心胸舒畅，痛饮大醉，累了就倒在舟中睡着了，"不知东方之既白"。

这篇文章是典型的文赋。骈散结合，兼具韵文的音韵之美和散文的参差有致。作者情感充沛，笔势如泉涌，洋洋洒洒，读来珠玑滚落，优美动人。苏轼巧用比喻，写箫声，则将事物描写得形象生动；写畅游，则景象如在眼前。生发议论，用水、月作比，则明白透彻。豁达洒脱的情致，又令读者不觉会心一笑。这的确是一篇情理交融的好文章。

（二）再游赤壁下，惊醒梦中人：《后赤壁赋》

是岁十月之望，步自雪堂，将归于临皋。二客从予，过黄泥之坂。霜露既降，木叶尽脱，人影在地，仰见明月。顾而乐之，行歌相答。已而叹曰："有客无酒，有酒无肴，月白风清，如此良夜何？"客曰："今者薄暮，举网得鱼，巨口细鳞，状似松江之鲈，顾安所得酒乎？"归而谋诸妇。妇曰："我有斗酒，藏之久矣，以待子不时之须。"于是携酒与鱼，复游于赤壁之下。江流有声，断岸千尺。山高月小，水落石出。曾日月之几何，而江山不可复识矣。予乃摄衣而上，履巉岩，披蒙茸。踞虎豹，登虬龙。攀栖鹘之危巢，俯冯夷之幽宫。盖二客不能从焉。划然长啸，草木震动。山鸣谷应，风起水涌。予亦悄然而悲，肃然而恐，凛乎其不可留也。反而登舟，放乎中流，听其所止而休焉。时夜将半，四顾寂寥。适有孤鹤，横江东来。翅如车轮，玄裳缟衣，戛然长鸣，掠予舟而西也。须臾客去，予亦就睡。梦一道士，羽衣翩跹，过临皋之下，揖予而言曰："赤壁之游乐乎？"问其姓名，俯而不答。"呜呼噫嘻，我知之矣。畴昔之夜，飞鸣而过我者，非子也耶？"道士顾笑，予亦惊悟。开户视之，不见其处。

【赏析】苏轼曾在宋神宗元丰五年（1082 年）七月十六日夜游赤壁，写下了著名的《赤壁赋》。这年的十月十五日夜晚，苏轼又重游赤壁，再作一篇赋，即这篇《后赤壁赋》。时间相隔三个月左右，同样的地点，同样的人，作同样的文章，但却不雷同，各具艺术特色。对于普通人来讲，可能很难有新意了，但苏轼这两篇赤壁赋，可谓相承相接，是他超凡的文才与独特的人格魅力的体现。

这篇文章开篇同《赤壁赋》一样，交代时间，即十月十五日。作者从雪堂回来，将要回到临皋，黄泥坂是必经之路。这次同样不是一个人，还有"二客"跟随。《赤壁赋》描写的是秋景，这篇文章则写的初冬景象。天气转凉，霜露都已经降下，树叶也都脱落干净了。本来是一片肃杀的气象，但是作者通过人物的活动，增添了文章的生气。人影散落地上，天空同样是明月皎然。所以作者自己与客人互相歌吟唱和，反而增添了很多乐趣。

苏轼感叹道，这样美好的月色，又有这样的知己，却没有酒菜来助兴，辜负了美景。客人说，恰巧今天傍晚时捕得了一条鱼，形状有些像松江鲈鱼。可惜没有酒啊。苏轼回到家中，家人告诉他，一直为他藏了一斗酒，以备他想喝时可以满足。酒、鱼、客都具备了，自然不会辜负美景了，可以想见当时苏轼内心的欢愉之情。

于是苏轼和客人带着酒和鱼再次来到赤壁之下。三个月前的地点，因季节不同，景物也有所变化。"江流有声，断岸千尺。山高月小，水落石出。"十六个字，将赤壁冬景呈现出来。苏轼感慨，短短的几个月时间，几乎都不认识这方景物了。此时他内心涌起了探险的冲动，于是撩起衣裳，登上险峻的山岩，拨开茂密纷繁的野草，开始向上攀爬。苏轼把岩石、古木形容为"虎豹""虯龙"等，突出地势的险峻与行程的艰辛。两个客人逐渐跟不上他的步伐了。苏轼嘬唇长啸，声震林樾，山谷共鸣，流水激荡。于是苏轼也感觉到了悲凉和恐惧，赶紧返回了舟中，这番探险也就结束了。本以为一番夜游就此结束时，一只"孤鹤"飞过小船，"翅如车轮，玄裳缟衣，戛然长鸣"，给寂静的夜晚增添了动态和声音，使苏轼等人更觉夜景充盈。

苏轼夜晚竟然做了一个梦，梦到一个道士，对他说："你的赤壁之游怎么样啊？高兴吗？"问道士的姓名，道士却笑而不答。苏轼说："我知道了，你就是那只孤鹤，曾经飞过我的小船，对吗？"道士笑了，苏轼也醒了。打开门，却不见任何踪影。

与《赤壁赋》相比，这篇《后赤壁赋》景物描写不多，却是东坡精神的继续。结尾通过虚构梦境，抒发内心的旷达之情。苏轼曾有《西江月》词云："休言万事转头空，未转头时皆梦。"孤鹤幻化的道士，是苏轼追求内心清空的一种具象表现。前、后两篇赤壁赋交相辉映，构成了赤壁的绝美画面与人生的超达意向。

（三）不为物累，超然物外：《超然台记》

凡物皆有可观。苟有可观，皆有可乐，非必怪奇伟丽者也。哺糟啜醨皆可以醉，果蔬草木皆可以饱。推此类也，吾安往而不乐？夫所为求福而辞祸者，以福可喜而祸可悲也。人之所欲无穷，而物之可以足吾欲者有尽。美恶之辨战乎中，而去取之择交乎前，则可乐者常少，而可悲者常多。是谓求祸而辞福。夫求祸而辞福，岂人之情也哉。物有以盖之矣。彼游于物之内，而不游于物之外。物非有大小也，自其内而观之，未有不高且大者也。彼挟其高大以临我，则我常眩乱反覆，如隙中之观斗，又乌知胜负之所在。是以美恶横生，而忧乐出焉。可不大哀乎。

余自钱塘移守胶西，释舟楫之安，而服车马之劳，去雕墙之美，而庇采椽之居，背湖山之观，而行桑麻之野。始至之日，岁比不登，盗贼满野，狱讼充斥，而斋厨索然，日食杞菊。人固疑余之不乐也。处之期年，而貌加丰，发之白者，日以反黑。予既乐其风俗之淳，而其吏民亦安予之拙也，于是治其园圃，洁其庭宇，伐安丘、高密之木以修补破败，为苟完之计。而园之北，因城以为台者旧矣，稍葺而新之。时相与登览，放意肆志焉。南望马耳、常山，出没隐见，若近若远，庶几有隐君子乎？而其东则卢山，秦人卢敖之所从遁也。西望穆陵，隐然如城郭，师尚父、齐桓公之遗烈，犹有存者。北俯潍水，慨然太息，思淮阴之功，而吊其不终。台高而安，深而明，夏凉而冬温。雨雪之朝，风月之夕，余未尝不在，客未尝不从。撷园蔬，取池鱼，酿秫酒，瀹脱粟而食之，曰：乐哉游乎！

方是时，予弟子由适在济南，闻而赋之，且名其台曰超然，以见余之无所往而不乐者，盖游于物之外也。

【赏析】《超然台记》作于密州任上，应在熙宁八年（1075年）。苏轼由杭州调任密州，请弟弟子由为刚修葺的一座台命名，苏辙为之取名"超然"，于是苏轼欣然作记。超然台，故址在今山东省诸城市北城上。

虽然这篇文章是一篇楼台题记，但苏轼开篇即表达了一定的哲理思想，指出任何事物都有可观赏的地方；有可观处就能让人快乐，不一定非要奇特瑰丽。吃酒糟或者喝薄酒都能让人醉，吃果蔬也可让人饱腹。以此类推，去哪里都会觉得快乐。第一段就打破寻常作记的常规，在叙事之前先发议论。

接下来，苏轼仍然在表达自己的人生感慨："夫所为求福而辞祸者，以福可喜而祸可悲也。"人之所以求福而避祸，是因为福令人喜，祸令人悲。"人之所欲无穷，而物之可以足吾欲者有尽。美恶之辨战乎中，而去取之择交乎前，则可乐者常少，而可悲者常多。是谓求祸而辞福。"人的欲望无穷无尽，外物不可能满足，所以人们为此在心中交战，时常抉择。值得高兴的事少，值得悲伤的事多，这反而是求祸辞福了。苏轼叹惋地说，这哪里是人们想要的呢，是被外物蒙蔽了啊！具体来看，就是因为人们为事物所束缚，不能超然其外，苦于欲望不被满足。事物本身没有大小之分，但人们被它牵绊迷惑，自然觉得十分高大。这样，就令人眼花眩晕，像在缝隙中看人争斗，分不清胜负。

接着苏轼才记叙修台之事。他离开杭州来到密州，不再有坐船出行的舒适，不再居于雕楼画栋，赏湖光山色，而是来到环境较为恶劣的地方，生活条件大不如前。刚来的时候觉得哪里都不好。然而一年之后反而容颜丰泽，白发变黑。究其原因，是作者为此地风俗淳朴而高兴，当地的百姓也习惯了苏轼的治理政策，于是苏轼也得闲，开始修整庭院园圃。

园北有一座旧台，就是此文记叙的超然台了。修整好之后可以登临观望，驰荡神思。接下来依次描写了向南、东、西、北眺望所见，以及引发的遐想，并引用了一些典故来传达作者的思想。这台高而安稳，居室幽深而又明亮，冬暖夏凉。作者朝暮游玩，朋友也都跟随着。采园中蔬菜，钓塘中游鱼，酿酒煮饭，大家都高兴地感叹："多么快乐啊！"这样的闲适，哪里是那些徘徊于"物内"的人能体会的呢。

最后叙述起名的事，当时弟弟子由在济南，也为苏轼感到高兴，就送了他"超然"这个名字。"以见余之无所往而不乐者，盖游于物之外也。"可见作者到哪里都觉得快乐，是因为不为物所累，超然物外。

古代的亭台楼阁题记一般由叙述、描写、议论几部分组成。苏轼这篇《超然台记》结构独具匠心，先由议论开篇，充分抒发作者感情后，才转入叙事和描写。这篇文章围绕超然物外便可无往而不乐的主旨展开。先采取正反论证的手法，再以刚到密州的"忧"衬托调整了心态之后的"乐"，叙事与议论穿插。虽然难免有失意愁苦的情绪，但苏轼在淡然生活中也确实自得其乐。"超然"的心态伴随他一生，令他在风波之后，依然能有安然而满足的心境。

（四）胸有成竹，心手相应：《文与可画筼筜谷偃竹记》

竹之始生，一寸之萌耳，而节叶具焉。自蜩腹蛇蚹以至于剑拔十寻者，生而有之也。今画者乃节节而为之，叶叶而累之，岂复有竹乎！故画竹必先得成竹于胸中，执笔熟视，乃见其所欲画者，急起从之，振笔直遂，以追其所见，如兔起鹘落，少纵则逝矣。与可之教予如此。予不能然也，而心识其所以然。夫既心识其所以然而不能然者，内外不一，心手不相应，不学之过也。故凡有见于中而操之不熟者，平居自视了然，而临事忽焉丧之，岂独竹乎！子由为《墨竹赋》以遗与可曰："庖丁，解牛者也，而养生者取之。轮扁，斫轮者也，而读书者与之。今夫夫子之托于斯竹也，而予以为有道者，则非邪？"子由未尝画也，故得其意而已。若予者，岂独得其意，并得其法。

与可画竹，初不自贵重，四方之人持缣素而请者，足相蹑于其门。与可厌之，投诸地而骂曰："吾将以为袜材。"士大夫传之，以为口实。及与可自洋州还，而余为徐州。与可以书遗余曰："近语士大夫，吾墨竹一派，近在彭城，可往求之。袜材当萃于子矣。"书尾复写一诗，其略曰："拟将一段鹅溪绢，扫取寒梢万尺长。"予谓与可："竹长万尺，当用绢二百五十匹，知公倦于笔砚，愿得此绢而已。"与可无以答，则曰："吾言妄矣，世岂有万尺竹也哉。"余因而实之，答其诗曰：世间亦有千寻竹，月落庭空影许长。与可笑曰："苏子辩则辩矣，然二百五十匹，吾将买田而归老焉。"因以所画筼筜谷偃竹遗予，曰："此竹数尺耳，而有万尺之势。"筼筜谷在洋州，与可尝令予作《洋州三十咏》，筼筜谷其一也。予诗云："汉川修竹贱如蓬，斤斧何曾赦箨龙。料得清贫馋太守，渭滨千亩在胸中。"与可是日与其妻游谷中，烧笋晚食，发函得诗，失笑喷饭满案。

元丰二年正月二十日，与可没于陈州。是岁七月七日，予在湖州曝书画，见此竹，废卷而哭失声。昔曹孟德《祭

大江东去显英雄——苏轼 · 153 ·

桥公文》，有"车过"、"腹痛"之语。而予亦载与可畴昔
戏笑之言者，以见与可于予亲厚无间如此也。

【赏析】文同，字与可。他是北宋著名的画家，"湖州画派"
的代表人物，擅长画竹。文同是苏轼的从表兄和好友，经常同
苏轼探讨画法，曾画《筼筜谷偃竹》送给苏轼。苏轼在湖州任
上，晾晒书画时，偶然看到文同的这幅画作，思念故友，写下
了这篇《文与可画筼筜谷偃竹记》。

苏轼开篇先谈画论。指出竹子从萌芽开始，就已经有了完
备的节和叶的雏形，从像蝉、蛇蜕皮到挺拔高耸，都是自然生
长的结果。但是面对这样"自然生长"的竹子，当今的画家则
是一节一节地画、一片叶子一片叶子地添加拼凑上的，这样岂
是画竹子的正确方法？所以想要画好竹子，首先是"胸有成竹"，
先仔细观察竹子，待内心真正有所感悟之后，就赶紧执笔将眼
中所见、心中所感飞速地画出来，"如兔起鹘落，少纵则逝矣"。
这是文同提倡的画竹法，苏轼认为自己内心明白这个道理，但
却做不到，是心手不相应、不刻苦学习的原因。苏轼进而引申
这个道理，认为很多事情都是平时想得很明白，但真正面对时
却不知道如何处理，不单是画竹子如此。苏辙曾写过一篇《墨
竹赋》给文同，指出"庖丁解牛"能够给人以养生的启示，"轮
扁斫轮"能够带给读书人学习的道理，而文同的画竹法，也将
事物的内在规律蕴含在其中了。苏轼说，自己的弟弟不会画竹，
所以只领会了文同的思想，而自己不但领会了思想，还学会了
技法。

在表达完自己的文艺创作观点后，苏轼才引到文同画的
《筼筜谷偃竹》上来。苏轼记述，文同最初对自己画的竹子并不
很看重，不论谁请求，他都答应为其作画。但是求画的人越来

越多，拿着绢绸挤满了屋子。文同有些厌烦了，就把绢绸扔到了地上，说这些东西只能用来做袜子，表示自己不屑做一个普通的画匠。结果这个事情被传扬出去，文人官僚把这件事当作批评他的借口。文同不愿意给别人画竹，就同苏轼开玩笑说，他的竹子画得很好，让大家去找他要画。并且说："那些做袜子的材料很快就汇集到你那里啦。"从中可以看出二人关系的亲密。不肯轻易为人画竹，却同苏轼开玩笑，要人们去找苏轼画竹。这样一来，做袜子的材料绢绸就集中到苏轼那里去了。这当然是开玩笑的话，但由此却可以看出文同与苏轼之间关系的亲密。两人以书信往来，并赋诗其中，是朋友间的戏谑之情，并蕴含着对艺术理论的探讨。鹅溪在四川盐亭县，"鹅溪绢"指鹅溪出产的绢绸，洁白细致，很适合作画。苏轼认为文同的墨竹画法一挥而就，虽在短短的绢绸上，竹子却有凌霄"万尺长"之势。至于"二百五十匹"的绢绸，纯属二人的玩笑之语。筼筜谷在洋州，文同在这里种植花木，修建园亭，并写了《守居园池杂题》三十首。苏轼逐一和诗，其中第二十四首题为《筼筜谷》。汉川，即指洋州，因洋州在汉水上游。箨，是笋壳。竹子一名龙孙，所以称竹笋为箨龙。渭，指陕西的渭水。苏轼开玩笑说，洋州有很多高高的竹子像蓬草，拿着斧头随便砍竹笋。估计太守清贫又嘴馋，所以把渭水边上千亩竹林都吃进了肚里。文同正和妻子在筼筜谷烧竹笋进晚餐，打开信封读完这首诗，笑得口中的饭都喷了一桌子。

　　文章最后写怀念文同。文同元丰元年（1078年）十月被任命为湖州知州。赴任途中，于元丰二年正月二十日病逝于陈州的宛丘驿。这年七月七日，继文同任湖州知州的苏轼在晾晒书画时，看到了文同送给他的《筼筜谷偃竹》，感伤得痛哭流涕。曹孟德，即曹操。桥公，指桥玄。桥玄对曹操有过很多鼓励和帮助，两个人的情谊也很深。后来两个人约定，不论谁死了，活着的人路过墓地如果不用鸡酒祭奠的话，车子走过三步就会肚子疼。这是朋友间的玩笑话，但也显示了关系的亲密。苏轼引用这个典故，来说明他同文同的深厚友谊。

这篇画记行云流水，却在记述两个人深厚友谊的同时，将艺术技法融入其中。从大笑到大哭，情绪的变化也自然可信，情深义厚、自由挥洒之中又有深刻的文艺理论在其中。

（五）一篇游记，两个闲人：《记承天夜游》

元丰六年十月十二日，夜，解衣欲睡，月色入户，欣然起行。念无与为乐者，遂至承天寺，寻张怀民。怀民亦未寝，相与步于中庭。庭下如积水空明，水中藻荇交横，盖竹柏影也。何夜无月，何处无竹柏，但少闲人如吾两人者耳。黄州团练副使苏某书。

【赏析】这篇游记又名《记承天寺夜游》。承天寺，故址在今湖北省黄冈市南。这篇文章虽然短小，但是游记的几要素俱全，时间、地点、人物、缘起、经历、景色等都交代得非常清楚。时间是元丰六年（1083 年）十月十二日夜晚，地点是承天寺，人物是苏轼和张怀民。游览的缘起是苏轼在当夜已经脱掉衣服准备睡觉了，但是月光如水照进屋中，他突然睡意全无，准备趁着月色游览一番。但是想到没有可与自己一起赏月的人，于是就到承天寺寻找张怀民。正巧张怀民也没有睡，于是二人在庭院中散步。被月光照着的庭院像积满了清水一样澄澈透明，而且水中还有水藻、荇菜交错纵横，原来是竹子和柏树的影子。

　　文章写到这里，也仅仅是一篇普通的小游记而已，并未见出特别出彩的地方。但是苏轼接着写道，哪个夜晚没有月光？哪个地方没有竹子和柏树呢？只是缺少像我们两个这样清闲的人而已。当时苏轼被贬到黄州担任团练副使，已经没有什么工作了，说"闲人"并不为过。更主要的是，身"闲"易实现，心"闲"最难得。在普通的夜晚，有两个真正能够心"闲"的人，才能衬托出这宁静的夜的美好。结尾两句是全文的升华，是苏轼个人主体精神在文章中的融注。苏轼剪取了生活中的一个小片段，通过随意自然的笔触，将一种闲情融入日常场景。篇幅虽小，意境深远。

（六）小小游记，大大哲理:《书上元夜游》

　　己卯上元，予在儋州，有老书生数人来过，曰:"良月嘉夜，先生能一出乎?"予欣然从之。步城西，入僧舍，历小巷，民夷杂揉，屠沽纷然。归舍已三鼓矣。舍中掩关熟睡，已再鼾矣。放杖而笑，孰为得失?过问先生何笑，盖自笑也。然亦笑韩退之钓鱼无得，更欲远去，不知走海者未必得大鱼也。

【赏析】《书上元夜游》又题为《儋耳夜书》，是一篇小品文，苏轼写此文时已在海南。"己卯上元"点出时间，即元符二年（1099 年）正月十五日。

　　这一年上元夜，有几位老书生来邀请苏轼出游。苏轼很高兴地同意了。跟着他们走到城西，进入僧舍，又经过小巷，看到不同族别的百姓聚集一处，井然有序。平易的叙述很容易使文章显得平淡，但此处，读者的视角却仿佛随着东坡的步伐一路转换。"步""入""历"三字效果是动态的，句子简短又生出了一种节奏感。"民"与"夷"杂居一处，正是苏轼目光敏锐，没有忽略儋州百姓分属各族却能其乐融融的特点。看过一派热闹的人间景象，回来时已经三更，家人掩门熟睡。苏轼放下拐杖忍不住笑，究竟什么是得什么是失呢？"过问先生何笑，盖自笑也。然亦笑韩退之钓鱼无得，更欲远去，不知走海者未必得大鱼也。"为什么笑呢？大概是笑自己。也是笑韩愈没钓到鱼，就要去更远的地方钓，然而在海边也不见得能钓到大鱼。

东坡思绪飘远，此处用韩愈写《赠侯喜》的典故。韩愈曾记载自己同侯喜钓鱼，从早晨钓到黄昏也没有钓到一条鱼，于是两个人内心非常失望。东坡自己已不再计较得失，当然要笑韩愈看不开，为了钓大鱼而去海边，是依然有所执着。但这样做，难道就能求得心中所愿吗？不如抛开、放下，这里强调的正是一种随遇而安、自得其乐的生活态度。

敦厚内敛贤子由

一　政绩不凡的文学奇才

（一）闭门读书，少年老成

在"唐宋八大家"之中，最有名的当数苏轼和韩愈，其次是欧阳修、王安石，但这不意味着其他四家就不够分量。名气大小当然与一个人的才华和成就有关，却也与他的个性和经历有着紧密的联系。在这四家中，苏辙是特殊的一个，因为他是"三苏"中的一员，是在兄长光环掩盖下的弟弟，以至于很多人初次接触到苏辙的名字，都是苏轼笔下的"寄子由"。

实际上，苏辙虽然不像哥哥那样，是个天才和全才，但因为勤奋踏实，在政治上和古文上的成就并不低于其兄，两人无论在朝堂还是在文坛，都能相互扶持，相互呼应。兄弟两个也的确感情极好，一生的经历都紧密结合在一起。

苏辙（1039—1112年），字子由，晚号颍滨遗老，眉州眉山人。苏辙出生时，父亲苏洵已重新开始寻求功名，母亲程氏则担负起了理家重担，兄弟两个最初都是由保姆抚育的。苏轼比姐姐八娘小一岁，姐弟由一人照看，苏辙又比苏轼晚生了两年多，则只得自己跟着另一位保姆了。苏辙自幼性格就与苏轼差异很大，是比较沉默内敛的。

苏辙虽然不是天才，但也是个聪慧的孩童，再长大一些就和哥哥一起接受母亲程氏的教导，跟着哥哥读书学习。等苏轼到了上学的年纪，苏辙也一起被送到道士张易简那里。从小就被哥哥的光环掩盖，但苏辙的心态很好，一直明白自己需要付出数倍的努力，因而丝毫不敢松懈。在张易简那里毕业后，又师从刘巨学声律，再由父亲亲自教导，阅读藏书，学习写文章。

苏辙刻苦的程度，可以与闻鸡起舞的古人比肩。他不但闭门谢客，日夜苦读，而且到了节日也不出门参加娱乐活动，极少游览附近的名胜，真正是"两耳不闻窗外事"。但苏辙所读的却不只是能让他求得功名的"圣贤书"，他受苏洵的影响，博览百家，又善于独立思考，等到十七岁学成时，已然胸有万卷，文采拔群。1055年，苏辙十七岁，与十五岁的史氏完婚，两人一生感情甚笃，白头相扶。

（二）科考延期，兄弟高中

1057年，十九岁的苏辙随父兄进京赶考。一路周折艰难，五月中旬才抵达河南开封。苏洵安顿好儿子，先拿着张方平的信找到富弼、韩琦、欧阳修等人。推荐信和父子三人的文章递上去后，大家交口称赞。这次考试苏轼兄弟果然双双得中，苏轼考了省试第二名，苏辙也是不显山水地考中了进士，"三苏"名满京城。

不巧的是母亲程氏去世了，苏辙只能跟着父兄回到故乡，给母亲守孝。为母亲守孝期满之后，两人又参加了礼部组织的直言极谏科的考试。

考试的时候，天气已经很热，又赶上一场水灾。水灾引发瘟疫，年纪最小的苏辙经受不住，病倒了。宰相韩琦于是找到仁宗皇帝禀告说，今年的礼部考试有眉山来的两兄弟要参加，其中小的这个生病了，他如果不能参加考试的话，对朝廷将是一个极大的损失。仁宗皇帝也很开明，当下决定：等苏辙病好之后再考试。

据传，后来韩琦又对来应考的举子说，今年有苏轼兄弟两个人，他们肯定能高中，于是参加考试的人都觉得自己没机会，干脆不考了，陆陆续续走了一半。这个事情是否是真实的，不得而知。但是，因为苏辙的病，因为韩琦对仁宗皇帝的建议，这次考试往后推了两个月，这件事的确是真的，也是历史上绝无仅有的。

在这次考试中，苏轼考入第三等，司马光也想把苏辙列入第三等，但终因王安石的强烈反对作罢，只是将其列入了第四等。由此可见，司马光这位大儒名臣，对苏辙的评价是很高的。这也为苏家兄弟与王安石之间的矛盾埋下了隐患。

苏轼很快被授予凤翔府判官，离京赴任去了，而苏辙则没有接受朝廷授予的官职，依然留在京城侍奉父亲。原来在这次考试中，苏辙对于朝廷的积弊直言不讳，对于仁宗的某些举措也提出了比较尖锐的负面意见，其中虽有些考虑不周，大部分却算得上思虑长远。这些话由于言辞尖锐，本就不太好听，再加上点破了盛世背景之后的危机，颇不易入耳。因此，在录取他时，朝臣已经有许多不同意见，王安石更是拒绝为他撰词，怀疑他的忠心。苏辙且惧且怒，干脆辞官。

正如苏洵在《名二子说》中所预言的："是辙者，善处乎祸福之间也。"苏洵对儿子的评定，从其长远的一生来看是准确的，然而却不适于此时年轻得如一把锋锐宝剑的苏辙。他固然能由明主驾驭摧枯拉朽，然而时局如此，过刚易折，在今后的很多年中，苏辙也积累了不少由性格带给他的教训。

但苏辙毕竟是很聪明的，此后他虽然保持着忠勇，不愿尸位素餐缄口不言，但是在采取的方法和应对的心态上，都有了适当的调整。他还曾尝试着将儒家思想和老庄的清静无为结合起来，养成了越发沉静的性格。

1065 年，苏轼回京了，既然兄长也可以照料父亲，苏辙辞官的理由就没有了。这时候苏辙也慢慢想通了，苏轼一直劝说他还是要尊重朝廷的决定。于是苏辙点头同意，出为大名府推官。这个官位并不高，不足以让苏辙施展才华，但他总算免于少时读书那般辛苦，也不似闲居在家那样沉闷。苏辙在公务之余，也能和友人出去游玩酬唱，心情是比较愉悦的。谁知次年，一生未曾得志的苏洵含恨去世了，兄弟二人都悲痛万分，送父亲返回故里安葬，并留在家乡守丧。

（三）力反新法，受兄牵连

再回朝时，王安石变法已经展开，正是急缺人才的时候。虽然苏洵跟王安石的关系不是很好，苏轼也反对王安石变法，但苏辙却在一开始表明了积极的态度。他比较赞成锐意进取，与王安石看法不一致的地方也没有完全显露出来，神宗皇帝于是表达了对苏辙的欣赏，命他来给王安石打下手。然而，苏辙的政治生命毕竟与苏轼紧密联系在一起，他和哥哥的看法往往十分接近，对于王安石实行的新法，苏辙其实是有很多反对意见的，在他进入三司条例司，接触到相关事宜之后，这些意见就更加强烈了。

在王安石的变法中，"青苗法"是重要的一项内容。苏辙在新法施行的过程中感觉到，制定"青苗法"的出发点很好，但是在执行过程中存在很多问题。比如在贷款时，有些贪官污吏擅自做主，借机贪污腐败，中饱私囊。很多贫困的百姓本来缺乏的是种子和耕种的大牲畜，直接贷款给他们的话，有些人就奢侈浪费了，没有用到农业生产上。到还贷的时候，没有钱还怎么办？结果别说利息了，连本金都收不回来。

王安石听了苏辙的建议，也觉得有些道理。但是变法的主要目的是增加税收，所以采取的是以银子交税的形式，而贷款则解决农民没有银子交税的困难，这是短期内增加朝廷税收的好办法，还是要坚决执行的。苏辙因为这个事情，接连给皇帝上书，陈述自己的意见。王安石对此非常不满，苏辙此时感觉在京城待不下去了，于是请求担任河南府推官，后来又改任陈州的州学教授，再后来就到济南任掌书记。

在这段时间内，苏辙的仕途也很不如意，他感觉自己空有一腔抱负，但是却难以施展。他的生活比较拮据，日子过得很困难。但是苏辙却有机会接触到了普通百姓，思想上也逐渐发生了变化。他反对王安石推行新法，却改变不了神宗的态度，因此只能在地方上担任一些下级官吏。这时哥哥苏轼的处境也不是很好，甚至从密州回京述职时，连京城的城门都不让他进了。

这一次苏辙本是在半路迎接兄长的，惊愕惶恐之余，毕竟还有重逢的喜悦。于是他就跟着到苏轼的下一个任所——徐州，小住了一段时间。兄弟俩一起游览名胜，一起与友人唱和，仿佛暂时忘却了烦忧，然而阴霾在心底却时刻未散。离别时，苏轼写诗，不再有《水调歌头》（明月几时有）中所写的在密州时"但愿人长久，千里共婵娟"的洒脱，而是略带凄恻，苏辙回应时，也同样饱含担忧，害怕此生聚少离多，且命途多舛。

"乌台诗案"发生后，满朝震惊。苏辙也非常着急，他想尽办法来营救哥哥。苏辙给皇帝亲上奏章，表示自己愿意降官来替哥哥赎罪。"乌台诗案"牵连的人很多，苏轼的很多门生、朋友都受到牵连，弟弟苏辙也不能幸免。经过了几个月的审理，哥哥苏轼被贬为黄州团练副史，苏辙也被贬为郓州盐酒税官，而且五年内不得升调。在这种情况下，苏辙尽力照顾自己和哥哥的家人，虽然家境贫困，却也显现了手足情深。在处于逆境之中时，一些真心的朋友并没有远离他们，毛滂、王适等青年学子对苏辙尊敬有加，很多朋友也冒着风险写信给他，素未谋面的黄庭坚也在此时来信，表示愿意与苏辙成为朋友。患难之中的友谊是苏家兄弟勇敢活下去的动力之一。

（四）忠勇诤臣，如履薄冰

宋哲宗继位后，因为年纪尚幼，所以高太后垂帘听政。高太后是反对改革的，变法派失势，很多被排挤出朝廷的大臣都被起用，苏轼兄弟也重新得到重视。苏辙在奉旨调回京城后，职位不断升迁，先是任秘书省校书郎，又任户部侍郎、吏部尚书。苏辙此时做了一件大事，就是奉命出使辽国，而且出色地完成了这次任务。于是苏辙被任命为御史中丞，然后又升任尚书右丞，短短数年时间，苏辙官至门下侍郎，达到了副宰相的级别。

对于这样快速的升迁，苏辙内心却隐隐感到一丝不安。一来是因为朝廷人员的变迁，二来也是因为高太后对苏辙兄弟的欣赏，但时局的变化却不知道会向何方。苏辙比哥哥更沉稳些，此时已不像年轻的时候那样莽撞冒进，但是他直言敢谏的脾气并没有改变。

苏辙的确觉得惶恐，但该说还是要说。

此时司马光担任宰相之职，他把新法全部废除了，历史上称"元祐更化"。苏轼和苏辙兄弟对司马光的做法也很不赞同，因此同他发生了冲突。苏辙前后四次上书，要求把新法中合理的部分保留，但也是白费心力。苏辙的性格比较执拗，锲而不舍，坚定执着，而且为直言朝政不惜得罪他人。

对于苏辙这样一位忠勇的诤臣来说，北宋的党政纷扰，也是他不可摆脱的烦恼。苏辙出身蜀地，又是苏轼的亲弟弟，最重要的是，他对事情的看法也往往格外鲜明，自然不能持身中立。

北宋的党争极其复杂，在党争历史上毫无疑问地占据一席之地。当时，光是旧党内部就分为蜀、洛、朔三个派别。司马光去世后，群龙无首，三派离心。朝堂中有地位甚高的大员暗中推动，先锋军则有苏轼、程颐等人各拥势力。政治理论、学术观点、出身地域、个人性格，没什么不能成为纷争的理由。最后，苏轼、程颐等人被迫离朝，这就大大削弱了整个反改革派的力量。

新党一边看笑话，一边奋力挣扎。王安石去世后，改革派中小人更多，他们越受到弹压，就越要反抗，为恢复权势不择手段。原本司马光与王安石只是政见不合，到了此时，两派几乎纯是意气和利益之争。终于，在高太后去世后，新党成功挑动哲宗对于早年不得亲政的怨忿。哲宗早就不满高太后执掌朝政，不满苏轼、苏辙这对老师，认为他们只是表面恭敬，内心并不把宝座上的帝王当回事。于是他决定报仇，在"元祐更化"之后重又推行新政。局势早已混乱不堪，现在连皇帝也打算意气用事了，他又将置黎民百姓于何地呢？

（五）不问世事，归隐颍滨

表面上看，苏辙获罪，是因为他在奏章中把神宗比作汉武帝，说错了话。其实苏辙中年以来，上书言事一直是平和公正。单就这个比喻来说，汉武帝虽然有过失，却也是一代英主，如此比较还是抬高了神宗的地位。但就因为这么一个说不通的罪名，苏辙立刻从最高的执政集团中坠落下来，于1094年，被贬到了筠州，苏轼则被贬到惠州。不久，苏辙再被贬到雷州，苏轼再被贬到儋州。

去到蛮荒湿热之地，万般不幸。不幸中的幸运是兄弟二人尚得以同行，他们在雷州相聚一月，并得到地方官的款待。一月之后，依依惜别。兄弟二人一生中经历了多次分离，总是互相安慰，对未来依旧保持期待。但这次不同了，两人饱经风霜，已年老体衰，他们都隐约预感到，这次恐怕将是诀别。苏辙强作洒脱，对哥哥说："一瞬千佛土，相期兜率宫。"①意思是要在天上再相聚。一语成谶，两人果然没能再在人世相见。苏轼死前最牵挂的便是弟弟子由，嘱托友人让弟弟为自己作墓志铭。而苏辙听闻消息后，更是痛苦得不能自已，道："小子忍为吾兄铭！"

朝政回暖，转瞬复又严寒，苏辙被夺去官职，贬为百姓。祸兮福之所倚，或许正是因为在晚年摆脱了纷扰，苏辙很长寿。他在徐州颍水畔买了一处宅子，自号颍滨遗老，过着粗茶淡饭却逍遥恬淡的生活，一直活到了七十四岁。1112年，苏辙去世，他被追封为端明殿学士，后来累封为太师、魏国公，宋孝宗又给他追加谥号，叫作文定。

---

① 《次韵子瞻过海》，《苏辙集》，陈宏天、高秀芳点校，中华书局，1990，第896页。本书所引苏辙诗词均出自该本，以下不再一一标注。

（六）晚年诗歌，描绘浮世

苏辙的诗歌早年较为平实，晚年所作多反映闲居生活和民间疾苦。《游西湖》就是苏辙七十四岁那年所写。此时宋徽宗即位，任用蔡京等人，而苏辙隐居已久不问世事。

他重游西湖，感慨良多："闭门不出十年久，湖上重游一梦回。"十年间他都不怎么出门，重游西湖就像做梦一般。"行过闾阎争问讯，忽逢鱼鸟亦惊猜。"闾阎指乡里，乡人看到他都很陌生，苏辙也是曾经做过副宰相的人，但现在没人认识他，连鱼和鸟看到他都觉得惊讶，这是夸张的笔法。为什么苏辙会如此沉默低调呢？"可怜举目非吾党，谁与开尊共一杯？"眼前没有和自己志趣相投的人，想喝酒却找不到知音。"归去无言掩屏卧，古人时向梦中来。"回去之后默默无语，意兴阑珊，还是睡觉吧，在梦中与古人做知己。苏辙的晚景，也正如此诗一般，闲适中带着落寞，对于家国，他终究不能一朝抛开，置身事外。

苏辙一生虽然并不安稳，但尚无苏轼那般波折，这或许也是他被哥哥光环所掩盖的幸运之处吧。苏辙之留名，除了位列"唐宋八大家"之中，更多被提及的，是他与苏轼之间至为真挚的亲情。老苏苏洵、大苏苏轼、小苏苏辙，并称"三苏"，父子兄弟之间感情笃厚，一脉相承。"一门父子三词客"，始终是中国文学史上一道独特的风景线。三人的文章人品也如奇峰俊秀，并立千载，为后人津津乐道。

二 苏辙散文赏析

（一）天下乐无穷，适意以为悦:《武昌九曲亭记》

子瞻迁于齐安，庐于江上。齐安无名山，而江之南，武昌诸山，陂陁蔓延，涧谷深密，中有浮图精舍，西曰西山，东曰寒溪，依山临壑，隐蔽松枥，萧然绝俗，车马之迹不至。每风止日出，江水伏息，子瞻杖策载酒，乘渔舟乱流而南。山中有二三子，好客而喜游，闻子瞻至，幅巾迎笑，相携徜徉而上，穷山之深，力极而息，扫叶席草，酌酒相劳。意适忘反，往往留宿于山上。以此居齐安三年，不知其久也。

然将适西山，行于松柏之间，羊肠九曲而获少平。游者至此必息。倚怪石，荫茂木，俯视大江，仰瞻陵阜，旁瞩溪谷，风云变化，林麓向背，皆效于左右。有废亭焉，其遗址甚狭，不足以席众客。其旁古木数十，其大皆百围千尺，不可加以斤斧。子瞻每至其下，辄睥睨终日。一旦，大风雷雨拔去其一，斥其所据，亭得以广。子瞻与客入山视之，笑曰："兹欲以成吾亭邪?"遂相与营之。亭成而西山之胜始具。子瞻于是最乐。

昔余少年，从子瞻游，有山可登，有水可浮，子瞻未始不褰裳先之。有不得至，为之怅然移日。至其翩然独往，逍遥泉石之上，撷林卉，拾涧实，酌水而饮之，见者以为仙也。盖天下之乐无穷，而以适意为悦。方其得意，万物无以易之。及其既厌，未有不洒然自笑者也。譬之饮食杂陈于前，要之一饱而同委于臭腐。夫孰知得失之所在？惟其无愧于中，无责于外，而姑寓焉。此子瞻之所以有乐于是也。

【赏析】苏辙在创作上受父兄的影响较大，政论文切中时弊，论断准确；史论以史为鉴，古为今用。而他用来抒情叙事的散文，纡徐舒缓，有时一波三折，最有风致。与父兄不同，苏辙的文章，并不奇峭雄伟，而是淡泊平和，文如其人，反与欧阳修有些相似。但细细看来，苏辙的秀杰之气也终不可没。

元丰五年（1082年），苏轼在黄州建造了武昌九曲亭，苏辙既为哥哥融入当地的生活感到高兴，又同困于贬谪处境，希望和哥哥互相勉励，于是写下了《武昌九曲亭记》。

"子瞻迁于齐安，庐于江上。"开头简练地交代了缘由，苏轼谪居于此，周围无名山，但长江南岸的武昌群山却很美。山中寺庙"依山临壑，隐蔽松枥，萧然绝俗，车马之迹不至"，松枥丛生，清幽无人。"每风止日出，江水伏息，子瞻杖策载酒，乘渔舟乱流而南。"每到风小天气好的时候，苏轼就乘着渔舟去江的南边游玩。"山中有二三子，好客而喜游，闻子瞻至，幅巾迎笑，相携徜徉而上，穷山之深，力极而息，扫叶席草，酌酒相劳。意适忘反，往往留宿于山上。"有几个人和他一样喜欢游览山川，大家就一起往山里走，走得累了，席地而坐，喝酒谈笑，流连忘返，甚至会在山中留宿。这样不知不觉几年就过去了。这一段，内容丰富，文字简洁，转折之处毫无痕迹，而绘就的景物人像又十分传神，可见苏辙善于运用语言，也能抓住事物的特点。

"然将适西山，行于松柏之间，羊肠九曲而获少平。"到西山去路不好走，走过松柏之间羊肠小路，才能抵达一小块平台。"游者至此必息。倚怪石，荫茂木，俯视大江，仰瞻陵阜，旁瞩溪谷，风云变化，林麓向背，皆效于左右。"游览的人到这里一定要歇歇脚，倚着怪石，在丰茂的树木下乘凉，俯瞰大江，仰观高山，旁视溪流。风云变化，山林向阳面和背面的景色，都被尽收眼底。"有废亭焉，其遗址甚狭，不足以席众客。其旁古木数十，其大皆百围千尺，不可加以斤斧。"这儿有一座亭子，虽然位置好但是太过窄小，旁边都是砍不动的古木。"子瞻每至其下，辄睥睨终日。一旦，大风雷雨拔去其一，斥其所据，亭得以广。"苏轼每次来都会仔细观察一番，突然有一天雷雨大作，古木被拔掉了一棵，正好可以用来扩建亭子。苏轼终日观察，显然是希望能扩建亭子。但他此时无力大举修亭，也无心毁坏自然的景观来成全自己的游乐之兴。亭子得以修成，却是自然之力使古木连根拔起，顿时让人觉得妙趣横生。苏轼求亭而不得，之后又得之不费吹灰之力，从遗憾到喜出望外的情绪变化使人物形象更加饱满。

"昔余少年，从子瞻游，有山可登，有水可浮，子瞻未始不褰裳先之。有不得至，为之怅然移日。"苏辙少年时也随哥哥游玩，登临山水时，总是子瞻带头，如果有些地方到不了，他就终日怅然。"至其翩然独往，逍遥泉石之上，撷林卉，拾涧实，酌水而饮之，见者以为仙也。"有时他一个人去玩，在泉水山石间悠然自得，采花拾果，饮山泉之水，看见的人还以为他是仙人。苏辙在这里回忆过去，信笔勾勒了一个翩然往来于山水间的少年形象。

少年如今已到了中年，他虽处逆境，却在山水间自得其乐。

于是苏辙进而发为议论。"盖天下之乐无穷，而以适意为悦。方其得意，万物无以易之。及其既厌，未有不洒然自笑者也。"能让人心情愉悦自得，是天下间最开心的事。当他愉快满意的时候，什么都不能换走这种快乐。兴尽厌倦，又会自我解嘲。"譬之饮食杂陈于前，要之一饱而同委于臭腐。夫孰知得失之所在？惟其无愧于中，无责于外，而姑寓焉。此子瞻之所以有乐于是也。"这就像吃东西，菜肴摆在面前是为了让人填饱肚子，饱了之后食物也就变成了腐臭的东西，哪有什么得失呢？只要对得起自己也对得起别人，享受山水之乐当然也是可以的。这就是子瞻在此处得到快乐的原因。

虽然暂时不能在政治上有所作为，但悠游山水，未尝不是人生的乐趣所在，只要高兴，何必计较这起落中间的得失呢？虽然以登临游览为乐也是无奈之举，但当苏辙兄弟真正想清楚这中间的道理后，也就能无挂碍于胸怀了。

（二）黄州快哉亭，坦然天地间：《黄州快哉亭记》

江出西陵，始得平地。其流奔放肆大，南合湘、沅，北合汉、沔，其势益张。至于赤壁之下，波流浸灌，与海相若。清河张君梦得谪居齐安，即其庐之西南为亭，以览观江流之胜，而余兄子瞻名之曰"快哉"。

盖亭之所见，南北百里，东西一舍。涛澜汹涌，风云开阖。昼则舟楫出没于其前，夜则鱼龙悲啸于其下，变化倏忽，动心骇目，不可久视。今乃得玩之几席之上，举目而足。西望武昌诸山，冈陵起伏，草木行列，烟消日出，渔夫樵父之舍皆可指数。此其所以为"快哉"者也。至于长州之滨，故城之墟，曹孟德、孙仲谋之所睥睨，周瑜、陆逊之所骋骛，其流风遗迹，亦足以称快世俗。

昔楚襄王从宋玉、景差于兰台之宫，有风飒然至者，王披襟当之，曰："快哉此风！寡人所与庶人共者耶？"宋玉曰："此独大王之雄风耳，庶人安得共之！"玉之言盖有讽焉。夫风无雌雄之异，而人有遇不遇之变。楚王之所以为乐，与庶人之所以为忧，此则人之变也，而风何与焉？士生于世，使其中不自得，将何往而非病？使其中坦然，不以物伤性，将何适而非快？今张君不以谪为患，窃会计之馀功，而自放山水之间，此其中宜有以过人者。将蓬户瓮牖无所不快，而况乎濯长江之清流，揖西山之白云，穷耳目之胜以自适也哉！不然，连山绝壑，长林古木，振之以清风，照之以明月，此皆骚人思士之所以悲伤憔悴而不能胜者，乌睹其为快也哉？

元丰六年十一月朔日，赵郡苏辙记。

【赏析】与上篇的情况类似，张怀民当时被贬黄州，元丰六年（1083年），他在居舍西南修了一座亭子，用来观览景色。苏轼给这个亭子取名为"快哉亭"，苏辙欣然作记，为《黄州快哉亭记》。全文围绕"快"展开，文势汪洋，气魄夺人，内中蕴藏的心态气度，又令人佩服神往。

"江出西陵，始得平地。其流奔放肆大，南合湘、沅，北合汉、沔，其势益张。至于赤壁之下，波流浸灌，与海相若。"长江出西陵峡，来到平地，合各路江河共同融汇奔流，越发浩大，到了赤壁这里，几乎像海一样了。"清河张君梦得谪居齐安，即其庐之西南为亭，以览观江流之胜，而余兄子瞻名之曰'快哉'。"张怀民造了这座亭子，苏轼为之取名"快哉"。这一段交代起因，从长江入手，既体现出登快哉亭可饱览长江景色这一建亭目的，又希望被贬诸友也能胸襟浩荡，与海相若。

"盖亭之所见，南北百里，东西一舍。涛澜汹涌，风云开阖。昼则舟楫出没于其前，夜则鱼龙悲啸于其下，变化倏忽，动心骇目，不可久视。"在建亭的这个位置，能看到周围很远的地方，江涛汹涌风云变化，舟船白天往来，鱼龙夜晚悲鸣，景色变换太快，不适合长久观看。"今乃得玩之几席之上，举目而足。西望武昌诸山，冈陵起伏，草木行列，烟消日出，渔夫樵父之舍皆可指数。此其所以为'快哉'者也。"现在有了快哉亭，想看景色就抬头看一眼，草木肆意生长，烟岚散去太阳升起。下面的景物房舍也清晰可数，这自然就很愉快了。"至于长州之滨，故城之墟，曹孟德、孙仲谋之所睥睨，周瑜、陆逊之所骋骛，其流风遗迹，亦足以称快世俗。"苏辙又追溯历史，虽然黄州赤壁并非赤壁战场，但长江边自然是曹操、孙权等人较量的大战场，能时时刻刻看着这样的景色追怀古人，也是有志之士平生的一大快事。令人目眩的景色，如今成为平和壮丽的景观，消去人胸中尘俗，将这样的景色收入眼底，畅谈三国英雄往事的，当然也并非俗士。虽然苏辙身处逆境，但他笔下的境界依然开阔豪迈，英气勃勃。

第三段转入议论。"昔楚襄王从宋玉、景差于兰台之宫，有风飒然至者，王披襟当之，曰：'快哉此风！寡人所与庶人共者耶？'宋玉曰：'此独大王之雄风耳，庶人安得共之！'"当年楚襄王和宋玉、景差在兰台宫，有风吹过，襄王很高兴，问："这是我和百姓共享的风吗？"宋玉回答说："这是大王独自享用的雄风，百姓哪里能感受到呢！"这个故事中，宋玉又解释说，进入王宫的风，吹拂过王宫优美的环境，已经清爽温和了，这是雄风。吹到普通百姓身上的则寒冷扬尘，是雌风。苏辙略去了此处，直接开始评论。"玉之言盖有讽焉。夫风无雌雄之异，而人有遇不遇之变。楚王之所以为乐，与庶人之所以为忧，此则人之变也，而风何与焉？"苏辙认为，宋玉说这话有讽谏的意味，而接下来他自己抒发感慨，却与劝谏君王当知百姓疾苦不同，是借此事劝慰众人以及自己。风是不会变的，人的境遇却是不同的。"士生于世，使其中不自得，将何往而非病？使其中坦然，不以物伤性，将何适而非快？"人生在世，如果自己不坦然自得，去哪里都不快乐。如果心态坦然，不让外物影响天性，到哪里都适意快乐。这是全篇的论点，强调人要有好的心态。

苏辙这番议论，和之前文笔中暗含的褒赞，都是首先为张怀民而发："今张君不以谪为患，窃会计之馀功，而自放山水之间，此其中宜有以过人者。将蓬户瓮牖无所不快，而况乎濯长江之清流，揖西山之白云，穷耳目之胜以自适也哉！"张怀民被贬也不过度悲伤，在山水间怡然自得，就算是在简陋的房屋中也很高兴，这里这么美，对着长江白云就更加自适了。"不然，连山绝壑，长林古木，振之以清风，照之以明月，此皆骚人思士之所以悲伤憔悴而不能胜者，乌睹其为快也哉？"要不然的话，这山壑古木清风明月，不正是最能勾起迁客骚人感慨悲伤的吗，怎么还谈得上"快哉"？以一句有力的反诘结尾，以不能放宽胸襟的骚人思士相对比，更衬托出张怀民等人气度超然，心态极佳。

（三）谦逊后学，宽厚宏博：《上枢密韩太尉书》

太尉执事：辙生好为文，思之至深。以为文者，气之所形，然文不可以学而能，气可以养而致。孟子曰："吾善养吾浩然之气。"今观其文章，宽厚宏博，充乎天地之间，称其气之小大。太史公行天下，周览四海名山大川，与燕、赵间豪俊交游，故其文疏荡，颇有奇气。此二子者，岂尝执笔学为如此之文哉？其气充乎其中而溢乎其貌，动乎其言而见乎其文，而不自知也。

辙生十有九年矣。其居家所与游者，不过其邻里乡党之人，所见不过数百里之间，无高山大野可登览以自广；百氏之书虽无所不读，然皆古人之陈迹，不足以激发其志气。恐遂汩没，故决然舍去，求天下奇闻壮观，以知天地之广大。过秦、汉之故都，恣观终南、嵩、华之高，北顾黄河之奔流，慨然想见古之豪杰。至京师，仰观天子宫阙之壮，与仓廪府库、城池苑囿之富且大也，而后知天下之巨丽。见翰林欧阳公，听其议论之宏辩，观其容貌之秀伟，与其门人贤士大夫游，而后知天下之文章聚乎此也。

太尉以才略冠天下，天下之所恃以无忧，四夷之所惮以不敢发，入则周公、召公，出则方叔、召虎，而辙也未之见焉。且夫人之学也，不志其大，虽多而何为？辙之来也，于山见终南、嵩、华之高，于水见黄河之大且深，于人见欧阳公，而犹以为未见太尉也。故愿得观贤人之光耀，闻一言以自壮，然后可以尽天下之大观而无憾者矣。

辙年少，未能通习吏事。向之来，非有取于斗升之禄，偶然得之，非其所乐。然幸得赐归待选，使得优游数年之间，将归益治其文。且学为政。太尉苟以为可教而辱教之，又幸矣！

【赏析】这篇文章是苏辙在宋仁宗嘉祐二年（1057年）所写的。韩太尉，即韩琦，当时任枢密使，掌管军事大权。苏辙时年十九岁，刚刚得中进士。作为一个年轻人、新科进士，想要拜见位高权重的宰相，难度可想而知。如何能让韩琦赏识，同时又能够展现自己的才华且不卑微呢？苏辙这封书信显示了自己高超的写作技巧和政治见识，且不卑不亢。

开篇苏辙没有先表示求见之意，而是从写文章谈起。首先介绍，自己从小就喜欢写文章，对于作文的道理也进行了深入思考。苏辙把写文章与"养气"结合起来，指出文章的形式是"气"的外在表现，很难通过学习来使文章的形式达到更高层次，但"气"却可以通过培养而获得。"以为文者，气之所形，然文不可以学而能，气可以养而致。"正如孟子所说："吾善养吾浩然之气。"所以孟子的文章中充盈着这种气，在形式上则显得"宽厚宏博"，甚至充满了天地之间。而太史公司马迁则是靠自己的游历来开阔眼界，提升写作水平。他行遍天下，游历了名山大川，结交了很多英豪之士，所以他的文章呈现出与众不同的风格。孟子和司马迁都是将自己内在的"气"表现于文章之中，但自己却没有察觉。

苏辙接着说，自己在家乡的时候，交游的范围非常有限，眼界也没能得到拓宽。虽然也读了诸子百家的著作，但都是古人记述的陈迹，不足以抒发自己内心的真实情感。所以才下决心走出家门，去漫游全国，见识天下的广阔，并叙述了自己游历所见，秦汉古都、终南山、嵩山、华山、黄河等，都让自己眼界大开。到了都城开封，看到雄伟壮丽的宫殿等，才知道天下的富贵广大。在开封还有幸拜谒了天下文宗欧阳修，听到了他的宏词博论，并结识了很多士大夫、文人，这才知道天下的好文章都在这里。

接下来苏辙才切入正题，说到为什么要给韩琦写这封信。首先夸奖韩琦雄才大略，甚至全天下都倚靠着他，连边境的少数民族都不敢来进犯大宋了。接下来苏辙用了周公、召公、方叔、召虎几个人来夸奖韩琦，这四个人都是周朝有名的宰相和将军，他用这些人来形容韩琦对国家的重大贡献。此处有阿谀之嫌，但作为一个后生晚辈，面对执宰之臣，用些恭维的语言也无可厚非。苏辙接着陈述，自己已经游览了名山大川，又拜见了欧阳修，获得了极大的眼界提升。如今最遗憾的就是还没见到韩琦，所以希望能够有机会拜见。

苏辙接着谦虚地表示，自己少不更事，并没有奢望得官，却意外地中举了。还有等待铨选的几年时间，自己一定要加倍努力学习，同时为将来的从政做好准备。最后再次表达了想要拜见韩琦的愿望。

虽然这封书信是写给尊长的，有些惯用的恭维套路，但苏辙巧妙地将自己的才学和志向融入其中。从文学理论上的"文"与"气"之关系谈起，兼及自己的平生志愿，进而提出想要拜见韩琦的愿望。全文结构曲折，语言晓畅，充分显露出年轻的苏辙在文章方面的才华和在文学、政治方面的理想。

（四）再论六国事，纵览天下势：《六国论》

愚读六国世家，窃怪天下之诸侯，以五倍之地，十倍之众，发愤西向，以攻山西千里之秦，而不免于灭亡，常为之深思远虑，以为必有可以自安之计，盖未尝不咎其当时之士虑患之疏而见利之浅，且不知天下之势也。

夫秦之所与诸侯争天下者，不在齐、楚、燕、赵也，而在韩、魏。秦之有韩、魏，譬如人之有腹心之疾也。韩、魏塞秦之冲，而蔽山东之诸侯，故夫天下之所重者，莫如韩、魏也。昔者范雎用于秦而收韩，商鞅用于秦而收魏；昭王未得韩、魏之心，而出兵以攻齐之刚寿，而范雎以为忧。然则秦之所忌者，可以见矣。秦之用兵于燕、赵，秦之危事也。越韩过魏而攻人之国都，燕、赵拒之于前，而韩、魏乘之于后，此危道也。而秦之攻燕、赵，未尝有韩、魏之忧，则韩、魏之附秦故也。夫韩、魏诸侯之障，而使秦人得出入于其间，此岂知天下之势邪？委区区之韩、魏，以当强虎狼之秦，彼安得不折而入于秦哉？韩、魏折而入于秦，然后秦人得通其兵于东诸侯，而使天下遍受其祸。

夫韩、魏不能独当秦，而天下之诸侯借之以蔽其西，故莫如厚韩亲魏以摈秦。秦人不敢逾韩、魏以窥齐、楚、燕、赵之国，而齐、楚、燕、赵之国因得以自安于其间矣。以四无事之国，佐当寇之韩、魏，使韩、魏无东顾之忧，而为天下出身以当秦兵。以二国委秦，而四国休息于内，以阴助其急，若此，可以应夫无穷，彼秦者将何为哉？不知出此，而乃贪疆场尺寸之利，背盟败约，以自相屠灭，秦兵未出，而天下诸侯已自困矣。至使秦人得乘其隙，以取其国，可不悲哉！

【赏析】这篇文章是苏辙在宋仁宗嘉祐五年（1060年）所作，是他为应制考试所作的五十篇策论之一，也是他进献给当时的参知政事曾公亮的十二篇历史论之一。

苏辙在文章中，首先对秦灭六国的事情进行深入分析，指出六国从军力、领土等方面都占优势，但却最后为秦所灭。"当时之士虑患之疏而见利之浅，且不知天下之势也。"认为是六国统治者目光过于短浅，只注重眼前小利，没能看到当时天下之"势"。

苏辙认为，秦和六国争夺最关键的地方，不是齐、楚、燕、赵几国，而是韩、魏两国。因为这两国地理位置最为重要，是秦国东向的必经之地，像屏障一样保护着山东的诸侯国。"秦之有韩、魏，譬如人之有腹心之疾也。"明确指出韩、魏才是秦国统一天下的最大障碍，是心腹大患。苏辙又举了当年范雎、商鞅收服韩、魏的例子，来说明这两国对于秦国的重要性。如果其他四国都能认识到这点，那么对秦采取的策略应该就不一样了，即一定要保护好这两国，让其在对抗秦的第一线上，不会轻易被秦灭掉。

四国却没有能正确认识到这种"势"，不能很好地帮助韩、魏两国，让秦国轻易地灭掉两国。这样其他四国均暴露在强秦面前。所以当时正确的策略是，应该保护韩、魏，这两国得到四国的支持后，自然也会奋勇抵抗秦国。其他四国可以借机休养生息，积蓄力量，支持韩、魏。这样的话，"秦人不敢逾韩、魏以窥齐、楚、燕、赵之国，而齐、楚、燕、赵之国因得以自安于其间矣"。秦国不能灭了韩、魏，而齐、楚、燕、赵四国也得以保全，抗秦就会取得成功。但可惜的是，其他四国贪图小利，背信弃义，撕毁盟约，甚至六国之间互相残杀。秦兵还未进攻，六国已经内乱，岂能不被秦所灭？

苏辙和苏洵都写过六国论，俱为名篇。秦灭六国，引起了无数学者的思考，他们对于个中利弊，都发表了自己的看法。苏洵认为六国灭亡的原因是"非兵不利，战不善，弊在赂秦"，而苏辙认为是六国之间没能认清天下之"势"，致使战略上出现问题，最终导致失败。苏辙的文章也是针对北宋当时的局势有感而发，议论深刻，视野较广，体现出苏辙较高的政治见解。

（五）渊明诗篇隽，兄弟情义深:《子瞻〈和陶渊明诗集〉引》

> 东坡先生谪居儋耳，置家罗浮之下，独与幼子过负担渡海。茸茅竹而居之。日啖蓣芋，而华屋玉食之念不存于

胸中。平生无所嗜好，以图史为园囿，文章为鼓吹，至此亦皆罢去。独喜为诗，精深华妙，不见老人衰惫之气。是时，辙亦迁海康，书来告曰："古之诗人有拟古之作矣，未有追和古人者也。追和古人，则始于东坡。吾于诗人，无所甚好，独好渊明之诗。渊明作诗不多，然其诗质而实绮，癯而实腴，自曹、刘、鲍、谢、李、杜诸人皆莫及也。吾前后和其诗凡百数十篇，至其得意，自谓不甚愧渊明。今将集而并录之，以遗后之君子，子为我志之。然吾于渊明，岂独好其诗也哉？如其为人，实有感焉。渊明临终疏告俨等：'吾少而穷苦，每以家贫，东西游走，性刚才拙，与物多忤，自量为己，必贻俗患，黾勉辞世，使汝等幼而饥寒。'渊明此语，盖实录也。吾今真有此病，而不早自知。半生出仕，以犯世患，此所以深服渊明，欲以晚节师范其万一也。"嗟夫！渊明不肯为五斗米一束带见乡里小人，而子瞻出仕三十余年，为狱吏所折困，终不能悛，以陷于大难，乃欲以桑榆之末景，自托于渊明，其谁肯信之？虽然，子瞻之仕，其出入进退犹可考也。后之君子其必有以处之矣。孔子曰："述而不作，信而好古，窃比于我老彭。"孟子曰："曾子、子思同道。"区区之迹，盖未足以论士也。

辙少而无师，子瞻既冠而学成，先君命辙师焉。子瞻常称辙诗有古人之风，自以为不若也。然自其斥居东坡，其学日进，沛然如川之方至，其诗比杜子美、李太白为有余，遂与渊明比。辙虽驰骤从之，常出其后，其和渊明，辙继之者亦一二焉。绍圣四年十二月十九日，海康城南东斋引。

【赏析】这篇文章写于绍圣四年十二月十九日。当时苏辙被贬到广东雷州，而苏轼已经被贬到了称作"海角天涯"的海南儋州。苏轼晚年的心境发生了巨大变化，在海南时，生活异常艰苦，他的健康状况也不容乐观。在这样的逆境中，苏轼歆慕陶渊明，对陶诗情有独钟，写作了大量的"和陶诗"，并结编成集。苏辙这篇文章就是给苏轼的《和陶渊明诗集》所作的引言。

　　苏辙在文中记载了苏轼的生活和《和陶渊明诗集》的来由。苏轼从广东惠州被贬到海南儋州后，将全家留在了广东，自己带着小儿子苏过渡海，在儋州生活。当时的条件非常艰苦，每天只能靠野菜、芋头等充饥度日。苏轼此时虽然没有了优裕的物质生活，但是精神生活却非常丰富。"独喜为诗，精深华妙，不见老人衰惫之气。"还能够写诗来抒发自己的情怀，丝毫没有老年人的衰老疲惫之态。

　　苏轼给弟弟苏辙写信，陈述自己写"和陶诗"的缘由：古代诗人有拟古的作品，但是没有追和古人的作品。所以苏东坡就开始写追和古人的诗作了。而他只喜好陶渊明的诗作，原因是什么呢？陶渊明的作品在东晋时期，并未获得太高评价。但苏轼认为，陶渊明作诗不多，但"其诗质而实绮，癯而实腴"，即陶诗外在形式质朴而内涵丰富，看起来清癯，实际上很丰腴。所以苏轼认为，魏晋以来的大诗人们如曹植、刘桢、鲍照、谢灵运、李白、杜甫等，都不及陶渊明。这是对陶诗极高的评价，甚至可以说是奠定了陶渊明在中国文学史上崇高地位的评价。苏轼说，自己写的"和陶诗"有一百多篇了，甚至已经很接近陶诗的水准了。苏轼还号召苏门弟子和苏辙等都来写和陶诗。并且苏轼自陈，喜欢陶诗的原因是歆慕陶渊明的为人，"如其为人，实有感焉"。陶渊明曾给孩子们留下遗书说，自己年轻的时候，家里很穷，为了生存而四处奔波，而自己性格刚直，不能够随波逐流，所以才远离仕途隐居起来，以至于让孩子们跟着挨饿受冻。苏轼认为自己同陶渊明一样，是不能够与世俗相容的，所以才有此灾祸发生。因此自己晚年追慕陶渊明的精神世界。

苏辙接到哥哥的信后感慨道，陶渊明生性高洁，"不肯为五斗米一束带见乡里小人"，而哥哥苏轼也是如此，出仕三十多年来，孤傲倔强的品性不改，才遭此祸难。苏辙又引用了孔子和孟子的话，来说明在精神层面上，可以寻求同古人的相同之处。

苏辙回想起自己小时候，跟着哥哥苏轼学习的情景，并说苏轼经常称赞他的诗歌有古人的风貌，甚至已经超过了哥哥。苏轼被贬黄州后，取号"东坡居士"，他的思想和学问有了巨大变化，突飞猛进，"沛然如川之方至"，就如同大河奔流一般不可阻挡。苏轼的诗歌水平已经超过了李白、杜甫，向上直追陶渊明。苏辙认为哥哥已经远远把自己甩在了后面，并说自己也写了一些"和陶诗"，大约相当于苏轼所写的十分之一二。

苏辙这篇引言，详细叙述了苏轼大量创作和陶诗的缘由，并记录了哥哥对陶诗的评价。"质而实绮，癯而实腴"是陶诗的显著特点，是陶渊明在中国文学史上占据重要地位的原因。苏轼对陶渊明的精神世界非常向往，加之两个人的生活环境也有相似之处，因此作和陶诗。这些和陶诗也成为中国文学史上独具特色的诗篇。

改法寶相文章手

一 锐意改革的"拗相公"

（一）年少聪慧，加冠及第

王安石是北宋著名的思想家、政治家、文学家、改革家，也一直是一个颇具争议性的人物。该如何评价王安石，自北宋以来，文人政客一直争论不休，有的观点甚至是截然对立的。被称为"拗相公"的王安石极有个性，他的一生也充满了传奇色彩，"性格决定命运"这句话，对于他来说，是非常准确的。

王安石（1021—1086年），字介甫，号半山，出生在江西临川。他家中世代为官，几辈人虽然官职都不是很高，却是通过个人的努力改变了自己的社会地位，这正是北宋文人的幸运之处。大的士族门阀几乎已不存在，帝王重视文人，给予普通百姓平等竞争的机会。不论家庭富贵还是贫贱，在考试面前人人平等。而考中进士，就能获得荣耀和光明的前途。

王安石的父亲叫王益，二十二岁时考中了进士，任临川军的判官。王益虽然官职不高，却以天下为己任。王安石的母亲吴氏也擅长诗书，能作小词，尽心教导十个孩子读书，数年之后不但男孩多受裨益，女孩也知书达礼。

王家这一辈孩子多，家眷随王益迁徙各地，而王益又体恤百姓，常常用自己的工资救济穷苦人。好在北宋文人的待遇很不错，家中虽算不上富足，也不算太贫穷，王安石的年少生活悠然自在。王家在临川的盐步岭有宅子，周围山水环绕，风物优美，是个可以游玩也可以读书的地方。跟随父亲宦旅辗转四川、江宁等地，则让少年人开阔了眼界。王安石尤其喜欢江宁，这里是历史上著名的都城，名胜古迹非常多，文化、经济也都很发达，他的学问进步飞快。据说王安石本就有过目不忘、动笔如飞的天资。渐渐成熟后，更慢慢抛却了游山玩水的心思，对自己的未来、对身为读书人肩负的责任有了深刻的认识，从此立下宏伟志向。

年少时光里，王安石还结识了一位同道，就是曾巩，这也是一位典型的儒生。两人在文学上都有自己的独到看法，且已经有了一定的创作成就，于是一见如故，互相钦佩。后来，也是曾巩把王安石的诗文拿给欧阳修看，帮他博得欧阳修的青睐。

父亲去世之后，王安石回到临川，更加发奋读书，于1041年春天，进京参加科举。刚刚弱冠的王安石很有信心，从容交卷，出了考场他还暗自深思：朝廷科考将诗赋看得过重，这实在不是一个好现象。诗文写得好就能当好官吗？这不应该啊，得有经世致用的才华才对。后来王安石当了宰相，在推行变法的时候，有一项措施，就是改变科举考试中的考试科目，把诗赋去掉了，改考策论。

1042年三月，仁宗皇帝经过殿试，录取了八百三十九人，其中进士四百多人。在这些同科进士中，有三个人在以后的北宋朝廷中当过宰相，他们是王珪、韩绛和王安石。同榜当中能出三个宰相，可见这科的才子能人是很多的，时人称之为"二甲出三相"。

但是就像欧阳修一样，信心满满却拿不到第一，王安石只得了第四，因为他在试卷中表现出了比较激进的政治观点。王安石性格执拗，此时就已经开始对他的命运造成影响了。所谓"拗相公"，"拗"的意思是爱抬杠。王安石学术上爱抬杠，政治上也爱抬杠，和苏洵、苏轼、司马光等人四处抬杠，所以他跟很多人关系都不好。王安石的政治情商也不高，当时欧阳修的名气那么大，又表达出了对他的赏识，他并没有多去走动。后来去往各地做地方官，王安石也不愿意和大家打成一片，懒得去推杯换盏，作些闲雅绮丽的诗词。

（二）外任地方，造福百姓

王安石考取功名以后，于 1047 年出任鄞县（今属浙江省宁波市）知县。知县是正七品的官职，虽然管辖范围小一些，但已经可以使他主政一方。这时他治国理政的思想初步形成，于是就在这里，进行了后来变法的初步社会实践，"青苗法"的雏形即于此时诞生。王安石做知县，确实很有政绩，无论救灾还是兴办教育都取得了一定成就。这样，地方官任满之后，他就可以升为京官。

本来北宋官员都很重视京官，能回到京城来，对任何一个官员都是大好事，即使级别有所降低，也是暗降实升。但是王安石却不满意让他进京当秘书，他坚决要当地方官。朝廷只好又派他到苏州当了通判，相当于现在的市长助理。即使只做个副手，对他而言也好过在朝廷任清职。

后来很多人看不下去，纷纷给他建议，毕竟在京城做官，慢慢等待，是能有机会为国家做出更大贡献的。这个道理王安石也并非不明白，于是他终于同意回到京城任群牧判官。这是一个普通的文职，但同僚不普通，顶头上司是包拯包青天。同僚当中有韩维、吴充、司马光等人，这些人在北宋政治史上都很有名。即使是这样，王安石待了一段时间，还是觉得京官不比地方官。不久，他又寻求外任，先后到了常州、饶州等地。从二十二岁登进士科后，王安石在地方已经任职达十七年之久。

1059 年，王安石被召还朝，任三司度支判官。这时他的政治思想已慢慢成熟，地方官时期的实践经历，与入朝后更高远的视角相结合，真正形成了体系。于是趁着仁宗召见，王安石呈上了一篇著名的奏章《上仁宗皇帝言事书》，简称《万言书》。这份奏章发自肺腑，饱含了一位青年革除国家弊政的期冀和热情，初步表露了王安石对国家改革的一些看法。仁宗看了之后对他的真知灼见大为赏识，虽然没有急于开展改革，但总算让王安石甘心留在京城了。

王安石执拗的性格，也在此时越来越明显，他尤其喜欢做翻案文章。据说因为王昭君没有贿赂画师毛延寿，所以画师有意把王昭君画得很丑。而汉元帝呢，凭画像选妃，也一直没有见到王昭君本人。后来匈奴要求和亲，王昭君在后宫没有出人头地的机会，就要求出使匈奴和亲。临走的时候，汉元帝才见了昭君一面，目睹了她的美貌，于是想把昭君留下，却为时已晚反悔不得，一气之下就杀掉了画师毛延寿。历史上确实有毛延寿这个画工，但他没做过这件事，乃是后世误传，他背了上千年的黑锅。

根据这件事，王安石写了两首翻案的诗歌，即《明妃曲二首》。

其一："明妃初出汉宫时，泪湿春风鬓脚垂。低徊顾影无颜色，尚得君王不自持。"王昭君很伤感，没怎么梳洗打扮，就已经美得让汉元帝坐不住了。"归来却怪丹青手，入眼平生几曾有。意态由来画不成，当时枉杀毛延寿。"回来皇帝就怪毛延寿，怎么画得那么不像？后人也多指责毛延寿，但是王安石想得不一样，他认为王昭君天生丽质，没有谁能真正客观描述出来，毛延寿只是没画好而已，不能怪他。"一去心知更不归，可怜着尽汉宫衣。"昭君知道这一去怕是回不来了，便把所有的好东西都带上。"寄声欲问塞南事，只有年年鸿雁飞。"到了北国之后，能够沟通南北的只有年年来去的鸿雁了。"家人万里传消息，好在毡城莫相忆。"家人传信让她不要想家。"君不见咫尺长门闭阿娇，人生失意无南北。"①人生有太多不如意，无论在北在南，匈奴也好，汉朝也罢，都有可能失宠，去哪又有什么关系呢？阿娇就是汉武帝的皇后，后来被废，这里用的是金屋藏娇的典故。汉武帝刘彻五岁时，他的姑姑馆陶长公主指着自己的女儿问他想不想娶。汉武帝说好，娶了阿娇之后，造了一个金房子给她住，这就是"金屋藏娇"的故事。刘彻后来果然当了皇帝，但是阿娇失宠了，备受冷落，故事并没有完满的结局。

　　其二："明妃初嫁与胡儿，毡车百两皆胡姬。含情欲语独无处，传与琵琶心自知。黄金捍拨春风手，弹看飞鸿劝胡酒。汉宫侍女暗垂泪，沙上行人却回首。汉恩自浅胡自深，人生乐在相知心。可怜青冢已芜没，尚有哀弦留至今。"前面写王昭君出塞时的情形，她坐着毡车，两边服侍的都是匈奴的丫鬟。最重要的两句是"汉恩自浅胡自深，人生乐在相知心。"王安石说昭君不应该觉得苦，而是很高兴，汉家的皇帝对她没什么恩情，匈奴的恩情却很深。"人生乐在相知心"，有人赏识，有人在乎，何必在意是在哪生活呢？大家一直都认为王昭君是悲伤的，舍

---

① （宋）王安石：《临川先生文集》，中华书局，1959。本书所引王安石诗词均出自该本，以下不再一一标注。

不得汉元帝，到匈奴那里也是吃苦，王安石却觉得昭君应该是高兴的，所以"拗相公"的特点在文学作品中表现得也很明显。也有人认为诗中后两句不是王安石笔下昭君的想法，即使如此，王安石这两首诗也是别出心裁的。

（三）担当重任，居丧讲学

1060 年十二月，王安石被任命为宋仁宗的起居注。起居注负责记录皇帝生活、工作的事情，属于皇帝的近臣。同时授官的还有司马光，这两个人一听，反应倒是很一致，都表示自己读书做官这么多年，可不是为了当秘书。于是两个人都推辞，王安石先推辞，司马光听说之后，也推辞。先后推辞了七八次，最后王安石还是没有推辞掉，司马光一听说王安石接受了官职，他就也同意了。

王安石只当了六个月的起居注，仁宗皇帝便任命他为知制诰，起草文书、诰命等。后来皇帝又让王安石参与主持礼部考试。王安石绝不会辜负自己特立独行的个性，评卷的时候众考官果然发生了争执。当时礼部考试分五等，一二等从来没有人考入，是虚设的，第三等就是最高了。苏轼是北宋历史上第二个考入第三等的，司马光认为苏辙也应该列入第三等，但大家不同意，最反对的就是王安石。别人都说哥哥弟弟同时列入第三等不合适，王安石态度则相当坚决，他对"三苏"成名一直很看不惯，直接表示，如果自己是主考官，这哥俩儿根本考不上。司马光没拗过王安石，苏辙只好被列入了第四等。但不管是几等，都应该给他写一个判词，王安石连判词都不写。除此之外，王安石还看不上苏洵的文章，两个人的仇也就此结下了。

后来母亲去世，王安石辞官守孝，很多同僚名士都来吊唁，苏洵不来，不但不来，据说他还写了一篇《辨奸论》痛骂王安石。这篇文章说王安石不注意个人卫生，整天绷着脸，不是像刚从监狱出来，就是像他们家死了人，话说得很重。后世的学者反复考证，还未断定这文章是不是苏洵写的，如果真是他写的，苏洵这个事做得确实不地道，难怪王安石更生气了。王安石对苏轼和苏辙也很生气，爱屋及乌，恨屋同样及乌，何况后来在变法问题上，苏轼和苏辙也和王安石意见相左。

这次居丧，王安石有了大量的闲暇时间，在江宁的主要活动就是讲学著述。他做官之后，也没有放下学问一道，初任扬州通判就彻夜苦读，多年来勤学不辍，渐渐成为一代通儒。回乡省亲时，即撰写了意旨深刻的《伤仲永》。这篇文章是说，王安石十二岁时，在舅舅家见过一个叫方仲永的小孩，这个孩子才五六岁，诗就写得不错，让王安石很惊讶。然而再次回乡时，王安石却发现这个孩子因为其父教导无方，只知炫耀而不加以培养，已经"泯然众人矣"。所以，王安石早就深刻地认识到，人才需要培养，且要因材施教，此时他也授徒讲学。因为讲得好，深受学子们的爱戴。除此之外，游览胜景，怀古思今，也是他的一大爱好。其名作《桂枝香·金陵怀古》是一首咏史词。"六朝旧事随流水，但寒烟芳草凝绿。至今商女，时时犹歌后庭遗曲。"道尽悠悠兴亡，眼界高旷，而感慨深长。

（四）意气风发，熙宁变法

不久，仁宗去世了，英宗在位的时间也不长，1067年，宋神宗即位，这位皇帝很有抱负，一直想着励精图治。神宗早就听说王安石很有想法，次年就召见了他。王安石遇到赏识自己的君主，也非常高兴。他本来就给仁宗上了一篇《万言书》，此时又给神宗写了一篇奏章《本朝百年无事札子》，把北宋近百年来的一些政治情况进行了一番梳理。神宗皇帝看了之后大加赞赏，决定支持王安石进行变法，于是任命他为右谏议大夫、参知政事。参知政事就是副宰相。这时，司马光看清了形势，只好申请外任，后来又至少有二十人相继离开了政治中心。

走了更好，王安石当时只做此想。

1069 年二月，王安石开始大刀阔斧推行变法。宋神宗对他非常倚重，几乎是言听计从，君臣二人常常为一条政策商讨至夜深。王安石是个有魄力的人，他的"三不足"口号斩钉截铁："祖宗不足法，人言不足恤，天变不足畏。"王安石自己是不承认说过这三句话的，但在改革的整个过程中，他却坚守着这个信念，一往无前。

祖宗不足法：祖宗留下来的规章制度也应该取其适合时代处，历史不是一成不变的，不适合的就应该改变。

人言不足恤：如果在乎别人说的话永远不能成大事，不必在意别人如何评价自己。

天变不足畏：古代人们应对天灾的方法有限，这些灾害即使是尧舜之时也避免不了，与改革无关，朝廷所要做的是修人事以应对。

变法的主要内容包含对内、对外两方面。

对内政策的核心思想就是富国。当时朝廷的银钱很不够用，一派人主张节流，而王安石主张开源。他要求国家必须能控制经济，于是推行了很多相应的改革措施，连续制定"青苗法""农田水利法""免役法""市易法""方田均税法"等法令。同时，为了国家安定，还要加强武装力量，于是制定"保甲法"。

对外，王安石主张宋朝不能总是处于守势，对辽和西夏要敢于"亮剑"。不打仗，除了国家每年要支付巨额赔款，百姓也过得很艰难。边境河边的人都不敢到河上打鱼，害怕一不小心过界，会引起两方的争端。所以不能一味求和，没被打死先被吓死。

（五）用人不察，事与愿违

王安石变法的初衷是好的，但既然要开源，就要增加税收，那么必然与民争利，对百姓和地主阶层都造成了利益损害。措施一推行，立刻遭到了很多人的极力反对。比如，"方田均税法"要求大地主把土地都拿出来重新丈量，于是大地主不满意；而农民呢，原本只是按收成的百分比交粮食给国家，现在夏天还要交钱，丰年还好，一旦歉收，农民的负担就更重，只能卖牛卖马、卖儿卖女。牛马卖了，第二年耕种的时候就没有大劳力了。王安石接下来还有措施，就是"青苗法"，即国家贷款。这项贷款利息在百分之二十以上，且一年可以贷款四次。并且法律条款过于粗疏，没有规定哪些人可贷，哪些人不可贷。有些人家里很有钱还要来贷款，然后挥霍。对真正的穷人来说，利息很高，很可能就还不上，国家反而遭受损失。且王安石不但用人不疑，而且不查。政见不合的清廉官员都被迫外任了，王安石手头没人，于是任用自己的亲戚、学生，其中有很多人品德低下，欺压百姓，中饱私囊。地方官员有更过分者，先扣下巨额钱款，再强行摊派份额，强制贷款，压得穷人喘不过气来。

相关的弹劾越来越多，这时一个叫郑侠的皇宫门吏，把新政实行后老百姓流离失所的惨状画成了《流民图》，交到神宗手里。神宗本来就承受着前朝后宫的各种压力，一看变法使自己的子民这么苦，坚持不见得有价值，态度越发摇摆，最终废除了一部分新政。

皇帝态度转变，政敌攻击不断，王安石在 1074 年被迫罢相。此时韩绛为相，王安石以前的副手吕惠卿做副宰相。按理说王安石被罢免了，吕惠卿还在，这是一件好事。但吕惠卿的品格极其低劣，排挤自己的领导韩绛，还诋毁王安石。韩绛斗不过吕惠卿，没办法，只好求神宗把王安石请回来。大约神宗也看不惯吕氏，答应得很爽快。

1075 年二月，王安石再次拜相，吕惠卿调为陈州知州。然而，外部的攻击更加猛烈。改革派内部，小人们的险恶嘴脸慢慢显露，不少王安石原来的拥护者，为了一己私欲，也开始明里暗里中伤他。团体的裂缝已经不可弥补，之前赶走了那些正直清廉的官员，王安石早已无人可用。气势恢宏的改革之音，转调之后越发艰涩，慢慢沉寂下去，已接近尾声。王安石意识到，新法很难继续推行下去了。他作于此时的《泊船瓜洲》历来以推敲字句闻名，实际上却隐含心曲："京口瓜洲一水间，钟山只隔数重山。春风自绿江南岸，明月何时照我还。"王安石觉得身心俱疲，对世事更加倦怠，萌生归隐之志。

（六）尘埃落定，归隐问禅

这个无味的宰相当了不到一年，王安石就坚决辞官，遂于 1076 年再次罢相。他满怀富民强国的抱负扬鞭策马而来，却带着身衰子亡的痛苦和绝望踟蹰离去。大半生恍如一梦，回到江宁，王安石却仿佛找回了年少时悠游山水的雅趣。与那时的懵懂不同，这是一种历尽沧桑起落之后的平静。他也有闻听新法尽废时的感慨怅然，也偶作诗篇出孤高之语。但一切，已真正尘埃落定。

王安石一生笃信佛学，佛法在此时给他慰藉，他也越发追求超然出世的境界。他的半山园已经很简朴，全不似退居宰相居所应有的富丽堂皇，而后移居的秦淮小屋，更是个只能容身的简单房舍。家业大半都捐出去了，两袖清风的王安石常常骑一头小毛驴，带着童子四处踏青。他的生活简单至极，连诗歌风格都归于淡雅清丽，唯一不变的是治学之功。

1084 年，苏轼离开黄州赴汝州任职，途中来到江宁府，逗留数日，拜访王安石。二人在北宋党争中也是代表性人物，一个激进改革，一个反对新法，在文学上时有争论，好强争胜，也做了半辈子的对手。此时，王安石六十四岁，苏轼四十九岁，同样历经沧桑，对于过往的争斗，也都不放在心上了。于是他们不论政事，只是喝酒作诗，谈论佛道，彼此深深为对方的才华和风度折服，竟结为挚友。他们的对立，除了文人间的意气之争，大多纯粹出于公心，苏轼陷入"乌台诗案"时，王安石身为对立一派，却主动为苏轼求情，二人晚年言归于好并不奇怪。从更高的角度来看，能为针锋麦芒者，恰恰都是同类。

1086 年四月，王安石去世，终年六十六岁，谥号曰"文"，得以配享神宗宗庙。牌位可以摆在神宗皇帝陵庙的旁边，这是很高的待遇。后来，宋徽宗又把王安石追封为舒王。但是到了南宋，先是宋高宗剥夺王安石的王爵，接着很多人也把北宋灭亡的罪责推到了王安石身上。及至史官刀笔，不论是《神宗实录》，还是《四朝国史》，再到《宋史》，对王安石的记载一直有很大出入。南宋著名的理学家们，元明时期的大学问家们，清代的王夫之、顾炎武、全祖望、龚自珍等，这些在中国思想史上鼎鼎有名的人，都评价过王安石变法，捧入云端又或贬入淤泥皆不嫌夸张。纷扰从王安石生前开始，一直延续到身后，及至后世，或许将永无定论。

王安石变法过程中，的确出现了相当多的失误，不能加以隐晦，但王安石的改革政策有一些从长远来看，也产生了正面效果。王安石的变法失败，原因有很多，除了他个人性格执拗，用人不当之外，也因支持者心志不坚定，反对者力量太强，甚至连王安石自己的亲弟弟，都不看好变法。政令是理想化的东西，理想和现实毕竟有差距，给国家带来的不良影响不能完全归咎于他。抛开这些功过是非之后，目光回归于王安石本人，值得我们欣赏的，当是他身为名臣一心为国的无私精神，作为学者严谨治学的认真态度，以及身为改革家无所畏惧的过人胆识。

除了改革之外，王安石还主持修撰了《三经新义》，体现了儒者经世致用的思想。熙河之役，任用王韶而使北宋大获全胜，也是王安石政治生涯中的一大亮点。

（七）成大事者，不拘小节

前文中提到，王安石的个性对他的命运乃至他主持的改革都造成了巨大影响，这种执拗的性格也让他留下了很多逸闻趣事。朱熹《三朝名臣言行录》中的《王安石荆国文公》，只记载王安石的言行三十六条，传到后世就增加到一百多条。明代冯梦龙《警世通言》当中的一篇《拗相公饮恨半山堂》，是说王安石变法失败了，告老还乡的途中所见都是百姓对变法的不满和怨恨。文章中说："因他性子执拗，主意一定，佛菩萨也劝他不转，人皆呼为拗相公。"[1]菩萨都劝不回来他，所以称为"拗相公"。

① （明）冯梦龙：《警世通言》，人民文学出版社，1956，第40页。

据说王安石比较邋遢，平时也不注意个人卫生，身上有很多虱子。有一次上朝的时候，他的胡子里有一只虱子爬了出来。大家都笑话他，王安石自己也很不好意思，准备掐死这只虱子。大臣们赶紧阻止，还打趣他说：这虱子已经面过圣了，得放在身上好好养着，可不能随意杀死。

王安石做宰相时，有一次他的亲家来到京城，满以为会得到周到的招待，却因为王安石的疏忽，错过了午饭时间，直到下午才吃饭。吃得也很简单，只上了两块胡饼。王安石的亲家不满意，就把饼中间的一小块儿吃了，王安石也不嫌弃，居然把亲家吃剩的部分拿过来吃了，弄得人家很不好意思，赶紧告辞。

他去别人家里吃饭时，也是不拘小节。有一次朋友聚餐，他把自己面前的兔肉都吃了。有人就对他的夫人说，你相公这么爱吃兔肉吗？夫人说，不见得，是因为兔肉离他太近。于是再吃饭的时候，这位友人把兔肉放得远一点，在王安石面前放了一盘鹿肉，王安石果然把鹿肉都吃了。他脑子里想着事情，连吃什么都不在乎了。

王安石还有个习惯，家中入夜要点很多大蜡烛。蜡烛在北宋是比较奢侈的东西，这个时候，他的生活又不简朴了。

类似的记载还有很多。

（八）诗风从容，晚归清丽

王安石是北宋的古文大家，与欧阳修、苏轼等人一样，反对浮靡空洞的文风，与当时极有影响力的西昆体相对抗。王安石的文学成就很突出，他主张文道合一，有补于世，并且身体力行，文章大都颇具实用性，直接针对国家的政治情况有感而发，来为他的变法革新服务。

王安石的散文中，书、表、记、序等文章多具有浓厚的政治色彩，论辩有力而逻辑清晰，以理服人。他还喜欢做翻案文章，选材、立意也往往新颖，出人意料。王安石驾驭语言的能力强，行文简练质朴，不刻意雕琢使之华丽，往往言简意赅，一二句话便敌得过其他人几大段。

王安石写诗同样颇有成就，不妨来看下面这两首小诗。

《登飞来峰》作于王安石鄞县任满回乡之时，他正踌躇满志，用语也颇有气势。"飞来山上千寻塔，闻说鸡鸣见日升。不畏浮云遮望眼，自缘身在最高层。"寻，是长度单位，八尺为一寻，"千寻"是虚指，写塔极高，站得高才能看得远。登塔之后，听着鸡叫看着太阳升起，心情豁然开朗。"不畏浮云遮望眼"，纵使前路未卜，有小人佞臣会诋毁自己，也不在乎。因为那些人站的地方太低，眼界也低。"自缘身在最高层"，王安石认为自己能够站在时代、政治的最高点，看得长远，胸襟也因此开阔。

此诗的前两句境界开阔，而三、四句又转入议论。古人常用浮云蔽日比喻佞臣当道、谗言横行，王安石却早有心理准备，并表示自己绝不害怕，其开阔胸襟与坚定信念可见一斑。同时，这首诗也表露了他个性中的执着，执着于此时是有正面效果的，倘若执着过头，如他后来在改革中的某些所思所做，则另当别论了。

《北陂杏花》是王安石晚年退居江宁时所作，他用这首小诗表明自己的心境，淡然之中自有傲骨。"一陂春水绕花身，花影妖娆各占春。纵被春风吹作雪，绝胜南陌碾成尘。"陂，是池塘边的小洲，或者池塘。此时春意正浓，满池春水围绕盛开的杏花，水与花都明艳动人。诗人又用拟人手法，描写明丽的水光映衬娇柔的花影，各自生出几分多情。三、四句则托物言志，用清丽的词句，明白抒写杏花心迹：宁可被春风吹得漫天飞舞，也好过生在南陌，落在地上被人践踏。

　　王安石一生高洁，晚年幽独，与这年春日的杏花，又是何其相似。当后人为他争论不休，难做定论之时，杏花也早已随水流去，无心听闻。或者，这正是一位改革者应有的气度胸襟。

二 王安石散文赏析

（一）十载不使学，千年伤仲永:《伤仲永》

金溪民方仲永，世隶耕。仲永生五年，未尝识书具，忽啼求之。父异焉，借旁近与之，即书诗四句，并自为其名。其诗以养父母、收族为意，传一乡秀才观之。自是指物作诗立就，其文理皆有可观者。邑人奇之，稍稍宾客其父，或以钱币乞之。父利其然也，日扳仲永环谒于邑人，不使学。

予闻之也久，明道中，从先人还家，于舅家见之，十二三矣。令作诗，不能称前时之闻。又七年，还自扬州，复到舅家，问焉。曰："泯然众人矣。"王子曰："仲永之通悟，受之天也。其受之天也，贤于材人远矣。卒之为众人，则其受于人者不至也。彼其受之天也，如此其贤也，不受之人，且为众人。今夫不受之天，固众人，又不受之人，得为众人而已邪?"

【赏析】王安石这篇文章流传甚广。"仲永"是王安石老家一个小男孩的名字，"伤"是惋惜、叹惋之意。这篇文章从对方仲永的记忆写起，提出了一个教育的重要课题：天分和勤奋的关系。

　　文章开篇先是叙述，在金溪有个叫方仲永的小男孩，家里世代务农。仲永五岁的时候，从未读过书，连文房四宝都没接触过。但有一天突然哭着要，家人很好奇，于是借来笔纸给他，竟然能作出四句诗，还题上自己的名字。这首诗的内容是关于孝敬父母、和睦宗族的。

　　从这个事情来看，具有一定传奇性。首先方仲永五岁之前从未接触过书籍，能否具有作诗的能力值得怀疑。不排除他的语言天赋很高，在听到大人的话或者相关诗作后，能够作出诗句。但如果他从未接触过笔墨纸砚，纵使能作出诗，也不可能写出字来。所以这事是值得怀疑的。唯一解释得通的就是：方仲永读过书，较聪颖，所以很快会作诗了。家人出于炫耀心理，假托他从未读过书，并且外人不知道他读过书而已。

　　文章写方仲永突然展现了自己的文采之后，就被当作天才对待。父亲拉着他四处赶场子，收费写诗，走穴赚钱，却不让方仲永继续上学。

　　王安石也早就听说家乡出了个"神童"，在宋仁宗明道年间回故乡时见过方仲永一次，已经十二三岁了，其作诗的水平与传闻的不符。又过了七年，再次回到故乡，问起方仲永，别人告诉他："泯然众人矣。"已经和普通人一样了。

　　王安石在结尾发表议论，认为方仲永的聪明是上天赋予的，因此才能比普通人高。但是没有继续学习，不能在后天接受良好的教育，所以成了很平庸的人。如果本身就是普通人，又不能坚持学习，最后想成为一个普通人都很难吧？

　　王安石借方仲永的事情，说明了天赋固然重要，但后天的学习更重要，而且需要持续学习，切不可一曝十寒。

（二）非常之观在险远，有志方可识奇缘：《游褒禅山记》

　　褒禅山亦谓之华山，唐浮图慧褒始舍于其址，而卒葬之，以故其后名之曰褒禅。今所谓慧空禅院者，褒之庐冢也。距其院东五里，所谓华山洞者，以其乃华山之阳名之也。距洞百余步有碑仆道，其文漫灭，独其为文犹可识，曰花山。今言"华"如"华实"之"华"者，盖音谬也。其下平旷，有泉侧出，而记游者甚众，所谓前洞也。由山以上五六里，有穴窈然，入之甚寒。问其深，则其好游者不能穷也，谓之后洞。余与四人拥火以入，入之愈深，其进愈难，而其见愈奇。有怠而欲出者，曰："不出，火且尽。"遂与之俱出。盖余所至，比好游者尚不能十一，然视其左右，来而记之者已少。盖其又深，则其至又加少矣。方是时，予之力尚足以入，火尚足以明也。既其出，则或咎其欲出者，而予亦悔其随之，而不得极夫游之乐也。

　　于是予有叹焉。古之人观于天地、山川、草木、虫鱼、鸟兽，往往有得，以其求思之深，而无不在也。夫夷以近，则游者众；险以远，则至者少。而世之奇伟瑰怪非常之观，常在于险远，而人之所罕至焉。故非有志者，不能至也。有志矣，不随以止也，然力不足者，亦不能至也。有志与力而又不随以怠，至于幽暗昏惑，而无物以相之，亦不能至也。然力足以至焉，于人可为讥，而在己为有悔。尽吾志也而不能至者，可以无悔矣，其孰能讥之乎？此予之所得也。余于仆碑，又以悲夫古书之不存，后世之谬其传而莫能名者，何可胜道也哉！此所以学者不可以不深思而慎取之也。

四人者：庐陵萧君圭君玉、长乐王回深父，余弟安国平父、安上纯父。至和元年七月某日，临川王某记。

【赏析】这篇文章作于宋仁宗至和元年（1054 年）。褒禅山，在今安徽省含山县以北。王安石这篇文章属于山水游记，但不是简单地写山水，而是在其中融入了很多人生哲理。一般文章多在记叙中夹杂议论，这篇文章则在描写中兼有议论，因此显得充满了思辨性，增加了文章的厚度。

文章开篇首先点明"褒禅山"名字的由来，原来叫华山，后来因为唐代的和尚慧褒在这里进行佛事活动，圆寂后葬在此处，后人将此山改名"褒禅山"。这是一般山水游记文章常用手法，开篇交代清楚所写对象。接下来详细描写慧褒墓地周边的情景，并兼有考证在其中。作者指出，在华山南面有洞名曰"华山洞"，离此一百多步的地方有石碑倒在路旁，字迹残缺不全，隐约可见"花（huā）山"二字，现在把此山读作"华 (huá) 山"，是把字音读错了。这是因为最初汉字中有"华"字而没有"花"字，当时"华"读音接近"huā"。后来造了"花"字，于是"华"读"huá"，"花"读"huā"。所以王安石认为，此山应该读作"华（huā）山"。而石碑上的"花（huā）山"，是今人根据 huā 音误刻上去的。另外，这里所说的"华山"并不是五岳中的华山。

接下来作者对褒禅山景色进行了详细描写，这也是山水游记中必备的成分。山下平坦开阔，有一个山洞，洞中还有一眼泉水涌出，到这里游览题记的人很多，这里叫作"前洞"。沿着山路向上五六里的地方，还有个"后洞"，这个洞穴没有泉水，非常窈深，里面温度也很低，探寻的人都没有走到尽头。作者和四个人退了出来，发现所走的路程还不及喜欢探险的那些人走的十分之一。但是这个位置题记已经很少了，证明能走到这里的人也不多。退出洞后，作者很懊悔没能穷尽洞穴深处，不能一探究竟。

因此通过亲身体验，作者感慨万千。想到古人认为观察天地、山川、草木、虫鱼、鸟兽等，是因为能够思考得深邃广泛。而时人游览的地方，都在那些平坦的、路途近的地方，危险又路途远的景点，则去的人很少。"而世之奇伟瑰怪非常之观，常在于险远，而人之所罕至焉。故非有志者，不能至也。"而世上那些奇妙雄伟、瑰丽异常的景观，多在危险、偏远的地方，去的人却很少，没有坚强意志的人是不能到达的。作者指出，要实现这些，还是需要很多条件的。比如体力不足的人，是不能够到达的；既有意志又有体力，真正到了更加幽深昏暗之处，如果没有相应充足的备品，恐怕也不能够到达。但是有能力做到而没去做，则会遭到别人的讥笑，自己也会感到懊悔。

作者又感慨"华山"的读音，因为古代石刻文献没有能够保存，后世也没有弄清楚褒禅山名字的由来，以讹传讹，造成了现在的误读。因此作者感慨道"学者不可以不深思而慎取之也"。号召为学的人一定要深入思考，谨慎使用资料。

这篇文章体现出王安石善于发现、思考问题，通过简单的一次游览经历，他既发现了褒禅山名字的变迁及误读，也在游览过程中产生了很多人生感悟。在山水的描摹中增添了哲理思辨的色彩。

（三）居安常思危，稳中亦求变：《本朝百年无事札子》

臣前蒙陛下问及本朝所以享国百年，天下无事之故。臣以浅陋，误承圣问，迫于日暮，不敢久留，语不及悉，遂辞而退。窃惟念圣问及此，天下之福，而臣遂无一言之献，非近臣所以事君之义，故敢昧冒而粗有所陈。

伏惟太祖躬上智独见之明，而周知人物之情伪。指挥付托，必尽其材，变置施设，必当其务。故能驾驭将帅，训齐士卒，外以扞夷狄，内以平中国。于是除苛赋，止虐刑，废强横之藩镇，诛贪残之官吏，躬以简俭为天下先。其于出政发令之间，一以安利元元为事。太宗承之以聪武，真宗守之以谦仁，以至仁宗、英宗，无有逸德。此所以享国百年而天下无事也。仁宗在位，历年最久。臣于时实备从官，施为本末，臣所亲见。尝试为陛下陈其一二，而陛下详择其可，亦足以申鉴于方今。

伏惟仁宗之为君也，仰畏天，俯畏人；宽仁恭俭，出于自然，而忠恕诚悫，终始如一。未尝妄兴一役，未尝妄杀一人。断狱务在生之，而特恶吏之残扰。宁屈己弃财于夷狄，而终不忍加兵。刑平而公，赏重而信。纳用谏官御史，公听并观，而不蔽于偏至之谗。因任众人耳目，拔举疏远，而随之以相坐之法。盖监司之吏，以至州县，无敢暴虐残酷，擅有调发，以伤百姓。自夏人顺服，蛮夷遂无大变，边人父子夫妇，得免于兵死；而中国之人，安逸蕃息，以至今日者，未尝妄兴一役，未尝妄杀一人，断狱务在生之，而特恶吏之残扰，宁屈己弃财于夷狄，而不忍加兵之效也。大臣贵戚，左右近习，莫敢强横犯法，其自重慎或甚于闾巷之人。此刑平而公之效也。募天下骁雄横猾以为兵，几至百万，非有良将以御之，而谋变者辄败；聚天下财物，虽有文籍，委之府史，非有能吏以钩考，而断盗者辄发；凶年饥岁，流者填道，死者相枕，而寇攘者辄得。此赏重而信之效也。大臣贵戚，左右近习，莫能大擅威福，广私货赂，一有奸慝，随辄上闻。贪邪横猾，虽间或见用，未尝得久。此纳用谏官御史，公听并观，而不蔽于偏至之谗之效也。自县令京官以至监司台阁，升擢之任，虽不皆得人，然一时之所谓才士，亦罕蔽塞而不见收举者。此因任众人之耳目，拔举疏远，而随之以相坐之法之效也。升遐之日，天下号恸，如丧考妣。此宽仁恭俭，出于自然，忠恕诚悫，终始如一之效也。

然本朝累世因循末俗之弊，而无亲友群臣之议。人君朝夕与处，不过宦官女子，出而视事，又不过有司之细故，未尝如古大有为之君，与学士大夫讨论先王之法以措之天下也。一切因任自然之理势，而精神之运有所不加，名实之间有所不察。君子非不见贵，然小人亦得厕其间；正论非不见容，然邪说亦有时而用。以诗赋记诵求天下之士，而无学校养成之法；以科名资历叙朝廷之位，而无官司课试之方。监司无检察之人，守将非选择之吏。转徙之亟，既难于考绩；而游谈之众，因得以乱真。交私养望者多得显官，独立营职者或见排沮。故上下偷惰，取容而已，虽有能者在职，亦无以异于庸人。农民坏于徭役，而未尝特见救恤，又不为之设官以修其水土之利。兵士杂于疲老，而未尝申敕训练，又不为之择将，而久其疆场之权。宿卫则聚卒伍无赖之人，而未有以变五代姑息羁縻之俗。宗室则无教训选举之实，而未有以合先王亲疏隆杀之宜。其于理财，大抵无法，故虽俭约而民不富，虽忧勤而国不强。赖非夷狄昌炽之时，又无尧、汤水旱之变，故天下无事，过于百年。虽曰人事，亦天助也。盖累圣相继，仰畏天，俯畏人，宽仁恭俭，忠恕诚悫，此其所以获天助也。伏惟陛下躬上圣之质，承无穷之绪，知天助之不可常恃，知人事之不可怠终，则大有为之时，正在今日。臣不敢辄废将明之义，而苟逃讳忌之诛。伏惟陛下幸赦而留神，则天下之福也。取进止。

【赏析】这篇文章是王安石在宋神宗熙宁元年（1068 年）所作，是针对大宋开国以来百年（960—1068 年）、特别是仁宗在位的四十二年间，政治方面的得失情况。这篇文章是王安石变法的重要依据，向神宗皇帝阐明了变法的必要性和紧迫性。

因为是王安石给神宗写的札子，所以开篇先表示恭维，并谦虚之语。接下来王安石从太祖赵匡胤开国说起，指出太祖能够以自己超群的智慧治理天下，并能使群臣人尽其才，所有的政治、法令等都能切合当时的形势，因此能够有效驾驭将帅、训练士卒，对外对抗强敌，对内平定天下。王安石接着指出，太祖能够废除苛捐杂税，禁止残酷的刑罚，镇压强横的藩镇，诛杀贪官污吏，并能够身体力行提倡节俭，这些都是作为一个圣明君主应该采取的有效管理措施，奠定了大宋强盛发展的基础。在这种形势下，后继的太宗、真宗、仁宗、英宗等皇帝都能够很好地继承下来，"所以享国百年而天下无事也"。

但是百年承平之下，并非没有矛盾存在。王安石指出，仁宗皇帝在位最久，其政治措施等自己都曾亲眼所见，其中的利弊是值得反思的。仁宗是一个仁慈的君主，"宽仁恭俭，出于自然，而忠恕诚悫，终始如一"，出于天性，在政治、军事等方面，都奉行仁慈宽厚的策略，提拔任用官员也都是本着任人唯贤的宗旨，这些都是在大宋开国以来良好发展的基础上更进一步发展的助力。

接下来，王安石直陈大宋开国以来也积聚了一些弊端。皇帝也存在着被蒙蔽的现象，并不能学习上古的圣君，也没有明察现实中存在的问题，造成了在政治、科考、监察、农业、水利、军事、财政等多方面的弊端。"一切因任自然之理势，而精神之运有所不加，名实之间有所不察。"指出皇帝治理国家不应只是被动地依靠天运，使人治的力量不能够在国家中显现出来。文章中用词犀利，指出问题尖锐，分析深入，可谓针砭时弊，大胆深刻。从这些批评中，可以看出王安石对时政的关注，对推行变法的决心。"赖非夷狄昌炽之时，又无尧、汤水旱之变，故天下无事，过于百年。"指出宋建国以来百年无事，是因为没有边界上的激烈战事，也没遇上重大的自然灾害，这里面既有政治清明的结果，也赖得天佑。

但是"无事"并不等于永远无事，很多问题是存在并且发展的。在这种情况下，如果想继续保持承平的局面，那么革除弊端是势在必行的。因此王安石这篇文章欲抑先扬，通过对"百年无事"的情况分析，在肯定成绩的同时，指出存在的问题，并提醒神宗皇帝现在的弊端，以便进行适当的改革。

（四）革新不为己，变法全为民：《答司马谏议书》

某启：昨日蒙教，窃以为与君实游处相好之日久，而议事每不合，所操之术多异故也。虽欲强聒，终必不蒙见察，故略上报，不复一一自辨。重念蒙君实视遇厚，于反复不宜卤莽，故今具道所以，冀君实或见恕也。

盖儒者所重，尤在于名实，名实已明，而天下之理得矣。今君实所以见教者，以为侵官、生事、征利、拒谏，以致天下怨谤也。某则以谓受命于人主，议法度而修之于朝廷，以授之于有司，不为侵官。举先王之政，以兴利除弊，不为生事。为天下理财，不为征利。辟邪说，难任人，不为拒谏。至于怨诽之多，则固前知其如此也。

人习于苟且非一日，士大夫多以不恤国事，同俗自媚于众为善。上乃欲变此，而某不量敌之众寡，欲出力助上以抗之，则众何为而不汹汹然？盘庚之迁，胥怨者民也，非特朝廷士大夫而已。盘庚不为怨者改其度。盖度义而后动，是而不见可悔故也。如君实责我以在位久，未能助上大有为，以膏泽斯民，则某知罪矣。如曰今日当一切不事事，守前所为而已，则非某之所敢知。无由会晤，不任区区向往之至。

【赏析】王安石于宋神宗熙宁二年（1069 年）开始推行变法。变法伊始，就遭到了很多人的反对。司马光当时任翰林学士兼侍读学士、知谏院，"司马谏议"就是指司马光。他强烈反对王安石变法，上书神宗皇帝，要求废除新法。在变法的第二年，司马光给王安石写信，批评其变法措施。这篇文章就是王安石给司马光的回信，针对司马光的批评逐条进行了反驳。

在文章的开篇，王安石指出与司马光政见不合的原因，"议事每不合，所操之术多异故也"，由于两个人的政治见解不同，也不想强自辩解。但对司马光批评的"侵官、生事、征利、拒谏"几大罪责，逐条进行了反驳，"受命于人主，议法度而修之于朝廷，以授之于有司，不为侵官。举先王之政，以兴利除弊，不为生事。为天下理财，不为征利。辟邪说，难任人，不为拒谏"。这番辩驳义正辞严，掷地有声。王安石指出，接受圣上的委派，修订法度并交由相关部门执行，不为"侵官"；总结前代君主的政治得失，目的是兴利除弊，不为"生事"；变法是为国家积聚财富，不为"征利"；批评奸邪言辞，驱除奸佞小人，不为"拒谏"。而且王安石明确表示，在变法之初，就预料到会遭到非议怨恨了，早有心理准备。

书信的结尾，王安石表示，很多人习惯了得过且过，不愿意寻求改变。尤其是很多士大夫不关心国政，"同俗自媚于众为善"，反而以媚俗取悦圣上为荣。自己对这种现象深恶痛绝，下决心革除弊端，恢复正义。并举当年盘庚迁都的事例，说明坚持正确的选择有多么重要。即使自己遭受些诋毁，也不会退缩。

王安石这封书信，语气不卑不亢，态度鲜明坚决，论述有理有据，具有极强的反驳力度，是论说文章的典范之作。

（五）鸡鸣狗盗，士所不至：《读孟尝君传》

> 世皆称孟尝君能得士，士以故归之，而卒赖其力以脱于虎豹之秦。嗟乎！孟尝君特鸡鸣狗盗之雄耳，岂足以言得士？不然，擅齐之强，得一士焉，宜可以南面而制秦，尚何取鸡鸣狗盗之力哉？夫鸡鸣狗盗之出其门，此士之所以不至也。

【赏析】这是一篇读后感。孟尝君是战国时期齐国公子，姓田名文，同当时赵国的平原君、楚国的春申君和魏国的信陵君并称"战国四公子"。孟尝君门下养了许多"士"，就是有点特长的人，据说有三千人左右。秦昭王十年（前297年），孟尝君被秦昭王囚禁，性命堪忧。孟尝君手下的士中有善于"狗盗"者，也就是偷东西的，偷得了一件珍贵的狐白裘，送给了秦昭王的宠姬，暂时稳住了昭王。孟尝君等借机逃到了函谷关。但是天未亮，城门不开。孟尝君手下善于"鸡鸣"者学鸡叫，引得其他的公鸡都叫起来了。守关的兵士以为天亮了，打开了城门，孟尝君等得以逃脱，回到了齐国。后世夸奖孟尝君善养士，能够在关键的时候解困。

但是王安石这篇文章反其道而行之，对孟尝君提出了批评。世人都夸奖孟尝君"能得士"，才使他能从虎狼般的秦国逃脱。但是作者认为："孟尝君特鸡鸣狗盗之雄耳，岂足以言得士？"他只不过是一帮偷鸡摸狗之人的头儿而已，算什么能"得士"？真正"得士"的话，有一个人就可以增强国力，称霸天下，抑制秦国，还用得着这些"鸡鸣狗盗"之士吗？也恰恰因为这样的人都聚集在孟尝君这里，真正的"士"则不来了。

王安石这篇文章短小精悍，但是语言犀利，态度鲜明，具有极强的说理性，堪为批驳文章的精品。

（六）果敢刚正，雄文健笔:《祭欧阳文忠公文》

夫事有人力之可致，犹不可期，况乎天理之溟漠，又安可得而推？惟公生有闻于当时，死有传于后世，苟能如此足矣，而亦又何悲！

如公器质之深厚，智识之高远，而辅学术之精微，故充于文章，见于议论，豪健俊伟，怪巧瑰琦。其积于中者，浩如江河之停蓄；其发于外者，烂如日星之光辉。其清音幽韵，凄如飘风急雨之骤至；其雄辞闳辩，快如轻车骏马之奔驰。世之学者，无问乎识与不识，而读其文，则其人可知。

呜呼！自公仕宦四十年，上下往复，感世路之崎岖。虽屯邅困踬，窜斥流离，而终不可掩者，以其公议之是非。既压复起，遂显于世，果敢之气，刚正之节，至晚而不衰。方仁宗皇帝临朝之末年，顾念后事，谓如公者，可寄以社

稷之安危。及夫发谋决策，从容指顾，立定大计，谓千载
而一时。功名成就，不居而去。其出处进退，又庶乎英魄
灵气，不随异物腐散，而长在乎箕山之侧与颍水之湄。然
天下之无贤不肖，且犹为涕泣而歔欷。而况朝士大夫，平
昔游从，又予心之所向慕而瞻依？

呜呼！盛衰兴废之理，自古如此。而临风想望不能忘
情者，念公之不可复见，而其谁与归？

【赏析】这是一篇祭奠欧阳修的祭文。

欧阳修去世于宋神宗熙宁五年（1072 年）。王安石推行变
法时，欧阳修也曾提出反对意见，二人政见不合。但因欧阳修
的"文章风节"为天下所重，在他去世后，王安石写了这篇祭
文，表达对欧阳修的哀悼之情。同时也看出王安石不将个人私
怨夹杂到政事之中。

祭文首先感慨，人力可以为的事情，却不一定能做成，因
为天道不可知。言外之意是欧阳修不当死却死了。接下来说欧
阳修"生有闻于当时，死有传于后世"，纵便离开了人世，也
没什么悲伤的。这与传统的祭文不同，不是写对死者的哀悼之
情，而是表扬他的生前功绩。王安石对欧阳修的文采大加赞
扬："其积于中者，浩如江河之停蓄；其发于外者，烂如日星
之光辉。其清音幽韵，凄如飘风急雨之骤至；其雄辞闳辩，快
如轻车骏马之奔驰。"用一系列排比句，来表现欧阳修的学术、
文章如江河奔流、日月光辉等。世人读到欧公文章，都能见其
为人。

接下来作者回忆欧阳修为官四十年来的政绩，虽然他遭受
了诋毁、贬黜等挫折，但是这无法掩盖他的"果敢之气，刚正
之节"。尤其提到欧阳修在仁宗朝帮助处理政务，劝谏立太子一

事，更是使大宋的政局得以稳定。功成名就之后，欧阳修不贪恋富贵，辞官还乡，更显高风亮节。

作者在祭文中充满了对欧阳修的崇敬之情，感情真挚，凄恻动人，丝毫不见政敌之间的倾轧怨懑之情，也体现出了王安石个人的品质高尚之处。

儒者至真之精粹

一 醇厚内敛的儒学名士

（一）南丰曾氏，源流渊远

在"唐宋八大家"中，曾巩或许是名气最小的一位，也是身后留下争议最少的一位。在北宋，曾巩的文章也曾产生过极大的影响，成就很高。或许是因为曾巩的个人特点并不鲜明，所以他未能成为一位被后人津津乐道的知名人物。特点之于一个人的存在意义重大，决定了他能否在正史与传奇中脱颖而出，被人铭记。无论从曾巩的家学到平生经历来看，还是从他的思想到文学创作来看，曾巩都是一位"纯粹的儒者"，这就注定了他不会有太鲜明的性格与辞章。

曾巩（1019—1083 年），字子固，"巩"与"固"意思相近，包含了父母对他的期望。曾巩是江西南丰人，自号"南丰先生"。曾巩是北宋著名的古文家，是欧阳修的得意门生、王安石的挚友。

江西在两宋文学史上占据了重要地位，当地的文学家族有一百五十多个，文学传承发展是呈家族式的，与东晋相似。在这一百五十多个文学家族当中，能够延续八代以上的只有三家，南丰曾氏就是其一，该家族中总共出现了三十一位作家。同时，曾氏家族和当时很多大文学家族又都有密切的往来，比如临川王氏、京西吴氏、山东晁氏、四川眉山苏氏，这些家族中的子弟有的还有姻亲关系。

曾氏家族源流渊远，据《春秋》记载，前567年，鄫国被莒国所灭，太子巫逃往鲁国做了一个小官，并把原来的国名"鄫"去掉偏旁作为姓，所以曾氏家族起源于山东。后来这个家族从中原迁到江南，晚唐时期在庐陵，然后又迁到了南城县，再到南丰，从此定居。

曾姓的后人当中名气最大的就是曾参，《论语·学而》当中记录了曾子很有名的一句话："吾日三省吾身：为人谋而不忠乎？与朋友交而不信乎？传不习乎？"曾参之后，曾氏的家学依旧保持着，但没有太出名的人。直到曾巩的祖父曾致尧、父亲曾易占，这二人都在北宋朝廷担任过重要的官职，名气也比较大。

（二）少能为文，拜师结友

曾巩的父亲十分清廉，家中并不富裕，孩子又多，共有六男九女。曾巩在家中排行第二，其生母吴氏是曾易占的第二任妻子，不幸早亡。朱氏为继母，她只比曾巩大了八岁，但是勤劳贤惠。在曾易占去世后，她尽心照料曾家的十五个孩子，与曾巩的母子之情也非常深厚。

自小受到父母的启蒙引导，再加上天资颖悟，记忆力强，曾巩是个读书的好苗子。家中世代有求取功名的传统，曾巩也没有浪费自己的天赋，从小立志苦读，十二岁的时候就能够写出很好的议论文章。他攻读典籍时倚靠的岩石被称为"读书岩"，后来也为世人所知。

1036年，曾巩十八岁。他觉得读书已有所成，便进京参加考试。虽然不幸落榜，但这次入京并非全无收获。他在京城认识了王安石，两人互相欣赏，结为挚友，后来常常彼此牵挂惦念。

1041 年，曾巩第二次入京，游于太学，并于次年参加考试。对他而言，每次入京都意义重大，这一次他见到了欧阳修。欧阳修十分欣赏这个有才华的小伙子，又同情他落榜的遭遇。

曾巩不但文章写得好，而且对文学的看法与这位文坛盟主非常接近，二人相交，十分投契。欧阳修待曾巩与别人不同，他非常兴奋地表示，上门来拜谒的人有千百个，而他独以收了这位学生为幸事。他悉心阅览了曾巩的文章，也指出了其中尚不成熟的地方，即过于粗豪使气而显得太空。曾巩也很虚心，自此之后，他一直在向欧阳修学习，由模仿、改变，到最终形成了自己源于欧文，却又不同于欧文的独特风格。

曾巩同时跟杜衍、范仲淹等人有来往，1047 年，曾巩的父亲在他乡去世，只留下伴父出行的曾巩。他大病未愈，守着父亲的遗体，惊痛无措，还是杜衍出资帮助，让曾巩扶灵顺利回到家乡。这些重臣名家的赞誉传扬开来，使曾巩青年时即闻名于世。

（三）专力古文，自安贫贱

与名气不相符的是，曾巩屡试不第，一直到三十九岁才中了进士。当时还有邻居写诗笑话他："三年一度举场开，落杀曾家两秀才。有似檐间双燕子，一双飞去一双来。"曾家哥俩去考试了，落第了；哥俩又去考试了，又落第了。这个玩笑开得刻薄，曾巩听了却也没有放在心里，依旧读书，依旧按照自己的路子写文章。对这样一位以儒家思想立身的饱学之士而言，嘲讽并不能动摇他的信心，真正的苦闷源于生活的压力。

曾易占去世之后，维持家庭生计的重任就落在了朱氏和家中的长子、次子身上。后来大哥早亡，曾巩更要责无旁贷地照管弟妹。曾氏以耕读传家，听起来是东篱南山的诗意生活，日出而作，日落而息，闲暇时读书作文，但即使是陶渊明，诗中也每每提及耕种的辛苦，更何况是这样一群志在当世的青年人呢！曾巩一边带着弟弟妹妹们为糊口操劳，一边却又有着自己的坚持。他明白自己考不中的原因——不爱时文爱古文，却也决不就此妥协。曾巩依照欧阳修指出的路子，内里加强儒道修养，文章上用心琢磨先秦、两汉、唐贤乃至时人的名作，也就是在守孝期间及之后的几年中，他的政治思想、文章风格都趋于成熟。

1057 年，也就是嘉祐二年，三十九岁的曾巩带着弟弟曾牟、曾布，堂弟曾阜，妹夫王无咎、王彦深一同去参加科考。这次不是一对了，曾家的"燕子"飞去了三对，邻居们也都等着看呢。大家万万没想到，这六个人居然同时得中进士，比苏轼家哥俩一起中第还要轰动。

这一年的主考官正是欧阳修。曾巩等人擅长的上古之文，文风朴实，与之前北宋科考的习惯格格不入。重视诗词，重视华丽文章的风气到了欧阳修知贡举的时候才扭转过来。于是也就在这一年，曾巩考上了进士，他终于不负先人，不负父母的期望。曾家七十七年间共出了十九位进士，这一次就出了四个，越发光耀门楣。

（四）馆阁校勘，京居不易

曾巩获得功名后，在地方上待了没多久，就被欧阳修举荐入京。嘉祐五年（1060 年）任馆阁校勘，主要工作是校点《战国策》一类的史书，以及《李太白集》这样的文学古籍，这一工作曾巩一做就是八年。他读书时勤奋踏实，对整理校勘得心应手，敏锐地发现了很多书中的细微错误，一一校订更正，为后人留下了书籍最可靠的版本。

曾巩并不是一个急功近利的人，儒家风度令他一贯平和从容，兢兢业业地尽自己的职责就是乐事。按理说，一家人的生活也能就此有所改善，进京之后，怎么也可以过上好日子了。然而就在这几年，曾巩的八妹、女儿、妻子相继去世。尤其是妻子晁氏，曾巩和她于 1050 年完婚。晁氏帮着曾巩料理家务，操持生计，她支持丈夫读书，自己却吃了不少苦。患难夫妻未能相伴白头，曾巩心中的悲痛可想而知。

也就在这几年，朝局变化，暗涌不断。王安石看出了当下的政治危局，正在积极筹备变法。自当年在京城相识之后，曾巩就与王安石结为挚友，并在后来积极向老师欧阳修推荐王安石。而曾巩自己的政治主张也是求变，于公于私他都会积极地支持改革。王安石才华横溢，性格上却有所缺陷，曾巩看出新法实施过于急躁，出于好心，便数次相劝。

曾巩的诗中记载过这一段经历：他乘着暮色匆匆而来，带着满腔热忱和坦诚，谁知却与王安石相谈无果，肺腑之言化进杯中微凉的茶水，对方依旧不置可否，再多待片刻也是无趣。曾巩于是告辞，而这一对相交甚厚的朋友也就此生了嫌隙。

就曾巩来说，虽然他的很多看法是正确而长远的，但他本人却不擅长感受朝堂上的政治气息，不能体会很多小事背后的深意。在接下来的一次新旧势力论战中，曾巩懵懂不明，就事论事，最终将自己彻底陷入了尴尬的境地。与王安石的友谊终究不复，只好寻求外任。后来，曾巩在地方历尽辛苦，也曾对王安石有几分怨忿。但二人都是君子，产生分歧也只是性格和政见不同所致，并无难以解开的仇怨。晚年时卸下了这副重担，两人便冰释前嫌。

（五）飘零各州，政绩卓然

曾巩离开京城，辗转各州十多年之久。他为官清廉，治理地方也颇有政绩。越州中的鉴湖被百姓填为农田，几近干涸，曾巩以长远的目光进行细致考量，要求百姓退田还湖，让当地的生态系统有所改善。齐州盗贼横行，曾巩也采取巧妙的措施应对，除了建立警备机制，还鼓励检举。他还对前来自首的人大加奖励，又让此事为四邻所知，以此来鼓励其他盗贼洗心革面，收到了很好的成效。曾巩离开齐州时，当地人民不舍，苦苦挽留，甚至把城门关上，不让曾巩出城。襄州曾有一桩牵涉百余人的冤案，曾巩到任之后，详细研究卷宗，又进行调查，最终将这百余人全部释放。

曾巩最重要的地方政绩，还应数他对新政的推行。王安石变法，推出了"青苗法""免役法"等各类政策。曾巩虽然不认同某些做法，但却推行有方，他对朝中的命令绝不敷衍，在实行时，既能保证公正而不谋私利，又能在新法的基础上，及时弥补疏漏，并因地制宜，加以创新，造福了一方百姓。

十二年间虽无大的波折，曾巩却饱受漂泊之苦，他的心境再平和，也无法忽视年纪渐长，又与亲人远隔千里的孤寂凄凉了。考虑到母亲年迈，曾巩数次请求到京城左近任职，但却未被允许。他不善经营人际关系，又是因新法一事出京的，多年来，怎能没有忧谗畏讥之患？这个情况在赴沧州途中才有所改善。途经京城，神宗终于也想见见辗转各州的曾巩，于是准他暂时入京面圣。谁知君臣一见，神宗之前或许有过的种种偏见尽皆消除，与曾巩深谈之后更是对他大为佩服，直接准许曾巩留在京城，命他修编五朝史。这年，曾巩已经六十三岁了。

曾巩不善把握政治氛围，却是至老未改，他在书写宋太祖赵匡胤的事迹时，对太祖大加赞美，将其与汉高祖刘邦相提并论。然而他却忘了，如今的神宗并不是太祖的嫡系子孙，不但他不是，前一位皇帝也不是。因为"斧声烛影"的传闻说不清楚，从太宗而下历代的北宋皇帝都对赵匡胤有心结。神宗不悦，没有见责，但也明确表达了他的不满，并以升迁的方式让曾巩停下手头的工作，这便足以令人臣惶恐了。1082年，曾巩拜为中书舍人，然而此时的他，所思所求已不过是全身而退。不久，曾巩就患了重病。第二年，母亲朱氏去世，从此之后，曾巩病势越发沉重，无力回天，于1083年在南京去世。

（六）醇厚儒学，一代宗师

曾巩的人生轨迹与成就，都与家族传承有着密切的联系。曾家历来遵循先人的教诲，辈辈相传，思想几乎完全源于儒家思想体系。到了曾巩这里，他也非常赞同孔孟的哲学观点，重视中庸之道，推崇仁政教化。政治上，他认为国家自强，应先自治再御外；在宗教问题上，他似韩愈，力主排佛。曾巩反对大的豪强地主的兼并，主张发展农业。在福州时，他主动拒绝例行分给当地官员的菜园，并感叹说地方官如何能与民争利，这便是典型的实践中的"仁"。曾巩如此行事，很大程度上是家风使然。

治学方面，曾巩特别重视著述教学，这同样继承自家门传统。他培养了很多优秀的后学。陈师道、王无咎，以及曾巩自己的弟弟曾布、曾牟，都得到了他的悉心指导。陈师道虽属苏门，早年却师从曾巩，向他学习了很多治学为文的知识。在北宋，曾巩也是当之无愧的一代宗师。

（七）古文名家，诗中儒者

曾巩是欧阳修最得意的弟子，他未投入欧阳修门下时，就十分欣赏那种朴实的文风，后来也成为北宋诗文革新运动的积极参与者、宋代古文运动的骨干。后人以为，继欧阳修的古文之后，曾巩和王安石的文章令宋人可与唐人比肩，同时，文学方面的复古运动带动了整个社会文风的变化，对北宋登峰造极的文化成就具有重要意义。

曾巩的诗文主要收集在《元丰类稿》中，他的文章大约成熟于中举之前的耕读时期。得到欧阳修的启发之后，曾巩顿如拨云见日，文章的风格开始转变，通过对书籍的阅读和领悟，曾巩的儒家思想积淀更为醇厚。而艰难的生活也让他实实在在地感受到民生疾苦，可以说，为民言事也是为他自己言事。曾巩一生勤恳为文，入仕后，文名益盛，文风成熟，最终达到了极高的水平。

曾巩那些成熟的文章，一反早年的粗豪使气，变得平和从容，含蓄浑厚，到必要处笔锋不弱，干净有力，又不失早年时的优长。最有名的是曾巩的书、序。这些文章有深度、有厚度，自然得益于多年的积累，而言辞畅达，曲折绵密，引人入胜，绝非一目了然。每发议论，则层次清晰，逻辑严密。曾巩的文章堪为后人楷模，因为其中的结构、层次、句式、词句都是妥帖而规范的。但如此一来，文章就缺少了苏轼笔下的灵气或欧阳修文中的情致。

　　曾巩的诗歌并非当时传闻说得那么不堪，其实是有可读之处的，但风格的确是不够鲜明。如《会稽绝句三首》（其二）："花开日日插花归，酒盏歌喉处处随。不是心闲无此乐，莫教门外俗人知。"[1] "花开日日插花归"，北宋的男人也喜欢戴花，春天到了，曾巩经常出去玩，每天头上戴着花回来。"酒盏歌喉处处随"，喝着酒，唱着歌，十分惬意潇洒。比较关键的是后两句，"不是心闲无此乐"，内心若非如此平静的话，不会有这样的乐趣；"莫教门外俗人知"，"门外俗人"就很有意思了，是指那些蝇营狗苟、争名夺利的人。曾巩虽然对北宋党争介入不深，但是也很看不上每天只知互相攻击，把自己困锁在杂乱的事情里，没有丝毫闲情逸致的人。曾巩的诗歌虽然多书写现实，直抒胸臆，但也给我们展现了一个更为丰满的儒者形象。

　　曾巩是一位纯粹的儒者，持身中正，饱学擅文，而这首诗中隐约透露出他的剪影，却并非传世文章中那样平和沉稳，也有着嘲讽"俗人"的心思，有着看花饮酒的乐趣。同时，曾巩天性中有乐观的因素。屡试不第，家境贫寒，亲人凋零，漂泊无定，若不豁达乐观，或许早在某一刻就被击倒，未必能留下如此璀璨的成就。而在人生的诸多体验中，做一个勤恳清廉的地方官，做一个修书治史的学者，或许就是他最大的乐趣。

---

[1] 《曾巩集》，陈杏珍、晁继周点校，中华书局，1984，第94页。本书所引曾巩诗词均出自该本，以下不再一一标注。

二 曾巩散文赏析

（一）为学励勤苦，修身最关键：《墨池记》

临川之城东，有地隐然而高，以临于溪，曰新城。新城之上，有池洼然而方以长，曰王羲之之墨池者，荀伯子《临川记》云也。羲之尝慕张芝，临池学书，池水尽黑，此为其故迹，岂信然邪？方羲之之不可强以仕，而尝极东方，出沧海，以娱其意于山水之间。岂其徜徉肆恣，而又尝自休于此邪？羲之之书晚乃善，则其所能，盖亦以精力自致者，非天成也。然后世未有能及者，岂其学不如彼邪？则学固岂可以少哉！况欲深造道德者邪？

墨池之上，今为州学舍。教授王君盛恐其不章也，书"晋王右军墨池"之六字于楹间以揭之，又告于巩曰："愿有记。"推王君之心，岂爱人之善，虽一能不以废，而因以及乎其迹邪？其亦欲推其事以勉学者邪？夫人之有一能，而使后人尚之如此，况仁人庄士之遗风余思，被于来世者如何哉。庆历八年九月十二日，曾巩记。

【赏析】曾巩擅长说理，与柳宗元等人的融情于景不同，与欧阳修的景中含理、逐渐渗透也不同，曾巩是借事借景直发议论的，难度较高，也少有人涉及，但曾巩很成功地做到了。

比如这篇《墨池记》，虽文体为"记"，曾巩却也不先述后论，而是把议论融于叙事当中，议论虽多，但不让人觉得是枯燥说教，这就很见功力了。该文写的是王羲之学书的故事。王羲之学书用功，经常到池塘去洗毛笔，把一池水都洗黑了，所以是墨池。曾巩就借这个墨池来发表议论。

临川城东面有一块高地，靠近溪流，名为新城。新城上有个长方形的池子，这就是《临川记》中记录的王羲之的墨池。据说王羲之仰慕张芝，在池边练字，洗笔把池水都染黑了，这就是故址，传说是真的吗？这几句的目的是引出议论，所以写得简约至极。王羲之墨池遗迹具体在何处，是颇有争议的，涉及多个地域，而该文意不在考证，只需略点明此为传说即可，真假不妨留与读者思索。然要作此文，曾巩还需略加推断，以使文章连贯。王羲之不愿做官时，曾在东方游玩，远出沧海，在山水之间怡然快意，难道他在游览时曾来过这里吗？此处再用问句，既不表示肯定，又与墨池相关联，并为后文议论的自然生发做了铺垫。

文章由此发出第一层议论。王羲之晚年字写得最好，所以他的成就也是投入了精力才获得的，并不是天生的。那么后世人写字不如他，是不是因为不用功？"则学固岂可以少哉！况欲深造道德者邪？"立志求学的人，要在学习上坚持不懈地下功夫，更何况是在道德上要深造的人呢？

墨池旁是现在的州学学舍。这里的教授王先生担心墨池的名声不显，就在屋前两柱之间挂匾额的地方写下"晋王右军墨池"六个字，又请曾巩作一篇记。"推王君之心，岂爱人之善，虽一能不以废，而因以及乎其迹邪？其亦欲推其事以勉学者邪？"王先生的想法，应该是看重别人的长处，一技之长也不应被埋没，因此也不想让这里的遗迹默默无名。是不是他想借这件事勉励学生们呢？其实王先生未必想到这么多，曾巩这样写来却很妥帖，既不失礼，也不负为人作记的初衷，议论也更水到渠成。一个人只要有一点优长就能被后人如此尊崇，又何况是道德高士的行为和思想对后世的影响呢？

这篇文章所要阐述的道理是：为学需要勤学刻苦，提高自身的道德修养就更需终身勤勉，所谓"晚乃善"。曾巩虽然直发议论，但并不是一开始就点明，而是句句精到，层层深入，以极强的逻辑性和巧妙的问句引出结论。王羲之字能写得好，是因为他一生用功，为学也当如此，修养德行就更应如此。相应地，有一技之长都能被后人铭记，那么如果品德高尚的话，对后世的影响就更大了。

虽然文字简短，但行文纡徐雍容，字里行间含义丰富：王羲之不愿做官而出游的故事，隐含了曾巩赞同的高尚品格；对王君的想法予以猜测，则不违背作记本事，文章也就显得周密而从容。该文多用问句，事件地理在有无之间，借题发挥，抒发主旨又非全无根据，且疑问自然引发思考，令文章更加生动，小中见大，韵味隽永。

（二）文章圣手，德行于世：《寄欧阳舍人书》

巩顿首再拜舍人先生：去秋人还，蒙赐书及所撰先大父墓碑铭。反复观诵，感与惭并。

夫铭志之著于世，义近于史，而亦有与史异者。盖史之于善恶无所不书，而铭者，盖古之人有功德材行志义之美者，惧后世之不知，则必铭而见之。或纳于庙，或存于墓，一也。苟其人之恶，则于铭乎何有？此其所以与史异也。其辞之作，所以使死者无有所憾，生者得致其严。而善人喜于见传，则勇于自立；恶人无有所纪，则以愧而惧。至于通材达识，义烈节士，嘉言善状，皆见于篇，则足为后法警劝之道。非近乎史，其将安近？

及世之衰，为人之子孙者，一欲褒扬其亲而不本乎理。故虽恶人，皆务勒铭以夸后世。立言者既莫之拒而不为，又以其子孙之所请也，书其恶焉，则人情之所不得，于是乎铭始不实。后之作铭者，常观其人。苟托之非人，则书之非公与是，则不足以行世而传后。故千百年来，公卿大夫至于里巷之士，莫不有铭，而传者盖少。其故非他，托之非人，书之非公与是故也。

然则孰为其人而能尽公与是欤？非畜道德而能文章者无以为也。盖有道德者之于恶人，则不受而铭之，于众人则能辨焉。而人之行，有情善而迹非，有意奸而外淑，有善恶相悬而不可以实指，有实大于名，有名侈于实。犹之用人，非畜道德者恶能辨之不惑，议之不徇？不惑不徇，则公且是矣。而其辞之不工，则世犹不传。于是又在其文章兼胜焉。故曰非畜道德而能文章者无以为也。岂非然哉？

然畜道德而能文章者，虽或并世而有，亦或数十年或一二百年而有之。其传之难如此，其遇之难又如此。若先生之道德文章，固所谓数百年而有者也。先祖之言行卓卓，幸遇而得铭其公与是，其传世行后无疑也。而世之学者，每观传记所书古人之事，至其所可感，则往往蠹然不知涕之流落也，况其子孙也哉？况巩也哉？其追睎祖德而思所以传之之繇，则知先生推一赐于巩而及其三世。其感与报，宜若何而图之？

抑又思若巩之浅薄滞拙，而先生进之；先祖之屯蹶否塞以死，而先生显之，则世之魁闳豪杰不世出之士，其谁不愿进于门？潜遁幽抑之士，其谁不有望于世？善谁不为？而恶谁不愧以惧？为人之父祖者，孰不欲教其子孙？为人之子孙者，孰不欲宠荣其父祖？此数美者，一归于先生。既拜赐之辱，且敢进其所以然。所谕世族之次，敢不承教而加详焉。幸甚，不宣。巩再拜。

【赏析】《寄欧阳舍人书》是曾巩书信中的名篇。1046年，曾巩写信请欧阳修为已故的祖父曾致尧写墓碑铭。欧阳修写好寄来后，曾巩于次年致信感谢。书信正文，从上年欧阳修为曾巩祖父撰写碑铭写起，表达感激与仰慕之情，但不多加无谓的寒暄。

"夫铭志之著于世，义近于史，而亦有与史异者。"这里开始就碑铭一事，表达自己的见解，与老师交流。铭这种文体，类似于史传，但又与之不同。曾巩写文章，向来很有章法，首句总述，然后分说二者的异与同。史传会公正地记录善恶，但铭只偏重记录人生前的功德，却不会记录恶行。但是，一篇铭的目的和最终达到的效果，又往往与史相近。写铭文是为了让死者无憾，生者传承，好人因此更加积极行善，恶人则因之恐惧愧疚。至于博学的人、忠义之士，他们的故事也由此流传下来，能够被用来劝诫后人，从这方面看，铭又很像史传了。

接下来这一段，是说铭文众多而传世者少的原因。世道衰落，则为人子孙者，不分善恶都要请人写铭记颂自家先人，这是托付之人的不是，而主要问题还在于撰写之人——"立言者"。他们碍于面子不好意思写恶事，所以铭文多为不实文字，而且如果道德素质不足，他们就容易把文章写得不公正不准确。这也就是铭虽多，传世却少的原因。该段并举两条原因，同样结构严谨。

"然则孰为其人而能尽公与是欤？非畜道德而能文章者无以为也。"这是曾巩想要说明的一个重要道理：只有道德与文采兼备的人，才可以写出好的铭文。前文提到铭文不传的原因，曾巩便从写铭的人这一根源入手提出解决方法，虽是为了赞美欧阳修而做铺垫，但也是曾巩学史作文的真实感受。有道德的人能够辨别善恶，不为恶人作文，实事求是不徇私，人往往表里不一，他们也能看到本质。除此之外，还要文章写得好，即"辞工"，这才能传世。这一段内，又是总分总的结构，末句重复论点，一句反问"岂非然哉？"加重语气，此处曾巩有多么肯定，下文对欧阳修的赞美就有多么真诚。该段中分析人的表里可谓眼光犀利，言辞准确，"而人之行，有情善而迹非，有意奸而外淑，有善恶相悬而不可以实指，有实大于名，有名侈于实。"人的内心与所行往往不能相同，名实也不一定相符，还有些人的善恶无法切实指出，种种情况并非简单的黑白分明，这也是曾巩用心观察体味得出的结论。

文章到此，便可以从泛泛的"立言者"，归结到欧阳舍人，曾巩说"畜道德而能文章者"百年不遇，而欧阳修正是这样的人。这是实话，欧阳修当得起。"若先生之道德文章，固所谓数百年而有者也。先祖之言行卓卓，幸遇而得铭其公与是，其传世行后无疑也。"作铭之人难得，铭传之主也是言行卓然超群，二者相遇，那么这篇文章必然会传世了，曾巩既表达了对欧阳修的感激，也赞扬了自己的祖父。该段分为两层，以上的赞誉仅是一层，下一层是要表达感激之情。学者看到古人可感之事，都会感动流泪，作为子孙，能看到祖父的德行传世，又是何其感动！曾巩认为欧阳修的这篇"铭"能惠及曾家三代。

曾巩由此又想到："若巩之浅薄滞拙，而先生进之；先祖之屯蹶否塞以死，而先生显之，则世之魁闳豪杰不世出之士，其谁不愿进于门？"他自谦地表示，像自己这样愚钝浅薄的人，欧公都愿意提携帮助，那么又有谁不愿意拜入他的门下呢？未显于世的遁居之士，都希望能一朝名世。大家都想做好事，不愿做坏事。祖辈父辈都想好好教导子孙，子孙也想显扬祖辈的事迹。行文至此，已经到了可以抒发情绪的时候，所以曾巩以排比增强语气，他把一切归功于欧阳修，"此数美者，一归于先生"，评价极高。

此文是以晚辈的身份，向尊敬的师长表达感谢，这样的文章很容易写得空洞，溢美之词泛滥。但曾巩却不加闲笔，以自己对铭文和史传的认识，分析"铭"的流传过程，推及人情善恶、社会风气，申明了文学和历史对"立言者"的要求，自然引出对欧阳修这样道德文章兼备的优秀立言者的赞扬。一段起，二段承，三、四段转，五、六段合。内容充实，结构严谨。

在文章风格上，该文曲折委婉的方面，颇似欧阳修之文，用来赞美欧阳修十分合适。及至对世事文理的分析，思路清晰，立意正统，又是典型的曾巩风格。曾巩对欧阳修的赞美，由远及近、由泛而专，不惜重重铺垫、层层深入，最终的情感表达，便也深切而动人。

（三）治国之本，重礼重仁：《〈战国策〉目录序》

刘向所定《战国策》三十三篇，《崇文总目》称第十一篇者阙，臣访之士大夫家，始尽得其书，正其误谬而疑其不可考者，然后《战国策》三十三篇复完。叙曰：

向叙此书，言"周之先，明教化，修法度，所以大治。及其后，谋诈用，而仁义之路塞，所以大乱"。其说既美矣。卒以谓"此书战国之谋士度时君之所能行，不得不然"。则可谓惑于流俗，而不笃于自信者也。

夫孔孟之时，去周之初已数百岁，其旧法已亡，旧俗已熄久矣。二子乃独明先王之道，以谓不可改者，岂将强天下之主以后世之所不可为哉？亦将因其所遇之时、所遭之变而为当世之法，使不失乎先王之意而已。二帝三王之治，其变固殊，其法固异，而其为国家天下之意，本末先后，未尝不同也。二子之道，如是而已。盖法者所以适变也，不必尽同；道者所以立本也，不可不一，此理之不易者也。故二子者守此，岂好为异论哉？能勿苟而已矣，可谓不惑乎流俗而笃于自信者也。

战国之游士则不然，不知道之可信，而乐于说之易合，其设心注意，偷为一切之计而已。故论诈之便而讳其败，言战之善而蔽其患，其相率而为之者，莫不有利焉，而不胜其害也；有得焉，而不胜其失也。卒至苏秦、商鞅、孙膑、吴起、李斯之徒以亡其身，而诸侯及秦用之者亦灭其国，其为世之大祸明矣，而俗犹莫之寤也。惟先王之道，因时适变，为法不同，而考之无疵，用之无弊，故古之圣贤，未有以此而易彼也。

或曰："邪说之害正也，宜放而绝之，则此书之不泯，其可乎？"对曰：君子之禁邪说也，固将明其说于天下，使当世之人皆知其说之不可从，然后以禁，则齐；使后世之人皆知其说之不可为，然后以戒，则明，岂必灭其籍哉？放而绝之，莫善于是。是以孟子之书，有为神农之言者，有为墨子之言者，皆著而非之。至于此书之作，则上继春秋，下至楚汉之起，二百四五十年之间，载其行事，固不可得而废也。

　　此书有高诱注者二十一篇，或曰三十二篇，《崇文总目》存者八篇，今存者十篇云。

　　【赏析】《〈战国策〉目录序》是曾巩序文的代表作。曾巩对战国谋士完全持否定的态度，立身儒家传统，强调仁义，固有其局限性，但他坚持一个观点，作此文时论证严谨周密，语言舒缓，气势沉雄，可供读者学习之处颇多。

　　简要介绍了修订《战国策》的过程后，曾巩先批评了刘向之序的前后矛盾，也肯定了其在初始提出的说法：周朝先祖，教化民众，修治法令，才使得天下太平，而其后谋算欺诈盛行，则使得天下大乱。也正是围绕这个观点，曾巩将要展开议论。

　　写《战国策》却从孔孟写起，这自然是要先阐明正途，再与战国谋士所为加以对比。曾巩承认，孔子、孟子的时代，旧的习俗早已不可恢复，而这二位先生也并非想要为难当时的人。曾巩赞同适当的改革，只要"使不失乎先王之意"即可。他还举了二帝三王，即尧、舜、禹、商汤、周文王的例子，这些人治理国家的办法不尽相同，但是"本末先后，未尝不同也"。法可以变，而道不可以，这就是孔孟坚守的道理，也是曾巩秉持的准则。孔孟的"可谓不惑乎流俗而笃于自信者也"，对比前面刘向的"惑于流俗，而不笃于自信"，更凸显了法与道的区别，变与不变的关联。

　　"战国之游士则不然，不知道之可信，而乐于说之易合。"曾巩不再委婉叙述，而是直接点出战国游说之士的根本问题。他们不懂得根本，不知王道的重要性，只一味追求言辞，主张投契恰合。他们只做一时的权宜策略，所以只说好的方面，不说负面影响，他们的计谋使用起来弊大于利，得不偿失。接下来，曾巩依然提出有力论证，他谈到苏秦、商鞅、孙膑、吴起、李斯最终都死去，各个诸侯国乃至统一天下的大秦也都相继灭亡了，世人却依然没有觉醒。"惟先王之道，因时适变，为法不同，而考之无疵，用之无弊，故古之圣贤，未有以此而易彼也。"曾巩从各方面对比先王之道与战国谋士学，段末再次强调便有振聋发聩之效。只有先王之道因时而异且没有瑕疵，所以古来圣贤绝不会用诡诈权谋代替它。

曾巩不一味进行说教，两段皆是先立论，再选取众人皆知且分量极重的事例进行说明，再以一句评断收束，一正一反，对比鲜明，结构整齐，并无赘笔。最后便延伸到了整理这部《战国策》的目的。曾巩认为，君子禁绝邪说，是要明白地将其公之于众，把其错谬、危害解释清楚，这样一来，不用销毁邪说典籍，就能达到禁绝的效果了。与上两段相同，此处仍要举例，举的是孟子之书。孟子书中，有神农、墨子的立论，就是为了要将他们的错谬显明于天下人。而且《战国策》一书还有历史价值，"二百四五十年之间，载其行事，固不可得而废也"。末段曾巩将自己整理的这一版篇目说明，与开篇的收集整理事宜相呼应，收束议论，以成其作序之功用。

该文观点鲜明，立场坚定，曾巩反对战国时期的论辩计谋之风，而力主以儒家的"礼"和"仁"治理国家。以二帝三王的治理方法，与战国游士所鼓吹的治国手段相对比，分析简洁透彻。曾巩不以疾言厉色胜人，言辞朴实，意味深刻，如此才成就了一篇醇厚而存至味的文章。

（四）诚勉后学，修身立人：《赠黎安二生序》

赵郡苏轼，余之同年友也，自蜀以书至京师遗余，称蜀之士曰黎生、安生者。既而黎生携其文数十万言，安生携其文亦数千言，辱以顾余。读其文，诚闳壮隽伟，善反复驰骋，穷尽事理，而其才力之放纵，若不可极者也。二生固可谓魁奇特起之士，而苏君固可谓善知人者也。

顷之，黎生补江陵府司法参军，将行，请予言以为赠。余曰："余之知生，既得之于心矣，乃将以言相求于外邪？"黎生曰："生与安生之学于斯文，里之人皆笑以为迂阔，今求子之言，盖将解惑于里人。"余闻之，自顾而笑。夫世之迂阔，孰有甚于予乎？知信乎古而不知合乎世，知志乎道而不知同乎俗，此余所以困于今而不自知也。世之迂阔，孰有甚于予乎？今生之迂，特以文不近俗，迂之小者耳，患为笑于里之人。若余之迂大矣，使生持吾言而归，且重得罪，庸讵止于笑乎？然则若余之于生，将何言哉？谓余之迂为善，则其患若此；谓为不善，则有以合乎世，必违乎古，有以同乎俗，必离乎道矣。生其无急于解里人之惑，则于是焉，必能择而取之。遂书以赠二生，并示苏君，以为何如也。

【赏析】这篇赠序，是曾巩应好友苏轼推荐的两个青年学子请求所写。序文围绕"迂阔"这一品质展开，篇幅不长但层次丰富，有曲尽笔意之美。曾巩以一种似自嘲而实自况的方式，表达了对自己信念的肯定与坚持，也对青年学生进行谆谆教诲，寄予厚望。

文章起始，赞美了这两位青年。他们深得苏轼喜爱，由他举荐，所以曾巩看重。读了两人的文章之后，发现的确十分宏伟而隽永，二生善于辩论，能清楚明白地分析事理，而且才华横溢，文笔雄放仿佛没有尽头。"二生固可谓魁奇特起之士，而苏君固可谓善知人者也。"两位学子的确是难得的人才，而苏轼也是慧眼识人。作者赞美学生，也赞美苏轼，不只是基于事实或出于礼貌，也为后文做了铺垫。

不久，黎生即将去江陵赴任，临行之前希望能得到一篇曾巩的文章。曾巩认为，三人相交乃是求之于心，不需要再付诸言语。黎生却表示，他和安生一心向往古文，潜心钻研，因此被当地人认为"迂阔"，即不合时宜不切实际，所以想让曾巩作文，以解里人之惑。

曾巩闻言忍不住笑了，这是一种自嘲无奈之笑。"夫世之迂阔，孰有甚于予乎？知信乎古而不知合乎世，知志乎道而不知同乎俗，此余所以困于今而不自知也。世之迂阔，孰有甚于予乎？"这一段的语气，不可谓不强烈，文章也由此处从作文之道，引申到做人之道。"世间迂阔的人，哪里有超过我的呢？"反问和重复强调了自己是世间最为迂阔之人，这是以贬为褒的手法，其中有自信，也有愤世之意。曾巩的迂，乃是遵循古训而不合乎世俗，坚持圣人之道而不愿与众合流，这实际上是一种多么难能可贵的品质啊！但他却因此而处处受困。联系上文，二生文才非凡，言之有物，却被里人认为不切实际，作者未下重笔，世人的浅薄流俗已经清晰显露，孰是孰非清楚明白。

与曾巩相比，二生之迂，只不过是"迂之小者耳"，如果将曾巩的话传扬回乡里，想必更会为众人嘲笑了吧。所以曾巩竟不知道该对他们说什么了。如果说这种迂是好的，那么学生今后都免不了因它受牵累，如果说迂是不好的，"则有以合乎世，必违乎古，有以同乎俗，必离乎道矣"。那么流俗，便违背了古训，违背了圣贤之道。这看似两难的境况、两种选择实际上高下立判。言辞委婉、善于剖析也恰恰是曾巩作文的长处。

曾巩提出自己的建议，希望他们二位不要急于解里人之惑，而是遵从本心，做出选择。一个人能否坚持自我，是学古文守正道，还是迎合世俗，旁人其实无法做出实际的干预。曾巩明白这个道理，也不愿端出老师的架子严厉训示，所以他讲清道理，任由二生自己做选择，语气十分温和。但他在前面已经引入了自身经历，议论也颇具说服力，所以在这温和之中，自然也饱含着他对年轻学子的期待。文末不忘提及"并示苏君，以为何如也"。照应开篇，表达对苏轼的尊重，点出苏轼与曾巩相同，是惺惺相惜的一类人，文章也因此更加周密圆转。

该文结构严谨，笔致曲折委婉，层次十分丰富。先对两位学生表达了赞美之情，然后从"迁"字生情，引入自己的经历，阐明道理，将两条路、两种选择的利与弊讲述清楚。最终勉励两位学生，希望他们能够知古、志道。意思层层递进，将愤世之意敛于笔端，将百折不挠之志诉与知音，其坚定与诚恳，实在令人感动。

图书在版编目（CIP）数据

浮生次第：寻迹"唐宋八大家"/ 由兴波，刘晓旭
著 . -- 北京：社会科学文献出版社，2022.5（2024.6 重印）
（吉林大学哲学社会科学普及读物）
ISBN 978-7-5228-0006-6

Ⅰ.①浮… Ⅱ.①由… ②刘… Ⅲ.①唐宋八大家 -
古典散文 - 文学欣赏 - 通俗读物 Ⅳ.① I207.62-49

中国版本图书馆 CIP 数据核字（2022）第 063061 号

吉林大学哲学社会科学普及读物
浮生次第：寻迹"唐宋八大家"

著　　者 / 由兴波　刘晓旭

出 版 人 / 冀祥德
组稿编辑 / 恽　薇
责任编辑 / 陈凤玲
文稿编辑 / 许文文
责任印制 / 王京美

出　　版 / 社会科学文献出版社（010）59367226
　　　　　　地址：北京市北三环中路甲 29 号院华龙大厦　邮编：100029
　　　　　　网址：www.ssap.com.cn
发　　行 / 社会科学文献出版社（010）59367028
印　　装 / 天津千鹤文化传播有限公司

规　　格 / 开本：889mm×1194mm　1/32
　　　　　　印张：8　字数：185 千字
版　　次 / 2022 年 5 月第 1 版　2024 年 6 月第 6 次印刷
书　　号 / ISBN 978-7-5228-0006-6
定　　价 / 68.80 元

读者服务电话：4008918866